LA
CONFESSIONE
FINALE

LIBRI DI LISA REGAN

In lingua italiana

Le ragazze svanite

La ragazza senza nome

La sua tomba nascosta

La confessione finale

Le sue ossa sepolte

In lingua inglese

Detective Josie Quinn

Vanishing Girls

The Girl With No Name

Her Mother's Grave

Her Final Confession

The Bones She Buried

Her Silent Cry

Cold Heart Creek

Find Her Alive

Save Her Soul

Breathe Your Last

Hush Little Girl

Her Deadly Touch

The Drowning Girls

Watch Her Disappear

Local Girl Missing

The Innocent Wife

Close Her Eyes

My Child is Missing

LISA REGAN

LA CONFESSIONE FINALE

Tradotto da Alessandro Cataoli

Bookouture

*A Helen Conlen, per avermi mostrato
cosa significa essere straordinari.*

UNO

SEATTLE, WASHINGTON

Giugno 1992

Billy uscendo dal negozio con al braccio un sacchetto con due barattoli di gelato alla menta con gocce di cioccolato, si fermò per accendersi una sigaretta. Inspirò profondamente e controllò l'orologio: aveva tempo di fumare due sigarette e di arrivare a casa in orario per la cena. A sua moglie non andava a genio che lui fumasse.

Mentre attraversava il parcheggio, attratto dal bagliore dei suoi capelli argentati sotto il sole, intravide di sfuggita, una donna che si dirigeva verso una monovolume. La guardò eseguire un giro completo dell'auto prima di armeggiare con le chiavi. Forse era malata, forse era ubriaca, forse era solamente una vecchia, o una pazza, o entrambe le cose. Allontanò lo sguardo quando la vide salire sull'auto e metterla in moto. Fu distratto dal rombo del motore di una motocicletta.

Non riuscì a credere alla sua fortuna quando Lincoln Shore arrivò di gran carriera davanti al negozio e parcheggiò la moto. Anche i motociclisti fuorilegge devono mangiare, pensò. La verità era che Billy sapeva che Lincoln frequentava quel negozio di alimentari e qualche altro posto nella zona e sperava di incontrarlo. Era già noto a un paio di membri della Devil's Blade, ma non aveva ancora catturato l'attenzione di Lincoln. Billy si accese la seconda sigaretta dall'estremità della prima e gettò il mozzicone a terra mentre Lincoln smontava dalla moto. Billy sentì il calore del suo sguardo. Poi udì la sua voce roca. «Tu sei l'aspirante, non è vero? Quello che ultimamente sta seduto al bar.»

«Sì» rispose Billy «io...» ma le sue parole furono inghiottite da rumori che il suo cervello non riuscì a elaborare subito. Un soffio d'aria, uno stridio di pneumatici, il clangore di metallo contro altro metallo e il ruggito di un motore spinto al limite.

Ebbe una frazione di secondo per reagire e il suo istinto prese il sopravvento. Con la coda dell'occhio, vide la monovolume travolgere i carrelli della spesa e scontrarsi con un'auto parcheggiata. Gli altri clienti scattarono fuori dalla traiettoria del veicolo in corsa.

Billy si lanciò addosso a Lincoln, scaraventando tutto il suo peso sul motociclista corpulento, e volarono entrambi in aria. Si schiantarono contro il cemento. Il corpo di Lincoln attutì la caduta di Billy e la sua giacca di pelle gli evitò di perdere abbondanti lembi di pelle mentre scivolava sull'asfalto. Alle loro spalle, la monovolume andò a schiantarsi contro un'altra auto parcheggiata, spingendola contro altre due auto vicine prima di fermarsi definitivamente. Il motore continuò a girare mentre gli pneumatici anteriori stridevano contro l'asfalto. La conducente era accasciata sul volante. Sangue rosso le macchiava i capelli argentati. Mentre gli altri avventori del parcheggio si precipitavano verso la monovolume, Billy si alzò e tese una mano a Lincoln, facendolo alzare in piedi.

Rimasero in silenzio a fissare la scia di danni che la donna aveva lasciato dietro di sé con la sua monovolume. «Grazie, fratello.» disse Lincoln.

Billy sorrise e gli rispose: «Quando vuoi.» e poiché non voleva sfidare la sorte, iniziò ad allontanarsi.

«Ehi» lo chiamò Lincoln. «Come ti chiami, pivello?» Billy si voltò di nuovo. «Benji.» disse, usando il nome che aveva sotto copertura.

«Benji Stone.»

DUE

DENTON, PENNSYLVANIA

Oggi

Sul tavolo della cucina, davanti a Josie, si trovava una vasta gamma di opuscoli che pubblicizzavano sistemi di sicurezza domestica. Erano passati sei mesi da quando la sua esistenza era stata sconvolta dalla donna che Josie aveva sempre pensato fosse sua madre, e questo attentato alla sua vita e alla sua salute mentale aveva comportato anche un'effrazione in casa sua; per mesi aveva cercato di scegliere un sistema di sicurezza domestica abbastanza avanzato da tenere a bada la sua ansia. Per due volte aveva fatto venire i rappresentanti a installare i sistemi, ma aveva cambiato idea all'ultimo momento quando aveva scoperto un difetto nascosto o un costo aggiuntivo spropositato.

Dalla pila sfilò un opuscolo colorato della Aegis Home Security. SPECIALIZZATA IN SICUREZZA DOMESTICA DA OLTRE 20 ANNI. Era una delle poche aziende abbastanza oneste da inserire l'intero listino prezzi nel proprio materiale promozionale. Lo sfogliò e guardò le alternative. Si chiese se non fosse meglio un cane. Un cane grosso. Ma la sua agenda di lavoro poteva comportare orari allucinanti. Come detective della piccola città di Denton, in Pennsylvania, i suoi casi la tenevano spesso lontana da casa per giorni e persino di notte. Alcune volte riusciva a tornare solamente per il tempo necessario per farsi una doccia, cambiarsi e tornare al lavoro. Se avesse preso un cane, avrebbe dovuto assumere un dog sitter, e allora si sarebbe preoccupata di sapere se il dog sitter fosse una persona affidabile. Josie sospirò. Troppe complicazioni. Avrebbe dovuto abboccare all'amo e spendere una piccola fortuna per un sistema di sorveglianza se voleva tornare a sentirsi al sicuro in casa sua. Le sue dita si posarono su un opuscolo più piccolo, di un'altra società, la Summors Security.

I suoi pensieri si interruppero quando sentì bussare alla porta di casa. Si diresse verso l'atrio e dallo spioncino vide che era il tenente Noah Fraley. Aprì la porta e lo squadrò dall'alto in basso, emettendo un basso fischio. «Però!» disse. «Se avessi saputo che ti saresti ripulito così bene...»

Indossava un completo grigio antracite perfettamente confezionato, accompagnato da una cravatta a righe gialle e grigie di buon gusto che metteva in risalto il color nocciola dei suoi occhi. Quando le sorrise, lei sentì un leggero sussulto nel petto. «Molto divertente.» disse lui, passandole accanto e dirigendosi verso la cucina. «Tu invece non sei ancora pronta. Non ti sei nemmeno cambiata.»

Josie abbassò lo sguardo sui suoi jeans e sulla maglietta sbiadita con Luke Bryan. «Mi ci vorrà solo un minuto.»

«Non è quello che dicono tutte le donne prima di passare un'ora a pettinarsi e truccarsi?»

Josie inarcò un sopracciglio. «Attento. Non devo per forza avere un accompagnatore per questa cena.»

«Sto scherzando.» disse Noah. Si guardò intorno nella cucina. Poi tornò nell'atrio, sbirciando nel soggiorno e tornando in cucina, chiese: «Dove sono tutti?»

Josie si era da poco riunita alla famiglia naturale da cui non sapeva di essere stata separata alla nascita. Doveva ancora abituarsi a chiamare Shannon e Christian Payne "mamma" e "papà". Mentre gli rispondeva, fece il conto con le dita: «Shannon e Trinity sono fuori a fare shopping, ci raggiungeranno al ristorante. Mio padre e mio fratello stanno arrivando da Callowhill, e anche loro ci raggiungeranno là. Mia nonna è tornata a Rockview perché avevo bisogno della camera da letto degli ospiti per Shannon, e la signora Quinn questa settimana deve stare insieme al piccolo Harris.»

Noah fece il giro del tavolo, avvicinandosi a lei fino a quando con le cosce non si trovò a contatto con il bordo del tavolo. Si protese verso di lei, immobilizzandola, le sue mani trovarono i suoi fianchi e le labbra sfiorarono le sue. «Intendi dire che una volta tanto siamo soli? Davvero soli?»

Josie rise e gli passò le braccia intorno al collo, attirandolo a sé per un bacio. Era vero che, dalla fine del caso di Belinda Rose, non avevano avuto un momento per stare insieme senza lavorare o senza essere troppo esausti per fare alcunché, e negli ultimi sei mesi, ritrovandosi una famiglia completamente nuova nella sua vita, la casa di Josie aveva accolto un costante afflusso di ospiti. La sua vera madre, Shannon, era rimasta con lei per diverse settimane, dandosi il cambio con Lisette, la nonna di Josie, nei momenti in cui doveva tornare a casa per lavoro. Josie era rimasta con un braccio ingessato per quasi due mesi dopo la colluttazione e aveva apprezzato un po' d'aiuto. Di tanto in tanto, la sorella Trinity tornava da New York, dove lavorava come conduttrice di un notiziario nazionale, e trascorreva i fine settimana insieme a lei. E, qualche volta, anche Christian e il fratello adolescente, Patrick, erano rimasti a dormire.

Josie aveva vissuto da sola per diverso tempo, perciò all'inizio le era stato difficile trovarsi circondata da così tante persone in ogni momento. La prima volta che aveva aperto il frigorifero e aveva scoperto che il suo caffè mezzo latte e mezzo panna era sparito si era sentita parecchio irritata, così come la prima volta che non aveva trovato neanche un asciugamano e un tappetino nel bagno, perché Shannon li aveva messi a lavare. Il suo mondo accuratamente ordinato, il santuario che era la sua casa, era stato messo a soqquadro. Ma, ricordava a se stessa, la famiglia era più importante di qualsiasi oggetto domestico o di qualsiasi routine a cui si era abituata nel corso degli anni. I Payne erano piombati nel suo piccolo mondo e volevano recuperare gli ultimi trent'anni in pochi mesi, ma per Josie ci sarebbe voluto più tempo.

Poi c'era Misty Derossi, la donna che il defunto marito di Josie, Ray, aveva frequentato prima di morire. Dopo la sua morte Misty aveva dato alla luce il figlio di Ray e con lei aveva stretto un'improbabile amicizia. Il piccolo Harris aveva quasi un anno e Misty aveva smesso di fare la spogliarellista e si era trovata un lavoro presso il nuovo Centro per le Donne promosso dal sindaco, dove si occupava delle vittime di violenza domestica, il che aveva comportato che quelle che erano occasionali mansioni da babysitter di Josie fossero diventate una consuetudine, e ormai le tracce della presenza di Harris nella vita di Josie erano disseminate per tutta la casa: un seggiolone a un'estremità del tavolo della cucina, cancelletti per bambini, bicchierini, un cesto pieno di giocattoli e una sedia a dondolo in salotto. Per Josie era più facile tenere alcune cose a casa sua piuttosto che chiedere a Misty di trasportare le sue avanti e indietro ogni volta che le portava il bambino.

Le labbra di Noah si spostarono sul collo di Josie, le sue mani le circondarono la parte inferiore della schiena e la sollevarono, facendola sedere sul tavolo. Di riflesso, Josie avvolse le gambe intorno alla sua vita e gettò la testa all'indietro. «Il tuo vestito.» disse in un sospiro.

Le mani di Noah risalirono, sotto la maglietta, fino alla chiusura del reggiseno. «Non mi importa del mio vestito.»

Sentiva l'energia frenetica che stava crescendo e sapeva che, se avesse ceduto, non sarebbe stato possibile tornare indietro. La tensione tra loro si era accumulata da così tanto tempo che sembrava un vulcano in procinto di eruttare. Quando il caso di Belinda Rose era finito, dopo il loro primo bacio, lei gli aveva detto che aveva bisogno di procedere lentamente, e lui lo aveva rispettato. Josie aveva alle spalle una pessima esperienza in fatto di relazioni, e non voleva che Noah fosse un'altra vittima del modo orribile in cui era cresciuta e di tutto il suo bagaglio personale. Voleva che fosse la cosa giusta. O forse aveva soltanto paura...

«È così che vuoi farlo per la prima volta?» chiese. «Sul tavolo della mia cucina?»

Lui la sollevò dal tavolo come se non pesasse nulla. «Allora andiamo di sopra.»

Lei aprì la bocca per protestare, ma adesso che il suo corpo si fondeva con quello di lui, ogni centimetro della sua pelle bruciava per sapere cosa si nascondeva sotto quel completo.

Erano arrivati fino in fondo alle scale quando lo squillo attutito di un cellulare risuonò dalla tasca della giacca di Noah e poi da quella di Josie, dall'altra parte della casa.

I loro corpi si congelarono. Josie ruppe per prima il loro bacio, volgendo la testa verso il suono. Aveva lasciato il telefono in salotto. Nessuno dei due lo disse, ma sapevano entrambi che c'era un unico motivo per cui i loro telefoni avrebbero squillato uno dopo l'altro: doveva trattarsi di lavoro e doveva essere una cosa seria. Sebbene molte delle venticinque miglia quadrate di Denton si estendessero sulle montagne selvagge della Pennsylvania centrale, la popolazione era abbastanza numerosa da procurare al Dipartimento di Poliziaalmeno una mezza dozzina di omicidi all'anno e un numero sufficiente di reati vari per tenere gli oltre cinquanta agenti di polizia abbastanza occupati. Negli ultimi anni, la piccola città aveva assistito a un paio di casi così sconvolgenti da attirare l'attenzione dell'intera nazione. Sia lei che Noah erano stati profondamente colpiti da quegli eventi e Josie sapeva che lui provava lo stesso senso di apprensione che saliva dal suo cuore: se erano stati chiamati entrambi nel loro giorno libero, doveva trattarsi di qualcosa di importante.

Lentamente, Josie sganciò le caviglie dalla vita di Noah, che la abbassò a terra. Il telefono di lui si fermò ma quello di Josie riprese a suonare. Lei si sistemò i vestiti e andò in salotto per rispondere. Il capo della polizia di Denton, Bob Chitwood, non perse tempo per arrivare al punto. «Quinn. Ho bisogno che tu e Fraley veniate subito qui, c'è stato un omicidio.»

«Signore...» protestò Josie «noi stavamo... io...»

«Lo so. Non mi interessa. Portate subito i vostri culi sul posto.» Scandì un indirizzo che a Josie suonava familiare.

La voce di Chitwood era così forte che attraversò la stanza e raggiunse Noah, che stava in piedi sulla porta, con il vestito stropicciato e un sopracciglio inarcato. Sussurrò *Gretchen?*

Gretchen Palmer era un'altra detective del Dipartimento di Polizia di Denton. Josie disse: «La detective Palmer è in servizio stasera. Può occuparsene lei.»

Chitwood fece un verso di esasperazione. «So chi è di turno, Quinn. Ma non riesco a contattare la detective Palmer.»

«Ha provato a...»

La voce del capo si alzò fino a diventare un urlo. «Maledizione, Quinn, non ho tempo per queste domande. Ho per le mani un cadavere, una scena del crimine e nessun detective. Ora uno di voi due vada sul posto.» Sputò di nuovo l'indirizzo e fu allora che Josie capì perché le era familiare.

Era l'indirizzo di casa di Gretchen.

TRE

«Rallenta.» le disse Noah.

Josie gli lanciò un'occhiata e vide che con una mano si reggeva a una maniglia della portiera, mentre fuori dal finestrino la città di Denton gli passava accanto in una macchia sfocata. «C'è stato un omicidio a casa di Gretchen.» gli ricordò.

«E sappiamo che non si tratta di Gretchen, perché se lo fosse, gli agenti che sono intervenuti lo avrebbero reso noto.» rispose Noah.

Josie rallentò, ma solo di poco. «Mandale un messaggio.»

«L'ho già fatto.» disse Noah. «E ho provato a chiamarla mentre ti stavi cambiando. C'è la segreteria telefonica. Non risponde ai messaggi. Ma ho chiamato la centrale e mi hanno detto che Gretchen è stata vista là l'ultima volta, circa un'ora prima del ritrovamento del corpo. Non sappiamo nemmeno se fosse a casa sua quando è successo.»

«Ma non siamo sicuri che non lo fosse. In un'ora avrebbe fatto in tempo a tornare a casa.»

«Mentre era in servizio?»

«Forse. Non lo so. Non abbiamo abbastanza informazioni.» Una sensazione di panico le si diffuse in tutto il corpo. Non era da Gretchen sparire e non rispondere alle chiamate o ai messaggi, soprattutto nel bel mezzo di un turno. Il piede premette di nuovo più forte sull'acceleratore. «La centrale non è riuscita a rintracciarla?» chiese.

«No.» rispose Noah. «Stanno controllando l'MDT per vedere se riescono a localizzare la sua auto.»

Gretchen di solito guidava una Chevy Cruze in dotazione al dipartimento, dotata di un MDT, o Mobile Data Terminal, un dispositivo mobile computerizzato che non soltanto permetteva a Gretchen di comunicare con il centralino del dipartimento, ma anche di far localizzare il suo veicolo.

«Voglio sapere subito quando la trovano.» disse Josie.

Noah annuì in silenzio. Quando Josie gli lanciò una rapida occhiata, vide un muscolo della mascella contrarsi e lo sguardo fisso sul paesaggio che passava davanti al finestrino. Immersa in uno dei tranquilli quartieri borghesi di Denton, la casa di Gretchen era un'abitazione indipendente a due piani in mattoni rossi. Si trovava su un terreno di un ettaro, con un lungo vialetto dritto che partiva dalla strada e correva lungo un lato della casa fino a un garage nel giardino sul retro. Un'alta recinzione bianca costeggiava il vialetto, separandola dai vicini di quel lato. Arbusti sempreverdi sbarravano la vista ai vicini dell'altro lato. In qualsiasi altro giorno, la casa sarebbe apparsa graziosa e accogliente, ma oggi era circondata da volanti della polizia e ambulanze. Josie e Noah parcheggiarono dall'altra parte della strada e si diressero verso il vialetto, superando un'ambulanza parcheggiata di fronte all'ingresso. Una striscia di nastro per scene del crimine impediva loro di avvicinarsi alla casa. Sul davanti si trovava uno degli agenti di pattuglia di Denton con una cartellina in mano.

«Hummel» lo salutò Josie.

«Boss» rispose lui.

Le dita di Josie tamburellarono un ritmo cadenzato contro la coscia, ma riuscì soltanto a fare un sorriso tirato. «Ora sono solo la detective Quinn, ricordi?»

Per due anni Josie era stata capo ad interim della polizia di Denton, ma era tornata felicemente alla sua posizione di detective quando il sindaco aveva insistito per sostituirla con Bob Chitwood. Questo però non impediva agli agenti di chiamarla "Boss".

«È un'abitudine difficile da perdere.» disse Noah, rivolgendo a Hummel un sorriso complice.

Hummel annuì mentre annotava i loro nomi nel registro, e diede una rapida occhiata a Noah. «Bel completo.»

Con fulminea rapidità Josie si era cambiata nei suoi soliti pantaloni cachi e polo della polizia di Denton sotto una giacca nera, ma Noah aveva ancora l'aria di essere uscito da una rivista di moda maschile. «Stavo andando a una cena quando ho ricevuto la chiamata.» gli rispose Noah.

Hummel indicò una delle volanti parcheggiate sul marciapiede, con il bagagliaio aperto. «Là dentro trovate le tute in Tyvek.»

«Che cos'abbiamo qui?» gli chiese Josie.

Hummel fece un gesto verso la casa, dove i membri della squadra di raccolta delle prove di Denton stavano attraversando il vialetto passando dal cortile al portico, con indosso le tute bianche in Tyvek. Erano impegnati a contrassegnare le prove con bandierine gialle, a prendere le misure, a fare schizzi della scena del crimine e a scattare fotografie. Sulla sinistra, in mezzo al vialetto, a diversi metri dalla veranda, era stata montata una tenda bianca pop-up. Josie capì che era lì che giaceva il corpo.

«Abbiamo un cadavere, maschio caucasico, una ferita d'arma da fuoco alla schiena, disarmato, senza documenti.» disse Hummel. «Non c'è nessun altro, ma la porta d'ingresso era aperta. Abbiamo provato a contattare la detective Palmer al cellulare, ma c'è la segreteria telefonica. Il capo dice che non si trova nemmeno alla stazione di polizia, dove l'hanno vista circa un'ora fa. Adesso però nessuno riesce a trovarla. Il centralino non è riuscito a rintracciarla. Stanno controllando l'MDT.»

«Sì, l'ho saputo.» disse Josie. «Se tra mezz'ora non sarà ancora raggiungibile, voglio che Lamay controlli i filmati delle telecamere a circuito chiuso della centrale per stabilire con precisione quando se n'è andata. Chi ha trovato il corpo?»

«La casa è dotata di uno di quei sistemi di sorveglianza. Sa, di quelli che se scatta l'allarme avvisano la polizia...»

«Sì» disse Josie. «Sto pensando di prenderne uno anche per casa mia.»

«Beh, l'allarme della porta d'ingresso è scattato. La società di sicurezza ha chiamato la detective Palmer, ma lei non ha risposto. Hanno chiamato il 911, siamo arrivati noi e abbiamo trovato il cadavere. Oh, e c'è anche un'altra cosa...»

«Che cosa?» domandò Noah.

Hummel si spostò da un piede all'altro, la bocca formò per un breve istante una sottile e nervosa linea diritta prima di rispondere. «È meglio se andate a dare un'occhiata.»

QUATTRO

Una volta che si furono equipaggiati a dovere, Hummel li fece passare sotto il nastro della scena del crimine e loro si diressero verso la tenda. All'interno, trovarono il corpo di un giovane riverso a faccia in giù sul selciato. Josie si accovacciò accanto al cadavere mentre uno degli agenti della squadra di raccolta delle prove scattava delle foto.

Si rese subito conto a cosa si riferiva Hummel: quell'uomo indossava un paio di jeans, scarpe da ginnastica bianche e una maglietta verde, che ora era macchiata di rosso sulla schiena a causa di un unico foro di proiettile sotto la scapola sinistra, vicino alla colonna vertebrale. Ma ciò che rendeva la scena insolita era che qualcuno aveva usato una spilla da balia per fissare una fotografia al colletto della maglietta. «È proprio una fotografia?» domandò Noah, accovacciandosi accanto a lei.

Josie si infilò i guanti e la esaminò. «Già. Sembra anche vecchia.»

Misurava otto centimetri e mezzo per dodici e ritraeva un bambino piccolo, forse di quattro o cinque anni, preso di profilo, che correva nell'erba alta. I bordi della foto erano ingialliti e arricciati. Anche la superficie opaca sembrava sbiadita. Il bambino era caucasico, aveva i capelli biondi e arruffati e indossava pantaloni di velluto a coste marroni e una camicia di flanella. Quando la fotografia era stata scattata il suo corpicino era in movimento, un braccio e una gamba sollevati a metà corsa.

«Guarda qui.» disse Josie. Con delicatezza, sollevò la foto senza staccarla dalla spilla, in modo che Noah potesse vederne il retro, dove nera e sbiadita era riportata la scritta 2004.

«È l'anno in cui è stata stampata?»

«Non stampata.» disse Josie «Sviluppata. Credo che sia stata scattata con una vera macchina fotografica. Sembra una pellicola da trentacinque millimetri. Gli sviluppatori spesso stampavano le date sul retro delle foto.»

«Quei posti sono tutti chiusi.» le fece notare Noah.

«È vero.» concordò Josie. «Ma direi che si può tranquillamente stabilire che questa foto risale al 2004.»

«Pensi che sia questo tizio?»

Josie scattò rapidamente un'immagine della fotografia con il suo cellulare, poi si alzò e si avvicinò alla testa dell'uomo. Era atterrato con entrambe le mani sollevate, come se avesse cercato di attutire la caduta. Una piccola pozza di sangue si era raccolta sotto la sua bocca. Poté vedere solamente un lato del viso, ma sembrava giovane, stimò che avesse una ventina d'anni. Pelle olivastra, capelli neri e ricci. Gli occhi erano chiusi. «È difficile da stabilire. La foto è presa di lato, perciò non si vede bene il volto del bambino, ma basandomi sulla carnagione e sul colore dei capelli, la mia impressione iniziale è che non si tratti di lui.» Con lo sguardo tornò sulla ferita da proiettile alla schiena. «Qualcuno ha chiamato il medico legale?» chiese Josie.

Noah annuì. «Ci ha pensato Hummel. Sta arrivando.»

«Hummel ha detto che non aveva documenti con sé. Dopo che la dottoressa Feist lo avrà esaminato, lo gireremo e verificheremo nelle tasche anteriori. Qualcuno controlli i veicoli sulla strada. Potrebbe aver parcheggiato nelle vicinanze, ammesso che qui ci sia arrivato in auto. Dimmi che qualcuno sta interrogando i vicini.»

«Hummel ha disposto che se ne occupino due agenti non appena avranno isolato la scena del crimine.»

«Ottimo.» disse Josie. Si allontanò dal corpo, dirigendosi verso il portico e contando i passi mentre camminava. Dodici passi dal morto alla base dei gradini. Salendoli, vide un contrassegno giallo per le prove sul pavimento, a metà tra il gradino più alto e la porta d'ingresso. Quando si avvicinò, un bossolo lucido da nove millimetri balenò nella luce del sole. Uno dei membri della sua squadra lo aveva circoscritto con il gesso. Josie si voltò e guardò il vialetto, ricostruendo mentalmente la scena. L'assassino si era fermato proprio lì, sul gradino più alto, e aveva sparato alle spalle di quel ragazzo? Mentre si allontanava? Anche se era disarmato? Un brivido la avvolse.

Uno degli ufficiali della sua squadra di raccolta delle prove, Mettner, uscì dall'interno della casa. «Boss? Sta bene?»

«Detective Quinn.» borbottò lei. «Hummel ha detto che la porta d'ingresso era aperta. Era sbloccata o socchiusa?»

«Socchiusa.» rispose lui. «Nessun segno di scasso. Le serrature sono intatte. La porta è integra.»

«Quindi sembrerebbe che questo tizio non sia entrato in casa.» disse Josie. Era strano. Sapendo di quanti crimini Gretchen era stata testimone nella sua lunga carriera, si stentava a credere che fosse il genere di persona che lasciava le porte aperte, anche a Denton, dove la microcriminalità non avrebbe mai rivaleggiato con quella di una città delle dimensioni di Philadelphia. Oppure era tornata a casa dalla centrale soltanto per aprire la porta al giovane?

«Se è entrato» rispose Mettner «non l'ha fatto dalla porta d'ingresso.»

«Allora come mai la società di sicurezza è stata avvisata? Che cosa ha fatto scattare l'allarme?»

Mettner indicò l'ingresso. «La porta era rimasta socchiusa.

Credo che se viene lasciata aperta per più di dieci minuti, viene inviato un allarme alla società di sicurezza.»

«C'è un tastierino?» chiese Josie. «Per inserire un codice?»

«No, funziona tramite il cellulare. Così, se lo stipite viene danneggiato o la porta rimane aperta troppo a lungo, la società di sicurezza invia un messaggio al telefono di Gretchen, che inserisce un codice e loro sanno che è tutto a posto.»

«Ma se la porta rimanesse aperta, qualcuno potrebbe entrare e uscire senza far scattare l'allarme?»

Mettner scrollò le spalle. «Beh, sì, suppongo di sì.»

«Quindi non possiamo sapere se la porta fosse già aperta o se sia stata usata una chiave per aprirla e lasciarla socchiusa, giusto?»

«No, sappiamo solo che è stata lasciata aperta per parecchio tempo.»

«Qualche segno che l'uomo trovato nel vialetto sia entrato in casa?» chiese Josie.

«Abbiamo ispezionato tutta l'abitazione ma non abbiamo trovato niente che potesse dimostrare in un modo o nell'altro che sia effettivamente stato all'interno. Non c'era nessuno quando siamo arrivati noi. Non sembrava che ci fosse niente di irregolare. O almeno, niente di evidente. Abbiamo chiamato la detective Palmer, che sarebbe stata in grado di dirci se qualcosa mancava o era fuori posto. Ma non risponde...»

«Lo so.» disse Josie. «L'ho saputo. Avete fatto delle foto all'interno?»

«Sì. Anche dei video.»

«Ottimo. Voglio che vengano stampate quelle relative al piano inferiore, capito?»

«Agli ordini, Boss.» rispose Mettner. Josie aprì la bocca per correggerlo, ma poi cambiò idea. Erano mesi che li correggeva tutti senza successo. Lanciando un'occhiata alle sue spalle, dove si trovava Noah, ancora in piedi davanti al cadavere, intento a scarabocchiare furiosamente sul suo taccuino, Josie attraversò la porta.

Il soggiorno di Gretchen era arredato in modo spartano con un divano in microfibra marrone, un tavolino da caffè in legno scuro e, di fronte, un piccolo mobiletto con sopra un televisore altrettanto piccolo. I pavimenti erano in parquet e, a parte alcune piante da appartamento, non c'erano molti tocchi personali. Alle finestre erano appese delle tende di tessuto trasparente. Nella sala da pranzo c'era un tavolo con le sedie ben accostate. Alcune bollette, delle ricevute appallottolate e dei resti di posta indesiderata occupavano la superficie del tavolo. In un angolo della stanza c'era un contenitore di plastica. Josie si accovacciò e sollevò il coperchio per esaminarne il contenuto. C'erano soltanto bollette pagate, polizze assicurative per la casa e per l'auto e un fascicolo con la scritta CARTA DI CREDITO D'EMERGENZA.

Josie vide che Gretchen aveva un'auto personale, una Nissan Sentra, come risultava dalla polizza auto. Josie tornò alla porta d'ingresso, fece capolino all'esterno e chiese a Mettner se qualcuno avesse controllato il garage sul retro della casa.

«Sì, la sua auto si trova in garage.» rispose.

Noah salì i gradini della veranda. «Dovremmo emettere il mandato di ricerca se l'MDT non la localizza? I nostri ragazzi ci stanno già lavorando, ma potremmo far intervenire la Polizia di Stato.»

Le probabilità che l'MDT non trovasse il veicolo di Gretchen erano scarse o nulle. Tuttavia, Josie non riusciva a scacciare il malessere che le ribolliva nello stomaco. «Se l'MDT non la trova» disse Josie «allora emettete il mandato.»

Mettner annuì e accostò il telefono all'orecchio. Noah passò davanti a Josie ed entrò in casa. «Pensi che Gretchen sia nei guai?»

Josie tornò dentro e si mise le mani sui fianchi. «Non lo so. È estremamente insolito che non si faccia sentire in questo modo, o che sia scomparsa.»

«Ma siamo sicuri che sia davvero scomparsa?» chiese Noah. «Non è passato molto tempo.»

Era vero, non ne era passato molto, anche se erano trascorse più di due ore dal ritrovamento del cadavere nel vialetto di casa di Gretchen. L'ultima volta era stata vista alla stazione di polizia mentre era di turno e poteva esserci una spiegazione logica al fatto che non rispondeva alle chiamate o ai messaggi e nemmeno al centralino. Magari le si era rotto il telefono. Oppure l'auto era in panne e l'aveva lasciata a piedi da qualche parte.

«Pensi che stia esagerando nel diramare un mandato di ricerca?»

«No, se non riusciamo a localizzarla usando l'MDT.» puntualizzò Noah. «Se è nei guai, è meglio comunicarlo il prima possibile piuttosto che aspettare. Ma se le si è rotta la macchina o le è caduto il telefono e lei si ripresenta alla centrale nelle prossime due ore, ci sentiremo degli scemi.»

«Allora comportiamoci da scemi.» disse Josie con decisione. «Non voglio correre rischi, soprattutto se poi salta fuori che è nei guai.»

Annuendo, Noah chiese: «Cosa abbiamo qui dentro?»

Josie percorse ancora una volta il soggiorno. «Da quello che vedo non c'è un granché. Non ci sono segni evidenti di lotta, ma come ha detto Mettner, non c'è modo di sapere se qualcosa è fuori posto.»

«Eccetto questo.» disse Noah indicando uno dei tavolini dove, accanto alla lampada, sulla superficie impolverata, spiccava sul legno un cerchio perfetto.

«Forse ci ha appoggiato la tazza del caffè questa mattina.» disse Josie. «Poi l'ha lavata e messa via prima di uscire.»

La fronte di Noah si aggrottò. «Magari c'era un vaso o una ciotola di qualche tipo.»

«Beh, quando troveremo Gretchen, glielo chiederemo. Assicuriamoci che sia stato fotografato.»

Mentre Noah andava a cercare Mettner, Josie si addentrò nella casa. Non era mai entrata in casa di Gretchen. Era solamente andata a prenderla o riportarla per motivi di lavoro. Ora Josie si sentiva travolgere da un'ondata di sensi di colpa. Gretchen era stata buona con lei, l'aveva compresa in un modo in cui altre persone non potevano: il suo profondo bisogno di riservatezza e i problemi personali che le derivavano dall'essere stata cresciuta da una madre deleteria. Forse Josie avrebbe dovuto sforzarsi di più per conoscere meglio Gretchen e per superare il muro di rigida professionalità dietro cui si nascondeva costantemente.

Quando Noah tornò, esaminarono il resto della casa. Era tenuta in modo ordinato, ma, come il soggiorno, conteneva pochi tocchi personali. Soltanto in camera da letto trovarono alcune foto di famiglia incorniciate. Una cornice pieghevole cinque per sette sopra il comodino conteneva due fotografie: un uomo e una donna anziani seduti al tavolo di un ristorante e la stessa coppia di anziani su sedie da giardino ripiegabili insieme a Gretchen, il volto illuminato da un insolito sorriso, accovacciata in mezzo a loro mentre cinge entrambi con un braccio.

«Agnes e Fred.» disse Josie.

«Come?» chiese Noah, aprendo l'anta dell'armadio e sbirciando all'interno.

«Credo che questi siano i suoi nonni.» rispose Josie, indicando la foto. «Gretchen mi ha detto che l'hanno cresciuta loro, dopo che sua madre è andata in prigione per aver accidentalmente ucciso sua sorella.»

Noah si girò verso di lei. «Cristo. E com'è successo?»

Josie distolse lo sguardo dalle foto, con un'intensa sensazione di imbarazzo per essersi addentrata nello spazio privato di Gretchen. Ma doveva trattarla come una qualsiasi altra scena del crimine e in qualsiasi altra scena del crimine avrebbe ispezionato ogni angolo della casa per assicurarsi di non essersi persa le tracce di qualcosa di importante.

«La madre di Gretchen era affetta dalla sindrome di Munchausen per procura.» spiegò Josie.

Noah si grattò la tempia con il cappuccio della penna. «È quella sindrome per cui i genitori fanno ammalare i figli per attirare l'attenzione, giusto?»

Josie annuì. «Esatto. Ascolta, Gretchen me l'ha detto in confidenza, perciò se tutta questa faccenda non portasse a niente... intendo dire, se Gretchen ricomparisse tra mezz'ora con il telefono rotto e mille scuse, ti prego di tenerlo per te.»

«Certo.» disse Noah. «Ma se non ricomparisse...»

«Lo so.» rispose Josie. «Dovremo scavare nella sua vita privata.»

«Appunto, dovremo di sicuro rintracciare qualche membro della sua famiglia per verificare se hanno avuto sue notizie.»

Josie iniziò ad aprire i cassetti e a frugare con attenzione. Nel cassetto dei calzini trovò un rotolo di contanti infilato in un unico calzino, spinto sul fondo.

Senza srotolarlo, Josie contò gli angoli delle banconote. Erano tutte da cento. Circa 2.000 dollari. Fece un cenno a Noah per farglielo annotare prima di rimetterlo dove l'aveva trovato e chiudere il cassetto. Nel cassetto del comodino c'era una piccola scatola di vetro con tessere da mosaico rosse, nere e argento che formavano un disegno floreale.

Josie la aprì e vi trovò una piccola collezione di gioielli. Non aveva mai visto Gretchen indossare alcun accessorio, ma in quella scatolina c'erano una manciata di collane, braccialetti e anelli, oltre al distintivo di quando lavorava per il Dipartimento di Polizia di Philadelphia. «Altri oggetti di valore.» disse a Noah.

Lui fece un rapido inventario della scatola e scribacchiò altri appunti. «Quindi non si è trattato di una rapina.»

«No, infatti non penso che sia stata una rapina.» concordò

Josie. «Mettner ha detto che non c'era niente fuori posto, e aveva ragione. Ricordi quando quei teppistelli mi hanno svaligiato la casa? Mi hanno messo la camera a soqquadro.»

«Già. E questa casa sembra a malapena abitata.»

Con un sospiro, Josie uscì dalla camera da letto, lanciando un'occhiata alle altre stanze. La prima era completamente vuota, priva di qualsiasi arredo e persino di un tappeto. Il parquet luccicava alla debole luce crepuscolare che filtrava dalla finestra. L'altra stanza era piena di scatole da trasloco che sembravano non essere state ancora vuotate. Gli occhi di Josie scorsero le etichette scritte frettolosamente a mano: CUCINA, LIBRI, NATALE.

Gretchen viveva in quella casa da almeno due anni, eppure sembrava ancora che fosse appena arrivata. Non aveva programmato di rimanere a Denton? si chiese Josie. Si addentrò nella stanza, dove due scatole attirarono la sua attenzione. Su una c'era scritto ROBA PER IL LAVORO A MAGLIA DELLA NONNA mentre sull'altra c'era scritto ATTREZZI DI PAPÀ.

Josie si accigliò. Tornò alle altre scatole e diede un'occhiata a quella con la scritta CUCINA. Era curioso che in due anni Gretchen non avesse ancora sistemato tutti i suoi utensili da cucina. All'interno della scatola c'era una serie di oggetti decorativi raffiguranti un galletto: un porta asciugamani a forma di testa di gallo in ceramica, saliere e pepiere a forma di gallo, canovacci, presine, tovagliette. Accanto a un enorme barattolo per biscotti bianco a fantasia di gallo, c'erano due targhette da parete su legno invecchiato: una recitava CUCINA COUNTRY, l'altra diceva IL GALLO PUÒ CANTARE MA È LA GALLINA CHE FA L'UOVO. Le assi del pavimento scricchiolarono quando Noah si avvicinò alle sue spalle. «Che cosa sono tutti questi polli?» chiese, guardando da sopra le sue spalle.

«Non credo che appartengano a Gretchen.» rispose Josie.

Noah inarcò un sopracciglio. «Già, non mi sembrava che

Gretchen fosse il tipo di persona che decora la cucina con animali da fattoria. Tu cosa ne pensi?»

Josie indicò gli scatoloni. «Credo che questi oggetti appartengano ai suoi nonni. Devono essere morti.»

«Questo ci renderà più difficile rintracciarla se dobbiamo iniziare a interrogare i membri della famiglia.»

Con un sospiro, Josie chiuse i lembi della scatola. «Speriamo che si faccia viva e che non si debba arrivare a tanto.» Ma il fremito nello stomaco le diceva il contrario.

Dal piano di sotto, Mettner chiamò: «Boss? Tenente Fraley? È arrivato il medico legale.»

CINQUE

Già in tuta di Tyvek e copricapo, la dottoressa Anya Feist si inginocchiò accanto al cadavere, staccando con cura la foto e riponendola nella busta di carta marrone per le prove che Mettner le porgeva. Mentre la sigillava e la contrassegnava, la Feist si voltò di nuovo verso il corpo, per esaminare con le dita guantate il foro frastagliato e sporco di sangue che il proiettile aveva scavato nella camicia del ragazzo. Non alzò lo sguardo quando Josie e Noah si avvicinarono e disse: «Chiunque sia questo tizio, non avrebbe avuto alcuna possibilità.» Noah prese il suo taccuino e iniziò a scrivere su una nuova pagina.

«Dovrò portarlo al laboratorio.» continuò la dottoressa Feist. «Ma posso dirvi subito che il proiettile probabilmente gli ha perforato il polmone e forse ha attraversato anche il cuore. Deve essere morto in pochi secondi, se non addirittura ancor prima di toccare terra. Avete rinvenuto un bossolo?»

«Un nove millimetri.» rispose Josie.

La dottoressa Feist annuì, passando alla testa del cadavere scostando i ricci neri dalla fronte. «Sì, un nove millimetri è sufficiente. Cristo santo. Era giovane.» Tornò al torso e lentamente gli arrotolò la camicia sulla schiena per scoprire il foro del proiettile appena sotto la scapola sinistra, a pochi centimetri dalla spina dorsale. «Non vedo alcuna impronta o abrasione, quindi non è stato un colpo a contatto.»

«Pensiamo che chi che gli ha sparato fosse in piedi sul portico.» disse Josie. «In cima ai gradini.»

La dottoressa Feist guardò dal portico al corpo. «Allora chi ha sparato è molto fortunato o molto bravo. Intendo dire che questo ragazzo non avrà avuto nemmeno il tempo di gridare. Probabilmente la morte è stata istantanea.»

Per Josie il sollievo che il ragazzo non avesse sofferto fu minimo. La Feist aveva ragione: era giovane e Josie sentiva il peso di ciò che i suoi genitori stavano per sopportare. Non occorreva essere una madre per capire che la perdita del figlio avrebbe sconvolto completamente la loro esistenza. La vita di quel ragazzo era finita, ma la tortura dei familiari era solo all'inizio.

Con un pesante sospiro, la dottoressa Feist si alzò in piedi, pulendosi le ginocchia. «Va bene. Caricatelo sull'ambulanza e portatelo al mio laboratorio. Comincerò subito. Mi assicurerò che gli vengano prese anche le impronte digitali.»

Mettner fece un cenno a Hummel, il quale fece passare un paio di paramedici con una barella attraverso il nastro della scena del crimine. Josie riconobbe uno dei due: Owen. Non aveva molti anni in più del ragazzo morto, ma Josie sapeva che era padre di due gemelli di pochi mesi e che faceva così tanti straordinari che gli agenti della polizia di Denton lo vedevano probabilmente su ogni scena che richiedesse un'ambulanza.

Owen salutò Josie e Noah mentre con il collega stendeva un sacco per cadaveri accanto al ragazzo e poi lo girava sulla schiena in modo che fosse disteso sopra l'apertura del sacco. Noah controllò le tasche anteriori dei jeans mentre Owen e il suo collega tiravano su i lembi del sacco sul corpo e lo chiudevano. «Niente portafoglio.» brontolò Noah mentre i paramedici lo sollevavano sulla barella e lo spingevano verso l'ambulanza aperta seguiti dalla Feist. «Pensi sia stato derubato?»

Josie fece un passo indietro verso la casa. «No. Non saprei. Non possiamo nemmeno stabilire se sia entrato in casa e, in tal caso, chi altro ci sia stato. Ammesso che non fosse Gretchen.»

«Un complice?»

Josie si avviò lungo il vialetto, costeggiando la casa, e Noah la seguì. «Credo che possiamo affermare tranquillamente che non si è trattato di una rapina.» disse. «Se erano in due, cosa può essere successo? Sono venuti qui, per non si sa cosa, poi si sono messi l'uno contro l'altro e l'assassino ha sparato al suo complice alle spalle, gli ha preso il portafoglio e lo ha lasciato qui con una vecchia foto misteriosa appuntata al colletto? E senza portare via nulla e senza nemmeno mettere a soqquadro la casa?»

Allora Noah azzardò: «Forse una volta che ha sparato al ragazzo, ha dato di matto e se n'è andato. A parte questo, non sappiamo se sia stato portato via qualcosa dalla casa. Non possiamo altro che fare un'ipotesi, visto che la casa non è stata devastata e che abbiamo trovato i soldi e i gioielli in camera da letto. Potrebbe esserci stato qualcos'altro che aveva un valore per loro e di cui noi non siamo a conoscenza. Occorre che Gretchen venga a controllare e ci dica se tutto è come dovrebbe essere.»

Josie si fermò davanti a ogni finestra del lato della casa e la studiò. Apparentemente non erano state danneggiate, ma sembrava che avessero tutte un dispositivo antieffrazione fatto in casa sul davanzale esterno. «Guarda.» disse a Noah mentre le si avvicinava da dietro. I davanzali erano a poco più di una spanna sopra di lei. A Noah, che superava Josie con tutta la testa, il davanzale arriva quasi all'altezza degli occhi. Allungò una mano per toccarne la superficie.

«Attento.» lo avvertì Josie.

«Gesù!» esclamò Noah allungando un indice per sfiorare delicatamente la punta affilata di uno dei tanti piccoli chiodi che spuntavano da un listello di legno sul davanzale. «Si è fatta i suoi dissuasori.» Cercò di staccare il listello di legno, ma non riuscì a smuoverlo. Si mise in punta di piedi e guardò le due estremità del listello. «Sì», disse. «L'ha inchiodato al davanzale.»

«Così, se qualcuno avesse cercato di arrampicarsi e di entrare, si sarebbe conficcato un mucchio di chiodi nei palmi delle mani.» spiegò Josie.

Fece un rapido giro della casa con Noah al seguito, constatando che ogni finestra del piano inferiore era provvista della stessa trappola. Rientrata in casa, scostò le tende delle finestre del soggiorno e trovò dei tasselli di legno incastrati tra la parte superiore del telaio della finestra e la parte superiore della finestra scorrevole.

Non era possibile aprire la finestra senza rimuoverli. Naturalmente, niente avrebbe impedito a qualcuno di rompere il vetro e passarci attraverso. Forse Gretchen pensava che il rumore del vetro infranto sarebbe stato sufficiente ad avvertirla della presenza di un intruso in casa.

Accanto a lei, Noah emise un basso fischio. «A proposito di paranoie.»

«Già.» concordò Josie. «Qui c'è qualcosa che non mi convince.»

«In che senso?» chiese Noah.

Prima che Josie potesse rispondere, sentirono Mettner che chiamava dall'esterno. «Boss, abbiamo trovato qualcosa.»

SEI

Josie e Noah seguirono Mettner oltre il perimetro della scena del crimine, fino in strada, a quasi un isolato dalla casa di Gretchen, dove una Ford Fusion blu era parcheggiata lungo il marciapiede. Mettner si fermò dietro l'auto, con un tablet tra le mani e fece svolazzare le dita sullo schermo. «Un paio di vicini ci hanno riferito di non aver mai visto quest'auto prima d'ora. È qui da questa mattina. Abbiamo controllato la targa. È a noleggio.» spiegò. «Ho già chiamato la società di noleggio Prime e hanno confermato che è stata presa due giorni fa a Philadelphia.»

«Da chi?» chiese Noah.

Mettner si accigliò. «Vogliono un mandato per fornire queste informazioni. Ho già chiamato Lamay. Ne sta preparando uno.»

«C'è una sede della Prime proprio fuori città.» disse Josie. «Potremmo avere un po' di fortuna se andiamo a fargli una visita. Ci serve solo un nome.»

«Ci andremo quando avremo finito qui.» disse Noah e rivolgendosi a Mettner disse: «I vicini non hanno visto niente?»

«La signora che vive nella casa di fronte a quella della detective Palmer credeva di aver visto Gretchen camminare sul suo vialetto non molto tempo fa, ma non ha saputo dire quando.»

«Camminare?» chiese Josie. «Ha visto l'auto di Gretchen?»

«Non se lo ricorda. Gli agenti che stavano facendo il sopralluogo l'hanno incalzata, ma non è riuscita a ricordare niente di utile. Ha anche detto che Gretchen va e viene tutto il giorno.»

Josie sospirò. «Quindi può aver visto Gretchen camminare nel suo vialetto un'ora fa o questa mattina.»

Mettner fece una smorfia. «Più o meno, sì. Un paio di vicini hanno sentito lo sparo, ma la maggior parte di quelli che si trovavano in casa erano a tavola o stavano guardando il notiziario della sera. Inoltre, tra la recinzione privata su un lato della proprietà e i cespugli sull'altro...»

«Nessuno riesce a vedere niente.» concluse Josie, con la frustrazione che le fece affiorare una leggera emicrania dietro gli occhi. «D'accordo. Penso che abbiamo finito qui. Voi potete continuare ad analizzare la scena. Io e Fraley passeremo in centrale per vedere cosa ha trovato l'MDT, prendiamo il mandato e vediamo cosa ha scoperto Lamay dalle telecamere di sorveglianza.»

Il sole stava tramontando, i suoi ultimi raggi coloravano l'orizzonte di un bagliore rosa e giallo mentre Josie e Noah attraversavano Denton per raggiungere la sede del comando di polizia, un grande edificio a tre piani in pietra grigia, con modanature ornamentali sulle numerose finestre ad arco a doppio battente e un vecchio campanile su un angolo. Nessuno dei due parlava. Noah studiava gli appunti e gli schizzi che aveva fatto sulla scena del crimine. Josie ignorava l'insistente ronzio del suo cellulare: era la sua nuova famiglia che le mandava messaggi per la cena di compleanno per lei e per Trinity, che si stava perdendo; e quella doveva essere la loro prima festa di famiglia tutti insieme. Il senso di colpa la tormentava, ma non riusciva a liberarsi dalla sensazione che Gretchen avesse bisogno del suo aiuto. Lasciarono la macchina nel parcheggio comunale ed entrarono dall'ingresso principale.

«Boss» disse Lamay mentre Josie e Noah si accalcavano nella piccola stanza alle sue spalle, «ho trovato quello che stava cercando.»

«Chiamami detect...» iniziò Josie, ma si fermò. Mentre Lamay si sistemava su una sedia da scrivania scricchiolante davanti all'ampia serie di schermi che riprendevano varie aree dell'edificio, Josie gli mise una mano sulla spalla. «Dan» disse «chiamami Josie, d'accordo?»

Lui le sorrise e annuì. Lamay lavorava per il dipartimento da quasi quarant'anni. Aveva visto l'avvicendarsi di cinque capi della polizia, compresa Josie, ed era sopravvissuto a un enorme scandalo. Aveva ormai superato l'età della pensione, con un ginocchio malandato e una pancia sempre più grossa. Josie lo aveva tenuto come sergente durante il suo mandato da capo perché sua moglie si stava riprendendo dal cancro e sua figlia era al college; lui le era stato profondamente fedele, l'aveva aiutata quando ne aveva più bisogno.

Ora Josie temeva che il capo Chitwood lo mandasse via, ma finora aveva svolto le sue mansioni in silenzio e con efficienza, restando fuori dai suoi radar.

«Che cosa hai ottenuto dall'MDT?» gli chiese Josie.

Lamay indicò un computer portatile aperto su un lato del tavolo che mostrava una mappa GPS della zona sud di Denton. «Qui è dove abbiamo perso il segnale.» disse indicando una linea spessa che Josie sapeva rappresentare un ponte sul fiume Susquehanna.

«Abbiamo perso il segnale?» chiese Josie.

«È impossibile.» disse Noah. «Avete mandato delle unità sul posto?»

«Certo, naturalmente.» rispose Lamay. «Ma non c'è niente laggiù.» Il che significava che qualcuno aveva manomesso o distrutto l'MDT della Cruze di Gretchen. Oppure qualcuno aveva spinto l'auto giù dal ponte facendola cadere nel fiume. «Il guardrail era ancora intatto?» proseguì Josie. Lamay la fissò per un attimo, mordicchiandosi l'interno della bocca. «Presumo di sì.» disse poi. «La pattuglia non ha segnalato niente di insolito.»

«Faremo un giro da quelle parti prima di andare all'autonoleggio. Cosa hai visto nelle registrazioni di sorveglianza?»

Lamay ruotò la sedia per mettersi di fronte al grande schermo del computer che mostrava le riprese sul corridoio del primo piano, che aveva messo in pausa. Nell'angolo in alto a destra si leggeva l'ora, le 15:06. Fuori dalla porta della cucina c'era Gretchen, che indossava la stessa uniforme di Josie, ma con una vecchia giacca di pelle logora sopra la maglietta. Gretchen non veniva mai vista senza, ma nessuno della polizia osava indagare sulla storia che c'era dietro. In una mano teneva una tazza di caffè.

Lamay premette play. La guardarono mentre si allontanava lentamente dalla cucina, sorseggiando il caffè e passandosi la mano libera tra i corti capelli a spazzola. Poi si fermava e tirava fuori il cellulare dalla tasca posteriore. Con un'espressione accigliata, studiava lo schermo, con apparente esitazione prima di rispondere, e il suo cipiglio si inaspriva mentre si accostava il telefono all'orecchio. Non c'era l'audio, quindi non potevano sentire ciò che Gretchen diceva, ma non prometteva niente di buono. La conversazione durava circa tre minuti, poi Gretchen attaccava, metteva il telefono in tasca, lasciava la tazza sopra il distributore d'acqua nel corridoio e usciva dall'inquadratura.

«Dov'è andata?» chiese Josie.

Lamay ruotò sulla sedia per mettersi di fronte a un altro schermo, da cui selezionò una ripresa dell'atrio. «È uscita dalla porta.» disse riproducendo il video. Gretchen entrava nell'atrio dal corridoio del primo piano e usciva dalla porta principale senza voltarsi.

«Era un telefono del dipartimento o un cellulare personale?» domandò Noah. «Se è del dipartimento, possiamo scoprire chi l'ha chiamata abbastanza rapidamente.»

Josie scosse la testa. «È il suo cellulare personale. Le avevo dato la possibilità di usare un telefono del dipartimento quando aveva iniziato, ma aveva rifiutato. Dan, quando avremo finito qui, fammi firmare un mandato per il suo gestore telefonico. Vediamo se riusciamo a localizzare il segnale del suo cellulare. Possiamo tornare all'altro filmato?»

Dan riportò la sedia al primo schermo e riavviò il video. Josie gli chiese di riavviarlo tre volte, ma i suoi tentativi di leggere le labbra di Gretchen fallirono.

Allora Noah si avvicinò e prese il mouse, rimettendo da capo il filmato un'altra volta. «Proprio lì» disse. «prima di riattaccare dice: "Arrivo subito".»

«Beh, questo non ci serve a niente.» disse Josie. «Non abbiamo idea di dove sia andata. Riuscite a capire cos'altro ha detto?»

Guardarono la registrazione ancora due volte, ma nessuno di loro riuscì ad aggiungere nulla di nuovo. «Dove è andata? Avete ottenuto qualcosa dall'MDT?»

Lamay annuì. «L'MDT l'ha rintracciata a un isolato da casa sua. L'auto è rimasta lì per mezz'ora, poi è andata verso sud, e il segnale è scomparso a metà del ponte.»

Lamay tirò il portatile verso di sé e, con alcuni clic, aprì un'altra finestra che mostrava una griglia di strade, una delle quali era Campbell Street all'altezza del civico 400. La casa di Gretchen si trovava al centro dell'isolato. L'icona che rappresentava il veicolo di Gretchen era ferma su Miller Street, dietro la casa di Gretchen. Dai calcoli di Josie, non sembrava che avesse parcheggiato proprio parallelamente alla casa, ma avrebbe comunque potuto intrufolarsi nella sua proprietà dal retro. Ma perché avrebbe dovuto?

Se era diretta a casa, perché non aveva parcheggiato nel vialetto? Se Gretchen aveva lasciato la centrale dopo quella telefonata ed era andata direttamente a casa, significava che era stata sulla scena del crimine. Giusto? In tal caso, dove era andata dopo? E per quale motivo aveva disattivato l'MDT della sua auto? Oppure l'aveva disattivato qualcun altro? Era la stessa persona che aveva sparato al ragazzo e aveva rapito Gretchen?

«Vado a far emettere quel mandato di ricerca.» disse Noah.

«Buona idea.» disse Josie, distogliendo lo sguardo dal portatile e dando una pacca sulla spalla di Lamay. «Grazie, Dan. Che mi dici di quel mandato per la società di autonoleggio?»

SETTE

A Denton c'erano due ponti che attraversavano il fiume Susquehanna nel punto in cui si snodava e si insinuava lungo i margini più esterni della città. Quello a sud di Denton era relativamente piccolo, una corsia per senso di marcia, e non era molto trafficato. Dall'altra parte c'era una rete di strade strette che si snodavano tra le montagne e portavano alla vicina contea di Lenore e alle sue valli ondulate con terreni agricoli e di caccia.

Josie accostò al marciapiede e scese, e Noah la raggiunse.

«Cosa stiamo cercando?» le chiese.

A parte un'auto che passava, in direzione del centro di Denton, l'aria era altrimenti immobile e silenziosa, e dall'alto i lampioni emettevano un'opaca luce gialla. Josie si sporse oltre il bordo del guardrail. Sotto di loro, il fiume scorreva tranquillo. «Non lo so.» disse Josie.

Noah appoggiò una mano al guardrail. «Beh, è evidente che non è stata lei a buttare l'auto giù dal ponte. È tutto intatto. Anche gli argini del fiume sembrano inalterati; se qualcuno fosse andato giù con l'auto mi sarei aspettato di vedere qualche cespuglio appiattito, un albero rovesciato.»

«Il che significa che chiunque abbia fermato l'auto su questo ponte ha anche disattivato l'MDT.» disse Josie. «Ed è probabile che l'abbia gettato nel fiume.»

«Pensi che nell'auto ci fosse qualcun altro, oltre a Gretchen?»

Josie incrociò il suo sguardo. «Pensi che ci fosse Gretchen alla guida? Pensi che abbia lasciato un cadavere nel vialetto di casa sua, sia venuta qui, abbia disattivato l'MDT, l'abbia gettato nel fiume e poi se ne sia andata?»

Non c'erano segni di alterazione o irrazionalità nella voce di Noah.

«Gretchen si trovava alla centrale. Ha ricevuto una chiamata sul cellulare. Ha detto: "Arrivo subito". Ha guidato fino all'isolato vicino casa sua. La porta d'ingresso era socchiusa e il bossolo trovato sul portico era un nove millimetri, che è lo stesso calibro della sua arma d'ordinanza. Tutto ciò che sappiamo indica che lei si trovava a casa quando la vittima è arrivata e che probabilmente gli ha sparato. Inoltre, disattivare un MDT non è facile così come buttarlo fuori dall'auto. Chiunque sia stato sapeva cosa stava facendo.»

«Quindi, forse, la persona che ha ucciso quel ragazzo ha usato la pistola di Gretchen per spargli e l'ha lasciato morto in mezzo al suo vialetto. Forse quella stessa persona sapeva come disattivare l'MDT, o forse ha costretto Gretchen a farlo.»

Non appena pronunciò quelle parole, il dubbio si fece strada nella mente di Josie: se Gretchen fosse stata costretta, avrebbe trovato il modo di lasciare un messaggio, un indizio. Avrebbe fatto credere che l'MDT fosse stato disattivato, ma avrebbe lasciato l'antenna intatta in modo che potessero trovarla. Non è così?

«Josie» disse Noah. «Credo che dobbiamo prendere in considerazione il fatto che non conosciamo Gretchen abbastanza bene. Non quanto basta per sapere di cosa potrebbe essere davvero capace.»

Josie mise le mani sui fianchi e lo fissò. «So abbastanza da sapere che Gretchen non è capace di sparare alle spalle di un ragazzo, lasciarlo a morire e andarsene.»

Noah alzò le mani in segno di solidarietà. «Boss... voglio dire, Josie... so che nutri una profonda fiducia nei confronti di Gretchen e che da quando è arrivata è stata un'agente fedele e dedita al dipartimento, ma quanto ne sai davvero sul suo conto?»

Josie lo superò per tornare alla macchina e da sopra la spalla brontolò: «Ora basta. So quello che occorre sapere. E adesso andiamo all' autonoleggio, dobbiamo scoprire l'identità di questo ragazzo e qual è il suo legame con Gretchen.»

OTTO

L'agenzia Prime Car Rental si trovava su una strada boscosa a due corsie ai margini della città, a un quarto di miglio dall'Interstatale. Il tozzo edificio a un piano era circondato da un ampio parcheggio, i cui posti erano occupati da lucide berline e piccoli SUV di ogni colore. Attraverso le pareti di vetro della facciata dell'edificio, illuminato da luci fluorescenti, si vedeva un piccolo atrio piastrellato con diverse sedie in vinile e un tavolino pieno di opuscoli. Di fronte all'ingresso c'era un alto bancone. Josie e Noah vennero annunciati d a un lungo e acuto scampanellio che risuonò da qualche parte sul retro dell'edificio, al quale una giovane donna con i capelli neri raccolti in uno chignon scompigliato uscì da una porta dietro il bancone. Indossava un semplice abito nero con sopra un cardigan grigio. Si sistemò il risvolto del maglione ed esibì a entrambi un sorriso di circostanza. «Cosa posso fare per voi?»

Josie fece scorrere il mandato sul bancone e mostrò le sue credenziali. «Io sono la detective Quinn e questo è il tenente Fraley, della polizia di Denton.»

La ragazza spalancò gli occhi quando vide il distintivo del dipartimento di Josie.

«Oh mio Dio, ma io la conosco!» esclamò. «Lei era il capo della polizia e sua sorella è quella giornalista...»

«Sì» la interruppe Josie. «Sono proprio io. Ma non sono qui per...»

«Oh mio Dio.» continuò la ragazza. «Ho seguito il programma *Dateline* su voi. Intendo il terzo. Ha risolto quel caso in cui...»

«Mi dispiace, Miss...» la interruppe Noah con un sorriso smagliante, avvicinandosi a Josie. «So che la detective Quinn è una piccola celebrità locale, ma siamo qui per un caso, ed è molto importante. Speravamo che lei potesse aiutarci.»

Si premette una mano sul petto e Josie notò che si mangiava le unghie e che lo smalto rosso era sbiadito in strisce frastagliate. «Io?» disse. «Vi aiuterei volentieri.»

«Benissimo.» disse Noah, battendo un dito sul mandato. «Stiamo indagando su un caso che riguarda una delle vostre auto a noleggio. Con questo mandato lei è autorizzata a rendere noto il nome della persona che l'ha noleggiata.»

La ragazza prese il mandato e lo guardò, aggrottando la fronte. I suoi occhi continuavano a scattare alle spalle di Noah, verso Josie. «È un caso importante?» chiese in tono sommesso.

Rispose Josie, dicendo: «Trattiamo tutti i nostri casi con la stessa attenzione.»

«Naturalmente.» convenne la giovane e con cautela, posizionò il mandato accanto alla tastiera e iniziò a digitare. «James Omar.» disse poi. Girò lo schermo in modo che potessero vedere una copia della sua patente di guida. «Di Boise, Idaho.»

Josie avrebbe dovuto confrontare l'immagine sulla patente con il corpo, ma era abbastanza sicura che il ragazzo a cui avevano sparato nel vialetto di Gretchen fosse James Omar. La patente mostrava un giovane uomo dalla pelle olivastra, capelli neri e ricci e occhi nocciola. Nella foto non sorrideva, ma Josie vedeva che era attraente. Come se le leggesse nel pensiero, la ragazza disse: «È carino. E ha appena ventitré anni.»

Josie soppresse una smorfia. Non poteva fare a meno di pensare a tutte le persone con cui James Omar non sarebbe mai uscito. Che cosa ci faceva a casa di Gretchen?

«Mi sembrava che sotto i ventisei anni non si potesse noleggiare un'auto.» osservò Josie.

La ragazza agitò una mano in aria. «Oh, quella è una vecchia regola e non tutte le agenzie di noleggio la rispettano. Le aziende più recenti, come noi, hanno abbassato l'età di noleggio a ventuno anni. Così si incrementano gli affari.»

Noah era tutto preso ad annotare informazioni sul suo taccuino e Josie domandò: «Sarebbe possibile avere una copia del documento come prova?»

La ragazza sorrise. «Ma certo!»

Un attimo dopo si udì il ronzio di una stampante in azione da dietro il banco, la ragazza si chinò e tornò su con un fascio di fogli che porse a Josie. «C'è anche il contratto di noleggio.»

«Ci risulta che abbia noleggiato l'auto a Philadelphia due giorni fa.» disse Noah.

La ragazza girò di nuovo lo schermo e cliccò sul mouse alcune volte. «Sì, è così. Nella nostra sede al 3300 di Chestnut Street. C'è qualcos'altro che posso fare per voi?»

Josie prese una penna dal ripiano del bancone e segnò l'indirizzo in cima al fascio di fogli che la ragazza le aveva consegnato. «No, ma grazie, ci è stata davvero utile.»

Una volta in macchina, Noah studiò la stampata della patente di James Omar. «Cosa ci fa un ragazzo dell'Idaho a Philadelphia?»

«Lavoro o studio, direi.» suggerì Josie mentre avviava la Escape e usciva dal parcheggio, in direzione dell'obitorio.

«Ha ventitré anni... aveva ventitré anni. Troppo grande per essere uno studente.»

«Non se stava conseguendo la specializzazione.» sottolineò Josie. «O forse aveva accettato un lavoro in un'azienda di Philadelphia.»

«Allora cosa ci faceva qui?»

«Lo scopriremo.» gli assicurò Josie. «C'è un recapito telefonico su quel documento?»

Noah sfogliò alcune pagine. «Sì» disse, tirando fuori il telefono e componendo il numero. Lo mise in vivavoce in modo che potesse sentirlo anche lei. Squillò una volta e partì direttamente la segreteria telefonica, con la voce di un giovane uomo: «Avete chiamato James. Lasciate un messaggio.»

Noah premette l'icona per chiudere la chiamata e fece un sospiro. «Dovremo ottenere un mandato anche per il suo gestore telefonico, così otterremo i tabulati delle ultime due settimane e poi vedremo se riusciremo a triangolare il suo telefono e quello di Gretchen. Non c'era nessun telefono sul corpo o nell'auto a noleggio.»

Josie annuì. «Sì, faremo così, ma prima troviamo un riscontro dell'identificazione.»

L'obitorio comunale di Denton consisteva in un grande ambulatorio senza finestre e in un piccolo ufficio presieduto dalla dottoressa Feist. Si trovava nel seminterrato del Denton Memorial Hospital, un antico edificio in mattoni in cima a una collina da cui si vedeva la maggior parte della città. L'odore li colpì prima ancora di entrare nella sala visite: uno strano miscuglio di sostanze chimiche e di decomposizione a cui Josie non si era mai abituata. Con un brivido, si ricordò di tutte le volte che era entrata in quella stanza a fianco di Gretchen, completamente insensibile agli odori dell'obitorio e al suo triste e spesso raccapricciante contenuto.

Il giovane giaceva nudo sul tavolo da autopsia, con una grande lampada circolare che gli illuminava il viso. Josie poté constatare che aveva un fisico magro e muscoloso, da corridore. Il petto e le gambe erano fitti di peli scuri e ispidi. Il tatuaggio di una testa di lupo, dagli occhi grigi e penetranti, si estendeva sul braccio sinistro. La dottoressa Feist dava loro le spalle mentre disponeva i suoi strumenti sul tavolo. Indossava un camice blu scuro e portava i capelli biondo-argento raccolti sotto una cuffia di stoffa in tinta. Quando entrarono si girò, offrendo loro un sorriso cupo. «Spero che abbiate qualcosa per me.»

Josie le consegnò la copia della patente di James Omar. La dottoressa Feist la studiò e il suo sorriso si affievolì. «Se mai ho visto una corrispondenza positiva, questa è indiscutibile. Naturalmente, quando ci metteremo in contatto con la famiglia, la conferma del tatuaggio sarà la prova definitiva.»

Si avvicinò al tavolo e tenne la foto della patente accanto al viso del giovane. Josie e Noah si avvicinarono e la fissarono. Josie aveva sempre l'impressione che la morte rubasse qualcosa di essenziale alle sembianze fisiche di una persona, al punto che questa non assomigliava più a quella che era stata in vita. Era esattamente così anche per quel ragazzo: l'essenza che lo aveva reso James Omar se n'era andata, lasciando dietro di sé nient'altro che un guscio senza vita. Eppure, la struttura ossea, i capelli, gli occhi e il colore della pelle erano tutti identici.

Noah emise un pesante sospiro. «È lui.»

La dottoressa Feist sollevò la copia della patente di guida. «Posso tenerla?»

«Certo.» disse Josie. Tirò fuori il telefono e scattò una foto.

Quando una vittima di omicidio proveniente da un altro Stato veniva trovato nella loro giurisdizione, il protocollo standard prevedeva che l'ufficio del medico legale di Denton contattasse il medico legale della contea e dello Stato in cui la vittima risiedeva, affinché ne notificasse il decesso e mettesse in contatto la famiglia con il Dipartimento di Polizia di Denton. Perciò, la dottoressa Feist disse: «Chiederò all'ufficio del medico legale di Boise di contattarvi una volta fatta la notifica. Immagino che vorrete parlare con la famiglia.»

«Sì» disse Josie. «Abbiamo parecchie domande da fare.»

NOVE

SEATTLE, WASHINGTON

Maggio 1993

La consapevolezza arrivò a frammenti. All'inizio Luisa Munroe non aveva capito cosa stesse accadendo. In realtà, non si era nemmeno resa conto che stesse accadendo qualcosa. Arrivata a casa dopo il turno dalle tre alle undici al Northwest Hospital, si era preoccupata più del dolore alla schiena che del fatto che la luce del portico non si fosse accesa. Entrata in casa attraversò l'oscurità del soggiorno.

«Josh?» chiamò.

Schiacciò l'interruttore della luce accanto alla porta d'ingresso. Niente. Le sfuggì un sospiro stanco. Si chiese per quanto tempo fosse mancata la corrente. Abbastanza a lungo perché tutto il cibo nel freezer fosse andato a male? Gettando la borsa sul divano, si diresse verso la cucina, dove un filo di luce fioca attraversava la stanza, illuminando tutto l'ambiente. Luisa guardò a sinistra verso il punto in cui il faro del cortile dei vicini brillava, come sempre, attraverso la finestra della cucina. Erano mesi che assillava Josh perché mettesse delle veneziane, poiché l'idiota della porta accanto si rifiutava di spostare la luce lontano dal lato della loro casa.

«Josh?» chiamò di nuovo.

Attraversò la porta sul retro e, aprendola, fece tintinnare le campane a vento a forma di mongolfiera che erano appese sopra la porta della veranda. Sbirciò fuori, accorgendosi solo in quel momento che le luci nelle case dei vicini erano accese, il che significava che la corrente era saltata solamente da loro.

Rientrando in casa, notò il disegno attaccato allo sportello del frigorifero. Un foglio di carta bianca con goffe macchie di colore che lo attraversavano a intermittenza; il disegno rudimentale di un bambino che raffigurava una casa rossa, completa di un sole giallo e di quattro figure a bastoncino.

«Josh!» Questa volta la voce di Luisa aveva una sfumatura di panico.

Non avevano figli. Non avevano amici o colleghi con bambini. Nessuno dei vicini con cui erano in confidenza aveva bambini piccoli. Non avevano nemmeno dei nipotini.

Una delle cose che li aveva uniti e che aveva rafforzato l'attaccamento l'uno all'altra era la decisione di non avere figli.

Erano felici. Avevano abbastanza. Era una decisione che la maggior parte delle persone non poteva capire, ma che per loro aveva senso.

Luisa lavorava in terapia intensiva, dove era dolorosamente evidente quanto fragile potesse essere la vita, ma soprattutto non aveva contatti con i bambini, a eccezione dei figli maggiorenni che a volte perdevano i genitori. Josh lavorava come meccanico d'auto e solitamente lavorava sotto a qualche veicolo, non andava in giro a trattare con i clienti, o con i loro figli. Fissando il disegno, Luisa si arrovellò il cervello per capire in che modo suo marito avrebbe potuto ricevere un disegno da un bambino e poi appenderlo sul frigorifero.

Quel disegno, da qualsiasi parte provenisse, non apparteneva a loro.

All'improvviso percepì il silenzio che avvolgeva la casa come se fosse il boato di un tuono. Corse verso la camera da letto e spalancò la porta. Intravide per una frazione di secondo Josh in ginocchio ai piedi del letto, la pelle del dorso, le mani legate dietro la schiena, e poi il fascio di una torcia elettrica la accecò. Una voce, che non riconobbe, disse: «Oh bene, sei a casa. Ora possiamo iniziare.»

DIECI
DENTON, PENNSYLVANIA

Oggi

Il capo Bob Chitwood occupava la posizione da circa sei mesi, eppure il suo ufficio trasmetteva ancora un'aria di provvisorietà; non c'erano tocchi personali, e la scatola da impiegato con la quale si era presentato la prima settimana di servizio era rimasta intatta sul bordo della grande scrivania. Mentre Josie attendeva insieme a Noah che Chitwood riattaccasse il telefono, si guardò intorno, notando la bacheca ormai vuota dove lei aveva attaccato le foto e le pareti vuote dove erano appesi i suoi diplomi, le certificazioni e gli encomi. Non aveva amato essere il capo per la montagna di lavoro burocratico e di manovre politiche a cui Josie non si sentiva adatta, ma era strano ritrovarsi di nuovo dall'altra parte della scrivania.

Chitwood riattaccò il telefono e si abbandonò sulla sedia, con le mani giunte, guardando Josie e Noah con le sopracciglia alzate. Era un uomo alto e magro, sulla sessantina, con alcuni ciuffi dei capelli ormai bianchi e diradati che fluttuavano perennemente sulla sommità del capo, come se non fossero saldamente attaccati al cuoio capelluto. Le sue guance erano solcate da vecchie cicatrici da acne e la barba grigia gli punteggiava il mento, rendendo impossibile capire se stesse cercando di farsi crescere il pizzetto o se gli sfuggisse continuamente un punto quando si radeva.

«Voglio emettere un mandato d'arresto per la detective Palmer.» dichiarò. «Omicidio di primo grado.»

«Cosa?» sbottò Josie.

Noah, come sempre il più misurato dei due, disse: «Signore, non sono certo che abbiamo abbastanza prove per arrestare la detective Palmer per omicidio di primo grado.»

«Ho già parlato con l'ufficio del Procuratore.» annunciò Chitwood. «Abbiamo trovato nel suo vialetto un ragazzo di ventitré anni a cui hanno sparato alla schiena. Ci sono prove che lei si trovava sulla scena del crimine, o nelle vicinanze, quando è avvenuta la sparatoria. Risulta irreperibile e l'MDT è stato rimosso dalla sua auto. Cos'altro pensate che mi serva per emettere un mandato d'arresto? È solo questione di tempo prima che la stampa venga a conoscenza di tutta questa situazione e non voglio dare l'impressione che ce ne stiamo con le mani in mano.»

«Signore» lo interruppe Josie, cercando di controllare la voce. Sapeva che stava reagendo emotivamente e cercò di mettere da parte i suoi sentimenti personali. «Posso occuparmi io della stampa. Ho i miei contatti. Ascolti, la detective Palmer è una di noi. Abbiamo già emesso un mandato di ricerca sia per lei che per il veicolo. Abbiamo inviato un mandato al suo gestore per cercare di localizzare il suo telefono. Conosco la detective Palmer. Sono io che l'ho assunta. Ho lavorato con lei per oltre due anni. Non credo che farebbe una cosa del genere. Ritengo che sia coinvolto qualcun altro.»

Chitwood spinse in avanti il busto, facendo scricchiolare la sedia, e appoggiò le mani sui braccioli. «Non mi interessa quello che pensi tu, Quinn. Credi che Tara non mi abbia messo in guardia su di te e su tutti i tuoi colpi di scena in questa città?»

«Signore» disse Noah «Tara... il sindaco Charleston, è sempre stata di parte nei confronti della detective Quinn.»

Chitwood sorrise, ma non aveva una bella espressione. «Oh, e tu non lo sei? Se non sbaglio, voi due siete diventati una coppia quando Quinn è tornata in servizio. Perciò non mi parlare di pregiudizi, Fraley, o entro questo fine settimana ti ritroverai con il culo in una fionda.»

Josie alzò le mani. «Signore, la prego.» disse. «Stiamo uscendo dai binari. Dobbiamo concentrarci su Gretchen, cioè sulla detective Palmer. Stavo semplicemente dicendo che forse dovremmo concedere alla detective Palmer il beneficio del dubbio e magari trattarla come una persona scomparsa piuttosto che come una criminale in fuga. Mi rendo conto che sembra una situazione compromessa, ma la questione non è un caso chiuso. Prendiamo, ad esempio, la foto del bambino risalente al 2004. Perché Gretchen avrebbe dovuto sparare a questo ragazzo alle spalle e poi appuntargli una vecchia fotografia sul colletto? C'è sotto qualcosa di più, e vorrei avere la possibilità di capire cos'è prima di iniziare a puntare il dito.»

Chitwood prese in considerazione l'ipotesi. Josie poteva praticamente sentire il calore che si sprigionava a ondate dal corpo di Noah. Gli lanciò un'occhiata e notò un rossore sulle sue guance che sapeva essere rabbia, e Noah non era una testa calda. Chitwood lo aveva davvero irritato, Josie poteva vederlo. Il loro nuovo capo stava insinuando che le loro relazioni personali ostacolassero l'efficacia del loro lavoro, mentre era proprio il contrario.

La loro relazione non era nemmeno iniziata fino a quando Josie non si era assentata per motivi di salute, e poi, la si poteva davvero chiamare relazione quando non l'avevano nemmeno consumata? In ogni caso, negli ultimi due anni avevano sempre messo il lavoro davanti a tutto.

Josie incrociò lo sguardo di Noah e gli mimò con le labbra: «Lascia perdere.»

Lui guardò da un'altra parte. «Almeno ci conceda un po' di tempo.» implorò Noah. «Settantadue ore. Consideriamo quello della detective Palmer come un caso di scomparsa. Se non la troviamo entro settantadue ore, potrà emettere il mandato di arresto. In ogni caso, l'intero dipartimento e la Polizia di Stato la stanno cercando.»

Chitwood li fissò ancora per un momento, con uno sguardo incerto che andava dall'uno all'altro. Infine, disse: «Vi do quarantotto ore di tempo.»

＃ UNDICI

«Non ci basteranno quarantotto ore per risolvere questo caso.» borbottò Noah mentre uscivano dall'ufficio di Chitwood e si dirigevano verso il loro ufficio, un insieme di scrivanie al centro della grande stanza al secondo piano dove gli agenti sbrigavano pratiche, facevano telefonate e conducevano ricerche.

Josie, Noah e Gretchen avevano delle scrivanie fisse, mentre gli altri agenti si dividevano quelle in comune. Era stato Noah a liberare l'ufficio del capo dagli effetti personali di Josie mentre lei era in malattia. Era stato lui a scegliere per lei la nuova scrivania fissa da detective, che si trovava di fronte alla sua. La scrivania di Gretchen si trovava a lato di entrambe, e tutte insieme formavano una U.

Mentre Noah gettava a terra con rabbia il suo taccuino, gli occhi di Josie furono attratti dalla scrivania di Gretchen. Come al solito, tutto era pulito e in ordine. Tutti i fascicoli su cui stava lavorando erano impilati accuratamente in un angolo. Le penne erano infilate in una vecchia tazza di caffè della polizia di Denton. Passò accanto alla propria scrivania, tappezzata di fogli, e iniziò a tirare fuori i cassetti della scrivania della collega.

«Non risolveremo il caso in quarantotto ore» concordò Josie. «ma forse riusciremo a trovare Gretchen.»

Noah si tolse la giacca del completo e la stese sullo schienale della sedia poi, incrociando le braccia sul petto, la guardò mentre rovistava tra i cassetti della scrivania. «Potrebbe non essere così semplice.» commentò.

Josie alzò lo sguardo quanto bastava per fargli capire che non era d'accordo con lui. «Lavoriamo sugli indizi, Fraley.» disse.

Lui rise mentre prendeva posto dietro la scrivania. «A quali indizi ti riferisci? Perché dal mio punto di vista, non abbiamo un bel niente.»

Nella scrivania di Gretchen non c'era altro che materiale per ufficio, alcuni oggetti generici per la cura personale, tra cui del filo interdentale, un flacone di ibuprofene e un po' di Alka-Seltzer, e fascicoli di lavoro. «Mi serve il suo fascicolo personale.» disse Josie.

Tornò nell'ufficio di Chitwood e attese alcuni minuti mentre lui trovava il fascicolo di Gretchen. Non si era preoccupato di spacchettare i suoi effetti personali, ma aveva trovato il tempo di riorganizzare il sistema di archiviazione che Josie aveva introdotto quando era capo ad interim. Infine, tornò alla sua scrivania con il fascicolo. Noah spostò la sedia e si mise accanto a lei. «Stai cercando i suoi contatti di emergenza, dico bene?»

«Esatto.» disse Josie. «Quando ha iniziato, avrà dovuto inserirne qualcuno.»

Sui vari moduli che Gretchen aveva dovuto compilare al momento dell'assunzione, aveva scritto: CAROLINE WEBER, e alla voce grado di parentela: CUGINA. Dal prefisso del numero di telefono della donna, Josie dedusse che viveva a Pittsburgh o nelle vicinanze, a circa quattro ore a ovest di Denton.

Josie tirò fuori il telefono e compose il numero. Al terzo

squillo rispose una donna. «Ms. Weber?» disse Josie. «Caroline Weber?»

«Sì?» rispose la donna. La sua voce sembrava più giovane di quanto Josie si aspettasse.

«Sono la detective Josie Quinn del Dipartimento di Polizia di Denton. Chiamo per sua cugina, Gretchen Palmer.»

«Gretchen?» le fece eco la donna, con un tono sorpreso. «Sta bene?»

«A essere sinceri, non ne siamo del tutto sicuri. Questa sera c'è stata una sparatoria a casa di Gretchen e da allora non siamo riusciti a rintracciarla. Ha indicato il suo come contatto di emergenza. Ci chiedevamo se lei, o qualcun altro della sua famiglia, avesse avuto sue notizie.»

Seguì un silenzio così lungo che Josie pensò che fosse caduta la linea. «Ms. Weber?»

Lei si schiarì la gola. «Dottoressa Weber.»

«Mi scusi?»

«È dottoressa Weber. Sto completando la mia specializzazione alla University of Pittsburgh Medical Center.»

Josie non capiva cosa c'entrasse con la scomparsa di Gretchen, ma non volle insistere e disse invece: «Mi scusi. Dottoressa Weber, ha avuto notizie di Gretchen di recente?»

Un sospiro. «Ascolti, detective...»

«Quinn» precisò Josie.

«Detective Quinn, so perché Gretchen mi ha messo come contatto per le emergenze. Vivo a poche ore di distanza. Sono un medico, quindi prendere decisioni mediche al posto suo nel caso fosse impossibilitata a farlo non sarebbe un problema, ma io e Gretchen non siamo intime. Non la sento da anni. Mi manda gli auguri per le feste. Tutto qui.»

«Quindi, non si è messa in contatto con lei oggi.» la incalzò Josie.

«No. Ma posso segnarmi il suo numero e richiamarla, se dovessi sentirla, ma non posso aiutarla.»

Josie capiva perché Gretchen non era in confidenza con quella donna. Era fredda come una giornata d'inverno: non aveva espresso la benché minima preoccupazione per l'incolumità o il benessere di Gretchen, non aveva fatto una sola domanda sulla sparatoria. Per un attimo Josie si chiese se questo non fosse dovuto al fatto che la dottoressa Weber era già a conoscenza di ciò che le serviva sapere da Gretchen e che le aveva semplicemente mentito dicendo di non averla sentita.

«C'è qualcun altro nella vostra famiglia che Gretchen potrebbe contattare se si trovasse nei guai o se avesse bisogno di aiuto?» chiese Josie.

«No, da quando i nostri nonni sono morti qualche anno fa. Voglio dire che probabilmente sono la più vicina a lei, ma questo non significa molto. Mia madre e il padre di Gretchen erano fratelli, e lui, mio zio, è morto. Ho una sorella maggiore, ma vive in Ohio. Gretchen dovrebbe avere degli zii da parte di madre, ma sono abbastanza sicura che non si tenga in contatto con loro. Soprattutto a causa di...» si interruppe all'improvviso e tacque.

«Non si preoccupi, dottoressa Weber, so della madre.» disse Josie. «Me l'ha raccontato Gretchen. Non è che per caso ha i loro recapiti?»

«Io no, ma mia madre sì. Posso chiederli e mandarglieli per messaggio, se mi lascia il suo numero.» si offrì.

«Sarebbe di grande aiuto. La ringrazio. Un'ultima cosa: le dispiacerebbe se le mandassi una fotografia? L'abbiamo trovata nella proprietà di Gretchen e stiamo cercando di capire chi sia il bambino ritratto.»

«Certo, me la mandi. Le farò sapere se lo riconosco.»

DODICI
SEATTLE, WASHINGTON

Luglio 1993

Mary era sdraiata sul letto, con il corpo in tensione mentre ascoltava. Eccolo di nuovo. Un rumore. Assomigliava quasi a un tintinnio di bicchieri, ma c'era anche qualcosa di diverso. Aveva un suono più musicale. Diede una gomitata al marito e le venne risposto con un grugnito. Allora gli mise una mano sulla spalla.

«Tim» sussurrò. «Svegliati. Ho sentito qualcosa.»

Le ci vollero diversi tentativi per svegliarlo. Dormiva sempre come se qualcuno lo avesse drogato. Alla fine, lo svegliò con un forte schiaffo sulla parte superiore della schiena e Tim alzò la testa dal cuscino. Sotto una zazzera di capelli castani, due occhi arrabbiati la fissavano.

«Per la miseria, Mary. Cosa c'è adesso?»

Lei si portò un dito alle labbra per zittirlo. Lui alzò gli occhi al cielo, ma rimase comunque ad ascoltare. Il tintinnio si ripeté.

«Sono i vicini che buttano le bottiglie nel bidone della raccolta differenziata.» spiegò lui, nascondendo di nuovo il viso nel cuscino.

Mary gli diede un forte pizzicotto sul braccio.

«Ahi, ma che cavolo, Mary.» Ma lui si era già alzato dal letto, borbottando sottovoce, qualcosa a proposito di cavolate.

«L'ho sentito davvero.» sibilò Mary mentre Tim cercava gli occhiali sul comodino e spariva nel buio del corridoio.

Avvolgendosi il piumone attorno al petto, ascoltò i rumori dei movimenti di Tim che si aggirava per casa. Sentì il cigolio caratteristico della porta d'ingresso e un attimo dopo lo sentì di nuovo. Poi, altri passi. Lo sentì armeggiare con la porta sul retro. Il tempo umido l'aveva fatta gonfiare nel telaio. Lei gli aveva chiesto di limarla per poterla aprire e chiudere più facilmente. Poi le giunse un forte sferragliamento, come se Tim stesse lottando contro la cosa che stava producendo quel rumore. Non sembrava un bidone della spazzatura pieno di bottiglie di birra. Seguì un rumore che la fece trasalire, qualcosa che atterrava su quello che, immaginava, fosse il tavolo della cucina, poi la porta sul retro che sbatteva.

Anche alla bassa luce della luna che filtrava dalla finestra della camera da letto, Mary poté vedere che il marito era furioso.

«Maledette campane a vento.» sbraitò, tornando a letto. Lanciò gli occhiali sul comodino. «Cosa credevi che fosse? Tu ti svegli se qualcuno scorreggia a tre isolati di distanza; fra tutte le persone cui servono le campane a vento, tu sei l'ultima.»

Mary sentì una lama di paura attraversarle il petto. «Campane a vento? Io non ho comprato campane a vento.»

«Allora chi diavolo le ha appese sul retro, Mary? La fatina dei denti?»

Lui si stava già riaddormentando quando lei scostò le coperte e saltò giù dal letto. La memoria muscolare la portò in cucina nell'oscurità, dove i lampioni esterni rivelarono una serie di campanelli a vento che giacevano ammucchiati sul tavolo della cucina. Avvicinandosi, vide che avevano la forma di una mongolfiera. Tornò di corsa in camera da letto. «Tim» disse varcando la soglia, «non li ho comprati io. Qualcun altro...» Le parole le si bloccarono in gola quando il fascio di una torcia elettrica catturò il suo sguardo. Alzò una mano per proteggersi dal bagliore. Al di là del cerchio di luce, le sembrò di vedere gli occhi di Tim, spalancati e terrorizzati. Era seduto sul letto, con la canna di una pistola premuta sulla tempia.

«Corri!» disse.

Poi arrivò un'altra voce. Di un uomo. Sconosciuta. «Oh, Mary non va da nessuna parte. Stavamo giusto per iniziare.»

TREDICI
DENTON, PENNSYLVANIA

Oggi

Caroline Weber non riconobbe il bambino nella foto del 2004 che era stata appuntata sul corpo di James Omar, così Josie le chiese di inoltrarla alla madre e alla sorella per vedere se loro potevano dare un riscontro positivo, ma nessuna delle due lo riconobbe. Tuttavia, riuscirono a procurare a Josie i nomi e i numeri di telefono degli altri membri della famiglia di Gretchen, e in tempi abbastanza ristretti, così che lei e Noah poterono dividersi l'elenco e iniziare a fare delle telefonate; ma, come per la zia e la cugina, nemmeno loro avevano avuto notizie di Gretchen e anche se accettarono di ricevere il messaggio con la foto del bambino, nessuno lo riconobbe.

Erano quasi le undici di sera ed erano in un vicolo cieco.

Noah si appoggiò allo schienale della sedia, allungando le braccia in aria e poi intrecciando le dita dietro la testa. «Dovremmo chiuderla qui per stasera.»

«Sua madre è ancora viva.» disse Josie, ignorando quel suggerimento mentre annotava qualcosa sul fascicolo che teneva sulla scrivania.

Senza scomporsi, Noah rispose: «Sua madre è in prigione.»

«Posso fare una telefonata al direttore.» ribadì Josie. «E chiedergli che le venga mostrata la foto. Non devo necessariamente andarci.»

«Appunto.» disse Noah. «Non credo che andarci sia una buona idea.»

La madre di Gretchen era una detenuta dello stesso penitenziario che ospitava la madre di Josie, ovvero la donna che l'aveva rapita alla sua vera famiglia e si era spacciata per sua madre per tutta la vita. Lila Jensen era una donna malvagia e malata come poche. Nemmeno un cancro alle ovaie in stato avanzato era riuscito a toglierla di mezzo. Quando era stata incarcerata dopo aver ottenuto un patteggiamento per le molteplici accuse che le erano state mosse, i medici le avevano dato tre mesi di vita. Questo era avvenuto sei mesi prima, e quella stronza continuava a campare. Non c'era motivo per Josie di incontrare Lila Jensen, se fosse andata a trovare la madre di Gretchen al penitenziario di Muncy, ma non aveva comunque voglia di avvicinarsi così tanto a lei.

«Inoltre» aggiunse Noah «la madre di Gretchen non era già in carcere nel 2004?»

«C'è sempre la possibilità che altri membri della sua famiglia si siano tenuti in contatto con lei.» ipotizzò Josie. «Il carcere avrà un registro dei visitatori e saprà quanta corrispondenza riceve e da chi. Mi rendo conto che è un'ipotesi azzardata, ma non credo che dovremmo scartarla con tanta disinvoltura.»

Cercò il numero del direttore sul suo computer e poi prese il telefono. Noah si alzò, girò intorno alla scrivania e posò delicatamente una mano sulla sua. «Credo che ti sia sfuggito che sono le undici di sera.»

Josie lo guardò e aprì la bocca per protestare, ma Noah parlò per primo. «Lo so. So già che non vuoi fermarti, ma non possiamo fare altro in questo momento. Abbiamo già emesso un mandato di ricerca per Gretchen e il suo veicolo. Se uno dei due viene localizzato durante la notte, ci chiameranno. I mandati sono stati inviati ai gestori di telefonia mobile per entrambi i telefoni di Gretchen e Omar. Ne ho fatto uno anche per il conto bancario e le carte di credito di Gretchen, così possiamo vedere se ci sono state attività. Probabilmente avremo notizie domani, ma non prima. Non possiamo parlare con il direttore di Muncy o con la famiglia di James Omar fino a domani. Inizieremo domattina presto. Ora andiamo a prendere qualche disgustoso panino al minimarket e torniamo a casa.»

Noah, sempre pratico.

Josie si alzò, con un piccolo sorriso sulle labbra.

Noah abbassò la voce. «Perché non vieni a casa da me?» Il suo sguardo era elettrico. Josie non desiderava altro che trascorrere un paio d'ore insieme per distrarsi entrambi da qualsiasi cosa stesse accadendo con Gretchen. Non avrebbe voluto altro che finire quello che avevano iniziato tante volte negli ultimi mesi.

Era sul punto di accettare quell'invito quando il suo cellulare emise un trillo sul tavolo per un messaggio di Trinity.

Abbiamo portato a casa un po' di torta dal ristorante. Pensi di tornare?

Poi arrivò una foto di tutti e quattro i Payne nella cucina di Josie che si stringevano intorno a una torta di compleanno, con grandi sorrisi. La sua famiglia. La famiglia che da piccola aveva sempre desiderato. Al pensiero della famiglia che aveva a lungo sognato durante le interminabili ore chiusa, al buio, nello sgabuzzino della roulotte di Lila Jensen, avvertì una fitta vibrante in mezzo al petto, come per qualcosa che le mancava. Girò il telefono verso Noah in modo che potesse vedere la foto.

«Stasera non posso.» mormorò.

Sul suo viso lesse un barlume di delusione, ma fu una sensazione che durò appena una frazione di secondo perché lui le sorrise e disse: «Dovresti andare da loro. Avremo un sacco di tempo, per noi due.»

Josie resistette all'impulso di baciarlo. Non qui, non davanti a tutti. Invece, si limitò a dire: «Grazie.»

QUATTORDICI

Nonostante avesse festeggiato con i Payne fino alle due passate, Josie si alzò alle sei, si fece la doccia e si mise a gironzolare per la cucina, in attesa che il caffè fosse pronto. Un trillo del suo telefono le annunciò l'arrivo di un messaggio. Era da parte di Noah: stava andando al comando di polizia. *Arrivo tra dieci minuti*, rispose.

In fretta e furia, pescò la sua tazza da viaggio dalla credenza, facendo cadere una torre di contenitori Tupperware. Cercò di impedire che cadessero a terra, ma riuscì a prenderne soltanto due. Li raccolse tutti e li gettò nel lavandino, poi rimase ad ascoltare se il trambusto avesse svegliato qualcuno dei suoi ospiti, e quando constatò che non aveva disturbato nessuno, versò il caffè e chiuse di scatto il coperchio della tazza.

Rivolse i suoi pensieri a Gretchen, alla sua casa vuota, all'elenco dei parenti che avevano a malapena contatti con lei e alle foto dei suoi amati nonni, di cui ormai rimaneva traccia solamente grazie a una collezione di oggetti impacchettati. Josie si chiese se Gretchen avesse mai accolto qualche ospite a casa sua negli anni in cui aveva vissuto a Denton, e quindi si domandò come potesse essere la vita di una persona che aveva messo delle trappole alle finestre.

All'inizio Josie pensava che sarebbe impazzita con così tante persone intorno; era piuttosto complicato adattarsi dopo aver vissuto da sola per tanto tempo, ma alla fine si era abituata a goderselo. Quando la sua casa era vuota e silenziosa, aveva troppo tempo per pensare a tutto quello che era successo negli ultimi mesi e a tutto quello che Lila Jensen le aveva portato via. Poi i pensieri cupi e l'ansia opprimente si facevano strada. In passato avrebbe anestetizzato il dolore con il sesso e l'alcol. Ora cercava di farlo in compagnia delle persone a lei più care: i Payne, la nonna, Misty, il piccolo Harris e Noah.

Se non si fosse conosciuta bene, avrebbe potuto pensare che stava cambiando come persona.

Josie afferrò una fetta di torta di compleanno vecchia di un giorno e la mangiò in due bocconi mentre usciva di casa, con la mente che tornava a James Omar. Era stato ospite di Gretchen? Come si conoscevano, se si conoscevano?

Quando lei arrivò alla centrale, Noah era già seduto alla scrivania con il ricevitore del telefono fisso premuto contro l'orecchio. Si accomodò sulla sedia mentre lui terminava la telefonata. «Il direttore del penitenziario arriverà alle otto e farà in modo che la madre di Gretchen dia un'occhiata alla nostra foto. Mi ha anche detto che Gretchen non è mai andata a trovarla in tutti gli anni da quando è dentro, perciò, ho i miei dubbi che abbia idea di dove possa essere andata Gretchen. Ma, a quanto pare, ha due cugini che le hanno fatto visita e le hanno scritto nel corso degli anni, quindi avevi ragione: almeno varrà la pena mostrarle la foto.»

«Fantastico.» commentò Josie. «Non mi sorprende che Gretchen non si sia più messa in contatto con lei. Credo che stiamo sbagliando tutto. Pensaci: dove ha trascorso, Gretchen, la maggior parte degli ultimi quindici anni della sua vita prima di venire qui?»

«Era nella polizia di Philadelphia.» rispose Noah. «Alla Omicidi. Dovremmo parlare con i suoi colleghi.»

«Precisamente.» disse Josie. Aprì il cassetto centrale della sua scrivania, tirò fuori il fascicolo del personale che si era procurata la sera prima e lo sfogliò, cercando il curriculum e le referenze di Gretchen. La prima di queste referenze era di un tenente della Omicidi, Steven Boyd.

Josie compose sul cellulare il numero del Dipartimento Omicidi di Philadelphia e chiese del tenente Boyd, solamente per sentirsi rispondere che avrebbe dovuto richiamare perché non sarebbe arrivato prima delle quattro del pomeriggio. Con un sospiro, si collegò dal computer a Facebook e cercò James Omar. Trovò il suo account quasi subito. La foto del suo profilo era un primo piano del suo viso con i ricci che si muovevano al vento. Alle sue spalle, si poteva intravedere una spiaggia. Cliccò sulle altre foto della galleria; non ce n'erano molte, evidentemente non passava molto tempo sui social media. Ce n'erano alcune di lui insieme a un gruppo di ragazzi e altre di lui con i suoi genitori e una persona che Josie immaginava fosse una sorella minore, data la sua somiglianza sia con James che con i genitori nelle foto. Eccoli a un concerto all'aperto, a un tour del campus universitario, riuniti a tavola per la cena del Ringraziamento e intenti ad addobbare un gigantesco albero di Natale. Sembravano felici. Josie sentì una stretta al cuore. Oggi si sarebbero svegliati in un mondo in cui non sarebbero mai più stati felici. Almeno, mai più nel modo in cui lo erano stati prima.

Saltò il resto delle fotografie e studiò invece l'elenco dei suoi amici. Era una lista lunga. Con un sospiro, Josie iniziò a scorrere i vari nomi, alla ricerca di eventuali collegamenti con Gretchen o Denton. Tre ore dopo aveva un forte torcicollo e nessun indizio. La maggior parte dei suoi amici viveva nell'Idaho, qualche decina viveva a Philadelphia o nei dintorni e gli altri erano sparsi in tutto il paese. E nessuno sembrava fornire alcun collegamento con Gretchen o con la città di Denton.

Allora perché mai Omar aveva noleggiato un'auto e si era recato a Denton?

Cosa ci faceva a casa di Gretchen?

Cliccò sulla scheda profilo. Non fu una sorpresa scoprire che la città natale di Omar era Boise, nell'Idaho. Aveva indicato di essere single e aveva frequentato la Purdue come studente universitario. Successivamente aveva completato gli studi laureandosi alla Drexel University di Philadelphia. Lei era andata dritta alle sue foto e alla lista degli amici, mentre la scheda profilo era sempre stata lì. Questo risolveva il mistero del perché si fosse trasferito a Philadelphia.

«Avevo ragione.» esclamò Josie, guardando Noah.

Lui fece il giro della scrivania e studiò lo schermo del computer. «Beh, adesso i collegamenti con Philadelphia sono due: il vecchio tenente della Omicidi di Gretchen e la Drexel University.»

«Si va a Philadelphia.» disse lei da sopra le spalle alzandosi e dirigendosi verso l'ufficio del capo Chitwood.

QUINDICI

«Voi due *non* andate a Philadelphia.» disse Bob Chitwood in piedi dietro la scrivania, con le mani sui fianchi, fissando Josie e Noah.

«Signore» disse Josie «tutti gli indizi portano a Philadelphia. Qualcuno ci deve andare.»

«Appunto.» disse Chitwood. «Qualcuno. Non tutti e due. Pensate che il dipartimento sia disposto a offrire a voi due una fuga romantica? Siete fuori di testa.»

Ancora una volta, Josie vide il muscolo della mascella di Noah irrigidirsi e la sua bocca che si apriva per rispondere a Chitwood, ma Josie parlò per prima. «Signore, Gretchen ha vissuto e lavorato a Philadelphia per almeno quindici anni prima di trasferirsi a Denton. Ci sono buone probabilità che ci sia tornata e al momento siamo a corto di indizi. Inoltre, devo indagare sulla vita di Omar a Philadelphia e vedere se riesco a scoprire perché ha noleggiato quell'auto ed è venuto a Denton. Dovrebbe volerci soltanto un giorno, forse due.»

Chitwood sospirò. «Bene. Uno di voi ci va. Ma ho bisogno dell'altro qui, specialmente considerando che Palmer è scomparsa. Quinn, tu sei il responsabile dell'indagine, perciò vai tu.

Ma è meglio che il tuo culo torni qui entro mercoledì, o ti faccio rapporto. Ora sparisci dal mio ufficio.»

Noah girò sui tacchi e uscì dalla stanza. Josie lo seguì, ma le loro strade si divisero quando raggiunsero l'ufficio. Noah proseguì per andare a prendere un po' d'aria prima di perdere le staffe, immaginò Josie, che invece si precipitò alla sua scrivania, dove il telefono stava squillando. «Detective Quinn» rispose.

Una roca voce maschile salutò scatenando una piccola fitta nel petto di Josie, tanto che non dovette nemmeno chiedergli chi fosse. Non c'era suono al mondo che si potesse confondere con quello del dolore nella voce di un genitore. «Mr.Omar...» disse.

Lui si schiarì la gola. «Randall Omar, sì.» disse. «Sono il padre di James.»

«La ringrazio per aver chiamato.» disse Josie. «Prima di tutto, mi lasci dire quanto sono dispiaciuta per la sua perdita.»

«Grazie.» disse lui, e la tensione nella sua voce si fece più profonda. «Il eh... il medico legale qui a Boise ci ha contattato. Ci ha detto di... di James. Ha detto che lei era il detective incaricato di trovare il suo... il suo...»

«Il suo assassino.» disse per lui Josie. «Sì, farò tutto il possibile per trovare la persona che ha ucciso suo figlio e assicurarla alla giustizia. Glielo garantisco.»

«Grazie.» ripeté Randall, con voce densa e roca. «Ha qualche pista?»

Josie gli espose ciò che sapevano, risparmiandogli, per quanto possibile, i dettagli più raccapriccianti. Non aveva senso sconvolgere ulteriormente il padre in lutto, quando soltanto il giorno precedente aveva scoperto che suo figlio era stato ucciso in modo così crudele. «Mr.Omar, suo figlio è stato trovato nel vialetto di una donna di nome Gretchen Palmer. Questo nome le suona familiare?»

«No, mi dispiace. Posso chiedere a mia moglie, ma non mi sembra affatto familiare. E la foto di cui ha parlato? Di un bambino, ha detto? Sarebbe possibile vederla?»

«Ci sarebbe molto utile.» disse Josie. «Se vuole, posso inviargliela via messaggio, anche adesso.»

«Sì, certo.» Lui le dettò un numero e Josie gli inoltrò l'immagine via cellulare. Aspettò e rimase ad ascoltare le voci distanti e ovattate di Mr.Omar e di sua moglie che ne discutevano. Poi Randall tornò al telefono. «Non so che dire. Non abbiamo mai visto questo bambino. Non sappiamo chi sia. Voi non sapete di chi si tratti? O perché la sua foto è stata appuntata sul... sul corpo di mio figlio?» e pronunciando la parola "corpo", la sua voce si incrinò. Josie gli rispose con voce delicata. «Mi dispiace molto, Mr.Omar. Non sappiamo chi sia quel bambino, non ancora. Stiamo cercando di scoprirlo. Quando ha parlato per l'ultima volta con suo figlio?»

«Tre giorni fa. Era il compleanno di mia moglie. Ha chiamato per farle gli auguri.»

«Per caso le ha parlato di qualche viaggio che voleva fare?»

«No» disse Randall.

«Le è sembrato strano? Sembrava stressato o distratto?»

«Non più del solito. Era sempre un po' stressato per i suoi studi.»

«So che suo figlio si è laureato alla Drexel University di Philadelphia. È vero?»

Lo sentì deglutire. La sua voce suonava più decisa con un argomento che lo poneva su un terreno emotivo più solido. «Sì, è vero. Stava studiando...»

In sottofondo, Josie sentì una voce femminile che interloquiva. «Genetica. Studiava genetica.»

Una risata nervosa filtrò attraverso il telefono. Randall disse: «Mia moglie ha detto genetica. Mi scusi, non riesco a pensare con chiarezza in questo momento.» Fece un respiro profondo. «Ma lo sapevo. James parla sempre di tutta questa roba scientifica... oh, Gesù... parlava... ne parlava sempre. Oh, Signore.»

«Non si preoccupi, Mr.Omar.» disse Josie con gentilezza. «Mi rendo conto che questo è un momento estremamente difficile, e per questo la ringrazio di nuovo per avermi chiamata. Può dirmi dove viveva James? Alloggiava al campus?»

«Beh, non credo che fosse un alloggio del campus. Era uno specializzando. C'è un piccolo complesso di appartamenti a pochi isolati dalla facoltà di Scienze. Non è un granché, ma è economico.»

«Viveva da solo?» continuò Josie. «O con un coinquilino?»

«Ehm, sì, con un coinquilino. Ethan.»

«Allora avrò bisogno di interrogare anche lui.» disse Josie. «Per caso ha il suo numero?»

«Certo.» disse Randall. «Vuole andare a Philadelphia?»

«Partirò tra qualche ora.» disse Josie. «Sarebbe fantastico se potesse mandarmi via messaggio i nomi e i contatti delle persone con cui pensa che dovrei parlare.»

«Certo.» ripeté Randall. «Ci sarebbe anche il suo tutor, il professor Larson. Le manderò il suo numero di telefono. È stato un vero e proprio mentore per James, nonché proprietario di casa. Penso che possa aiutarla.»

Josie lo ringraziò di nuovo prima di aggiungere un'ultima domanda. «Mr.Omar, le viene in mente un motivo per cui suo figlio avrebbe dovuto noleggiare un'auto e venire a Denton?»

Seguì un lungo silenzio, scandito solo dai respiri affannosi dell'uomo prima che lo interrompesse per dire: «No, detective. Mi dispiace. Non mi viene in mente niente.»

SEDICI

Tre ore più tardi, Josie aveva fatto una prenotazione all'Hilton, a pochi isolati dal comando di polizia di Philadelphia, e aveva preso appuntamento con il tenente Steve Boyd e con il professor Perry Larson per l'indomani. Aveva anche provato a contattare il compagno di stanza di James Omar, Ethan, ma le aveva risposto direttamente la segreteria telefonica. Dopodiché aveva fatto un salto a casa per una cena veloce con i Payne prima che tornassero tutti alle rispettive case. Si mise alla guida per Philadelphia di sera, ringraziando il fatto che fosse abbastanza tardi da non dover affrontare il traffico cittadino.

La sua camera d'albergo si trovava a uno dei piani più alti. Aveva un'ampia veduta sulle luci scintillanti della città circostante. Si sedette sul letto, con la borsa ancora da disfare accanto a sé, e fissò la sera. Per la prima volta dopo mesi era completamente sola. Non soltanto per qualche minuto o per qualche ora, ma per un'intera notte. Man mano che il cielo notturno si faceva più scuro, il suo riflesso nella finestra diventava più nitido. Ormai, ogni volta che si guardava, non poteva fare a meno di vedere il volto di sua sorella, Trinity. I suoi pensieri scivolavano dalla famiglia che aveva conquistato, a tutto ciò che le era stato portato via. In quei rari momenti di solitudine, non poteva fare a meno di provare amarezza e rabbia per la piega che aveva preso la sua vita. Avrebbe dovuto pensare che ogni cosa si fosse risolta per il meglio. In fin dei conti era sopravvissuta. Era viva, mentre molti altri con i quali aveva incrociato le strade non lo erano più. La sua famiglia era stata riunita. Tuttavia, i demoni turbinavano ancora nei recessi della sua mente. Sembrava che il morbido ronzio del motore del minibar la stesse chiamando. Si alzò e vi si avvicinò, appoggiando un palmo sulla maniglia. Sarebbe stato così facile. Giusto un goccetto per smorzare la tensione. Per superare la notte.

«No» mormorò tra sé e sé. Non poteva accettare un simile modo di affrontare la situazione. Aveva visto Lila Jensen affogare il suo dolore e la sua rabbia in ogni sostanza immaginabile, e non era stato di aiuto a nessuno. Tornò a mani vuote davanti alla finestra per ammirare la città che Gretchen aveva chiamato casa per quindici anni e non poté fare a meno di chiedersi se avesse dotato di trappole esplosive, come aveva fatto a Denton, anche l'appartamento in cui aveva vissuto qui. Che tipo di demoni stava combattendo Gretchen? Che cosa aveva tenuto nascosto?

Josie aveva sempre saputo che tra i ricordi di Gretchen c'erano cose che non diceva a nessuno. Riconosceva i muri che Gretchen aveva eretto intorno a sé, perché anche lei si era nascosta dietro a quegli stessi muri.

Lo squillo del cellulare interruppe i suoi pensieri. Era Noah. Un sorriso le scivolò sul viso mentre rispondeva. «Ehi, che succede?»

«Sei arrivata bene? Com'è la stanza?»

Ancora una volta, lo sguardo di Josie fu attratto dal minibar. Rapidamente, distolse lo sguardo. Con una mano iniziò a sistemare il contenuto della sua borsa. «Tutto a posto.» rispose. «Hai scoperto qualcosa?»

«Innanzitutto, la madre di Gretchen non ha riconosciuto il bambino della foto.»

«Non è una sorpresa.» commentò Josie. «Poi, che altro?»

«Nessuna attività sulle carte di credito o sul conto corrente di Gretchen nelle ultime ventiquattro ore. La banca e le società delle carte di credito ci faranno sapere se dovessero riscontrare dei movimenti. Inoltre, abbiamo ottenuto la triangolazione sia dal telefono di Gretchen che da quello di Omar.» aggiunse Noah.

Josie avvertì un brivido di eccitazione sul cuoio capelluto. «Dimmi.»

«Beh, quello di Omar aveva ancora il GPS acceso. Sembra che sia da qualche parte nel fiume Susquehanna.»

Josie sospirò. «Fammi indovinare, vicino al ponte dove si è perso il segnale MDT.»

«Circa mezzo miglio più a valle. Il GPS indica che si trova nel fiume come sua ultima posizione, ma ho inviato una squadra a perlustrare le rive come prima cosa domattina.»

«Quello di Gretchen?»

«Il suo GPS era spento. Con la triangolazione siamo arrivati a circoscrivere un'area di circa tre chilometri, ma la localizzazione è la stessa.»

«Quindi i telefoni e l'MDT sono nel fiume.» Cercò di immaginare Gretchen che gettava nel fiume tutto ciò che poteva servire a rintracciarla e poi si lasciava alle spalle Denton. Non ci riuscì. «È coinvolto qualcun altro, Noah. Me lo sento.»

Il suo lungo sospiro le disse che non era convinto della sua teoria, ma che non voleva discutere ancora con lei. «Beh» disse, «hai meno di quarantotto ore per dimostrarlo.»

DICIASSETTE

Josie si mise ad aspettare fuori dal piccolo complesso di appartamenti in pietra grigia tra la Trentatreesima e Ludlow Street. Si appoggiò al muretto di pietra che lo circondava e assaporò un sorso del caffè che aveva comprato in un minimarket poco distante. Aveva preso un taxi per percorrere i ventidue isolati che la separavano dall'hotel al condominio di James Omar, ammirando la città che passava sotto il suo sguardo e che si affaccendava con indifferenza al proprio ritmo.

Nel giro di qualche minuto avvistò il professor Perry Larson che camminava per strada. Josie aveva controllato il suo profilo di facoltà prima di contattarlo per fissare un appuntamento. Rispetto a quando era stata scattata la foto, doveva avere qualche anno di più, circa sessant'anni, secondo le sue stime. I suoi capelli argentati si muovevano nella brezza e sul naso poggiavano un paio di occhiali da sole da aviatore. Era vestito in modo informale, indossava una polo e dei pantaloni cachi, e teneva le mani in tasca mentre si apprestava a raggiungerla.

Si fermò a pochi passi da lei. «Detective Quinn?»

«Professor Larson?» disse Josie di rimando.

Lui sollevò gli occhiali da sole sopra la testa e i suoi occhi azzurri le sorrisero mentre le porgeva la mano. «Piacere di conoscerla.» disse. «Vorrei che fosse in circostanze migliori. Non riesco ancora a crederci.»

«Era molto legato a James?» chiese lei.

«James e io abbiamo lavorato a stretto contatto su alcuni progetti di ricerca. Era uno scienziato molto promettente. Molto motivato. Molto dedito al lavoro. In genere non accetto studenti che non siano profondamente appassionati.»

«Quando è stata l'ultima volta che ha parlato con James?» gli chiese Josie.

Il professor Larson si strofinò il mento. «Qualche giorno fa, in laboratorio.»

«Come le era sembrato? Stressato? Distratto?»

Larson scosse la testa. «No. Era lo stesso di sempre.»

«Ha parlato di un viaggio?»

«No. Sono perplesso quanto lei sul suo viaggio a Denton. Non ho idea di cosa lo abbia portato laggiù. Come ho detto, James era molto determinato. Non gli interessavano gli appuntamenti o le feste. Non mi risulta che avesse amici a Denton.»

«Ha mai sentito parlare di una donna di nome Gretchen Palmer?»

Lo sguardo vuoto del professor Larson fu una risposta più che eloquente per Josie. «Mi dispiace» disse. «non mi suona familiare.»

Josie tirò fuori il suo telefono e recuperò la foto del bambino che era stata appuntata al colletto di James. «Abbiamo ragione di credere che questo bambino abbia un qualche tipo di collegamento con James. Lo riconosce?»

Il professor Larson si prese un lungo minuto per studiare la foto prima di scuotere la testa. «Mi dispiace, no. Il fatto è che non conoscevo James così intimamente. Ma potrebbe avere più fortuna con Ethan, il suo coinquilino.»

Josie rimise il telefono in tasca. «Ho provato a contattare

Ethan un paio di volte al numero di cellulare che mi hanno dato gli Omar. C'è sempre la segreteria telefonica.»

Larson fece una breve risata. «Oh non mi sorprende. Ethan è sempre stato un po' difficile da inquadrare. Ero entusiasta quando James si era trasferito da lui, perché James mi faceva sempre arrivare l'affitto in tempo.»

«Anche Ethan è un suo studente?»

«Oh, per qualche settimana. Come ho già detto, Ethan è un po'... inaffidabile. Tende a farsi prendere dai suoi progetti di ricerca e a sparire dai radar. James una volta mi ha detto che ha passato un intero fine settimana davanti al computer: settantadue ore senza dormire. A quanto pare, è piuttosto ossessionato dai casi irrisolti e dai serial killer. Roba piacevole, insomma.»

La sua battuta cadde a vuoto. Josie andò avanti. «Ethan era amico intimo di James?»

Il professor Larson le fece cenno di salire i gradini e lei lo seguì, e alla porta d'ingresso, lui digitò un codice che li fece entrare in un ampio atrio piastrellato, con una parete coperta di cubi grigi che Josie capì subito trattarsi di cassette postali. Sull'altro lato c'era una bacheca della comunità con appesi volantini per lezioni di chitarra, mostre d'arte e offerte di lavoro come dogsitter e addetti alle pulizie.

«Ethan e James erano diventati molto amici.» rispose il Larson prendendo un mazzo di chiavi dalla tasca. Le scorse prima di trovare quella che cercava e di infilarla nella serratura di una pesante porta di legno dall'altra parte dell'atrio che si aprì di scatto con uno scricchiolio.

Josie indicò tutto l'atrio. «Ci sono delle telecamere qui dentro?» chiese. «All'interno di questo ingresso?»

«Sì, certamente.» rispose Larson. «Abbiamo avuto problemi con il furto di alcuni pacchi. Così ho fatto installare delle telecamere di sicurezza l'anno scorso.»

«È sempre una buona idea.» disse Josie. «C'è la possibilità di rivedere i filmati? A quando risalgono?»

«Fino a sei mesi fa.» rispose Larson. «E in alta qualità.»

«Sto cercando un sistema per la mia casa. Che tipo avete qui?»

«Non so come si chiama, ma è prodotto dalle Rowland Industries.»

«Oh» disse Josie, ricordando i suoi incontri con il gigante della sorveglianza. «Conosco bene le Rowland Industries: i loro sistemi sono davvero di alta qualità. In questo caso, potrebbe controllare almeno le ultime due settimane e vedere se riesce a trovare un filmato dell'ultima volta che James o Ethan sono entrati e usciti dall'edificio?»

«Naturalmente. Non so esattamente come accedervi, ma posso senza dubbio fare qualche telefonata e scoprirlo. Deve sapere che gli Omar mi hanno dato il permesso di farla entrare in questo appartamento, soprattutto perché non riusciamo a metterci in contatto con Ethan. Mi hanno detto di fornirle tutto ciò di cui avrà bisogno per aiutarla a risolvere il caso di James.»

Josie era sempre più turbata dal fatto che Ethan Robinson non si trovasse da nessuna parte. Mentre Larson la conduceva lungo uno stretto corridoio fino a una porta rossa con la targhetta 19, chiese: «Professor Larson, per caso ha qualche recapito per contattare la famiglia di Ethan?»

Larson riprese a scorrere le dita tra le chiavi finché non trovò quella giusta. «Oh sì, certo. Posso mandarle un messaggio quando torno in ufficio, se vuole. Credo che siano soli, lui e il padre, ma posso darle il numero del signor Robinson. Come ho detto, è rimasto un paio di volte indietro con l'affitto e suo padre mi ha chiamato per chiedermi di non buttarlo fuori di casa, perché avrebbe pagato gli arretrati.»

«Ethan è di Philadelphia?»

«Oh no» disse Larson. «Credo sia di Portland, Oregon. Almeno è lì che vive suo padre, per quanto ne so.»

All'interno, l'appartamento era piuttosto piccolo, buio e puzzava di fumo di sigaretta stantio, grasso di pancetta e sudore.

Il professor Larson accese le luci mentre si spostavano da una stanza all'altra. Nell'appartamento non c'era un granché. Un soggiorno, una stretta cucina con una piccola nicchia in cui erano sistemati un tavolo da gioco ribaltabile e due sedie pieghevoli, e poi un corridoio che conduceva a un bagno e a due camere da letto. Libri di testo e attrezzature informatiche erano disseminati ovunque. I mobili erano di scarso valore e sembrava che fossero stati acquistati nei negozi dell'usato. C'erano un piatto e una forchetta nel lavello, una padella e una tazza lavate nello scolapiatti. Il divano era rosso e aveva un'estremità cadente occupata da una coperta appallottolata, da un paio di romanzi di cronaca nera con le orecchie alle pagine e da una bottiglia di Gatorade a metà. L'altra estremità del divano era immacolata. Il tavolo da gioco in cucina aveva lo stesso aspetto: un lato era pulito e vuoto, l'altro era pieno di piatti sporchi e involucri di fast-food.

«Quale dei due era il maniaco dell'ordine?» chiese Josie. Larson rise. «James. Di qua... questa è la sua camera da letto.»

Il letto di James era rifatto in modo ordinato. Non c'erano vestiti sul pavimento. Tutti gli oggetti sul comodino e sul cassettone erano disposti con precisione. Sopra il cassettone era appesa una foto incorniciata della sua famiglia, simile a quelle che Josie aveva visto sulla sua pagina Facebook. Nell'angolo della stanza c'era una piccola scrivania con sopra un sottile computer portatile blu. Josie lo indicò. «Le dispiace?»

«Niente affatto.» disse Larson.

Josie si sedette sulla sedia della scrivania, aprì il portatile e lo accese. Come aveva previsto, le venne chiesta una password. Alle sue spalle, il professor Larson disse: «Credo di poterla aiutare.»

Lei gli lasciò il posto sulla sedia e, dopo un paio di tentativi, lui riuscì ad accedere al portatile. Mentre la faceva riaccomodare sulla sedia, Josie disse: «Mi sembrava che avesse detto che lei e James non eravate intimi. Le ha detto lui la password del suo portatile?»

Larson ridacchiò. «Ho voluto tentare la sorte. Ha un computer riservato nel mio laboratorio e, in quanto amministratore, conosco la password. A James piace mantenere le cose efficienti, quindi ho pensato che probabilmente avesse usato la stessa password per il suo portatile personale. E avevo ragione.»

«Benissimo.» disse Josie, voltandosi verso il computer. «Sono contenta che ci sia riuscito così facilmente.»

Lui la guardò da sopra le spalle mentre cercava tra i file e il browser Internet. Tutto ciò che trovò aveva ovviamente a che fare con qualunque cosa James stesse studiando. Il gergo scientifico era ben al di là delle sue capacità. All'università aveva seguito esclusivamente corsi di scienze sufficienti a integrare la sua specializzazione e a permetterle di laurearsi. «La madre di James ha detto che stava studiando genetica.» disse Josie.

«Beh, per la precisione, James studiava epigenetica.» puntualizzò il professor Larson.

Josie si girò sulla sedia quel tanto che bastava per poterlo guardare. «È un campo diverso dalla genetica?»

Larson si appollaiò sul bordo del letto di James. «L'epigenetica ha una specializzazione maggiore. La descrizione più semplicistica è che l'epigenetica si occupa dello studio di tutte quelle alterazioni ereditabili che portano a variazioni dell'espressione dei geni senza però alterare la sequenza del DNA.»

«Cioè mutazioni nei geni?» e fece un cenno verso il portatile. «Gli articoli che ha scritto e le riviste a cui ha acceduto... è tutto un po' fuori dalla mia portata.»

«Non si tratta di mutazioni nei geni in sé, ma nel modo in cui vengono espressi.» spiegò Larson. «I meccanismi che attivano e disattivano i geni. Fattori esterni.»

«Come lo stile di vita?» domandò Josie.

«Sì. Ma anche in questo caso, è tutto molto semplicistico...»

Josie sorrise. «Per me il semplicismo va bene.»

«Okay, beh, le scelte di vita possono avere un grande effetto sull'attivazione di alcuni geni. Così come l'ambiente. Se non le dispiace che scenda sul piano personale, devo ammettere che il mese scorso ho visto il servizio di *Dateline* su di lei e la conduttrice del notiziario, Trinity Payne.»

Josie soppresse un gemito. Trinity l'aveva sorpresa in un momento di particolare debolezza, quando aveva accettato di andare in televisione a parlare del loro ricongiungimento dopo trent'anni. Ma sapeva anche che Trinity non avrebbe mai lasciato perdere. Era meglio farla finita. Così aveva fatto un po' di pubblicità per il bene della sorella e Trinity aveva ottenuto l'ambita posizione di conduttrice nel programma mattutino della sua rete.

«In realtà preferirei non parlarne.» gli disse Josie. «Se non le dispiace.»

Lui agitò una mano. «Oh, si figuri. Non volevo essere invadente. Volevo solo farle notare che lei ha una gemella identica. Probabilmente saprà che i gemelli identici condividono il cento per cento dei loro geni.»

«Sì» disse Josie.

«Eppure, ci sono notevoli differenze tra lei e Ms.Payne, non è vero?»

Josie ci pensò. All'inizio, quando si erano conosciute, lei e Trinity erano state acerrime nemiche. Affrontavano le cose in modo diverso, ma avevano anche lavori molto diversi. Il lavoro di Josie era risolvere i crimini. Il lavoro di Trinity consisteva nel raccontare al mondo cose di cui altrimenti non sarebbero stati informati. Spesso si erano scontrate per il modo in cui Trinity voleva riferire ogni cosa. Per Josie, la giustizia era più importante della visibilità. Inoltre, Trinity era da tempo ossessionata dall'idea di diventare famosa, mentre Josie si accontentava di mettere in galera i criminali nel modo più discreto possibile. Eppure, avevano entrambe lo stesso metodo intransigente per raggiungere i loro obiettivi. Josie non si era fermata davanti a nessun ostacolo per risolvere il caso di alcune ragazze scomparse qualche anno prima, proprio come Trinity non si era fermata davanti a niente per arrivare al cuore di una buona storia.

«Direi che ci sono sicuramente delle differenze» concordò Josie. «ma anche delle somiglianze.»

«Le somiglianze cadono in secondo piano. Il punto non sono le somiglianze. Il punto è che se prendiamo due gemelli identici, con un patrimonio genetico identico, e li mettiamo in ambienti diversi, dove sperimentano situazioni diverse e fanno scelte di vita diverse, i loro geni si esprimeranno in modo diverso. Per esempio, nella ricerca che sto conducendo... nella quale James mi stava aiutando... stiamo studiando perché due gemelli identici con gli stessi geni sviluppano condizioni di salute diverse. Lo sapeva che i gemelli identici raramente muoiono per la stessa causa?»

«Mh, no» disse Josie. «Non lo sapevo.»

Il professor Larson si alzò e cominciò a camminare per la stanza, agitando le mani per l'entusiasmo. «C'è una sostanza chimica chiamata metile che fluttua all'interno delle nostre cellule. Si attacca al nostro DNA: questo processo si chiama metilazione. Quando la metilazione avviene, può essenzialmente ridurre o ostacolare l'attività di alcuni geni o addirittura impedire ad alcuni geni di produrre determinati tipi di proteine nel nostro corpo. I livelli di metilazione possono essere influenzati da qualsiasi fattore: malattie, dieta, fumo, consumo di alcol o droghe, farmaci, fattori esterni legati all'ambiente. Lei e sua sorella avete gli stessi geni, ma i livelli di metilazione del DNA sono diversi, e questo causerà cambiamenti nell'espressione genica che possono essere trasmessi alle generazioni successive.»

«Quindi mi sta dicendo che, anche se i nostri geni iniziano allo stesso modo, se io bevo di più posso influenzare i livelli di metilazione nel mio DNA e quindi cambiare il modo in cui i miei geni si comportano?» domandò Josie.

«Più o meno.» rispose Larson con un sorriso. «Immagini che ogni cellula del suo corpo, ognuna delle quali contiene il suo DNA, si trovi in attesa di ricevere istruzioni sulle sue funzioni. I gruppi metilici del suo corpo si legano ai suoi geni e in pratica dicono loro cosa fare. Il gruppo metilico dice alla cellula che cos'è, ad esempio "Sei una cellula del muscolo cardiaco, ecco cosa devi fare". Poi ci sono gli istoni, che sono molecole proteiche attorno alle quali si avvolge il DNA e che indicano alle cellule la quantità di lavoro da svolgere: in altre parole, regolano i geni.»

«Quindi, tra il metile e gli istoni, le cellule sapranno cosa devono fare e quanto devono fare?»

«Ancora una volta, si tratta di una spiegazione estremamente semplicistica, però sì.»

«Mi scusi se glielo chiedo ma...» disse Josie «c'è un'utilità pratica nello studio di questa roba?»

Gli occhi del professor Larson si illuminarono e batté le mani. «Detective Quinn, il nostro studio dell'epigenetica potrebbe potenzialmente avere un effetto profondo sulla nostra capacità di prevenire alcune malattie, persino il cancro. E se riuscissimo a sviluppare farmaci in grado di manipolare i gruppi metilici o gli istoni, potremmo curare molte malattie.»

Sembrava che stesse per lanciarsi in un'altra lezione. Josie chiuse il portatile e si alzò in piedi. «È molto affascinante. Sembra promettente.» Tirò fuori il telefono e controllò l'ora. «Mi dispiace, professor Larson, ma tra poco dovrò andare a un incontro con un detective della polizia di Philadelphia.»

Larson abbassò lo sguardo con fare colpevole. «Mi scusi tanto, detective Quinn. Ho una grande passione per il mio lavoro.»

«E questo lo ammiro.» gli disse Josie, passandogli accanto e dirigendosi verso il corridoio. «Le sono davvero grata per il suo tempo, ma non posso fare tardi al prossimo appuntamento.»

La seguì in cucina. «Anche James aveva una grande

passione per questo lavoro. È una perdita enorme. Spero che troviate la persona che lo ha ucciso.»

Una foto affissa sul frigorifero attirò l'attenzione di Josie, quasi sepolta tra i menù da asporto e gli orari delle lezioni. «Farò del mio meglio.» mormorò, e poi indicando la foto, chiese: «Chi è questo accanto a James?»

La foto ritraeva James dalla vita in su con un braccio stretto intorno a un altro giovane dai capelli scuri e arruffati e dagli occhi marroni. Entrambi sorridevano ed erano sudati. Alle loro spalle, Josie poteva vedere un cartello parzialmente offuscato su cui si leggeva BROAD STREET RUN.

«Oh, quello è Ethan.» rispose Larson. «Hanno corso una maratona locale l'anno scorso.»

Josie tirò fuori il telefono e scattò una foto dei due giovani. Larson la accompagnò all'uscita e lei lo ringraziò per il suo tempo. Lui cercò di reclutare lei e Trinity per la sua ricerca, affermando che i gemelli identici separati alla nascita erano particolarmente utili per il suo progetto, ma Josie rifiutò gentilmente. Mentre guardava Larson allontanarsi, tirò fuori il telefono e studiò di nuovo la foto di Ethan Robinson, chiedendosi dove diavolo fosse finito.

DICIOTTO
SEATTLE, WASHINGTON

Settembre 1993

Le labbra di Travis scivolavano lungo il collo di Janine, solleticandole l'orecchio e facendola ridacchiare. Il Martini le aveva dato alla testa. O forse era lui. Erano passati otto mesi, due settimane, tre giorni e sette ore tra il momento in cui era stato riassegnato e quello in cui era tornato a Fort Lewis. Le cose erano state inaspettatamente imbarazzanti una volta superato il primo lungo abbraccio. Era stata un'idea di Travis quella di uscire a bere qualcosa e aveva funzionato. Nel giro di due ore, le cose tra loro erano tornate alla normalità. Non riuscivano a togliersi le mani di dosso. Travis aveva dato una generosa mancia al barista e si erano diretti a casa di Janine, uscendo dalla porta d'ingresso in un groviglio di braccia e gambe.

Non si preoccuparono di accendere le luci mentre crollavano sul divano. Era passato così tanto tempo che era pronta a esplodere. Le mani di Janine salivano e scendevano lungo la schiena di Travis, e poi, premendogliele sul petto, lo guidò fino a farlo rotolare supino. A cavalcioni su di lui, un sorriso le incurvò le labbra. Quando si abbassò per baciarlo ancora una volta, lui fece una smorfia.

«Aspetta, piccola.» disse.

Si districarono e lui iniziò a svuotare le tasche, gettando il portafoglio, gli spiccioli e le chiavi della macchina sul tavolino, e nell'attendere Janine gli accarezzò una coscia. Quando lui parlò, la sua voce era diversa: tesa e sospettosa, invece di essere affannosa e seducente. «Che diavolo sono questi?»

Janine alzò lo sguardo su di lui, scrutando il suo volto. «Questi cosa?»

Lui si protese e afferrò qualcosa dal tavolino, tenendolo davanti al viso di Janine. Lei si sforzò di distinguerlo nella tenue luce del lampione che filtrava dalle finestre.

«Sono occhiali da uomo.» disse Travis.

Janine sorrise nervosamente. «E allora? Non sono miei.»

«Come ci sono arrivati qui? Chi hai fatto venire qui? Ti vedi con qualcuno?»

Lei sbatté le palpebre, cercando di diradare la nebbia nella sua testa, desiderando improvvisamente di non aver bevuto l'ultimo Martini. «Non ho... tesoro, non sono miei. Non so da dove vengano.»

Si allontanò da lei, con gli occhi castano scuro che la guardavano scintillanti e pieni di rabbia. «Ci sono occhiali da uomo sul tuo tavolino e non sai come ci sono arrivati? Pensi che sia uno stupido?»

Lei gli allungò una mano, ma lui la allontanò.

«Ascoltami.» supplicò lei. «Te lo giuro. Non so da dove siano venuti. Prima non c'erano. Qualcuno deve essere entrato. Forse dovresti controllare...»

«Non mentirmi, Janine.» Lui si voltò di scatto e se ne andò.

Un attimo dopo lei sentì un tonfo e Travis che imprecava: «Maledizione!»

Janine si alzò in piedi, ondeggiando leggermente. «Aspetta, Travis...»

Poi una voce nuova, maschile, una voce che Janine non aveva mai sentito prima, risuonò nell'oscurità. «Sì, Travis, perché non aspetti un minuto?»

Vide la sagoma di Travis che si girava. Alle sue spalle, una torcia elettrica illuminò il volto di Travis. Lui alzò una mano. «Chi diavolo è?»

«Travis, ho paura...» urlò Janine quando sentì una mano aggrovigliarsi tra i suoi capelli, tirandole indietro la testa.

Il respiro dello sconosciuto era caldo sul suo orecchio. «Oh, fai bene ad avere paura, Janine.»

DICIANNOVE

PHILADELPHIA, PENNSYLVANIA

Oggi

Josie si diresse verso Market Street e iniziò a camminare in direzione del comando di polizia. Fece una rapida telefonata a Noah, ma non aveva niente da riferire. Sulla Trentesima strada prese un taxi che la portò tra l'Ottava e Race Street lasciandola davanti alla sede del dipartimento. Quando aveva parlato al telefono con Steve Boyd, lui l'aveva chiamata La Doppietta, e ora capiva perché. L'edificio aveva la forma della una doppia canna di un fucile. Quando Josie si avvicinò all'entrata, un uomo alto e magro, con un abito grigio e capelli sale e pepe, si allontanò dalla parete accanto alle porte d'ingresso e le andò incontro. «Lei è Josie Quinn.» disse, allungando una mano.

Josie la strinse. «Tenente Boyd?»

Sorrise e i suoi occhi castani scintillarono sotto un paio di sopracciglia folte. «Sono io.»

Josie guardò oltre l'ingresso, ma lui scosse la testa. «Non è il caso di entrare da quella parte.» le disse. «Ci metterebbe venti minuti a passare i controlli di sicurezza, anche se è mia ospite. Ha fame?»

In effetti il suo stomaco aveva brontolato rumorosamente per tutta la giornata. «Sto morendo di fame.» rispose lei.

«Andiamo.»

Estrasse un portachiavi e la condusse verso un SUV privo di contrassegni nel parcheggio di fronte all'ingresso dell'edificio e si mise alla guida in silenzio. Josie osservava le strade affollate mentre lui procedeva nel traffico, finché non perse la cognizione di dove si trovavano rispetto alla centrale di polizia e al suo albergo.

«Era mai stata a Philadelphia, prima?» le chiese Boyd.

«Soltanto per un paio di concerti.» rispose Josie.

Finalmente Boyd parcheggiò davanti a un locale che sembrava troppo piccolo per poter contenere un'attività di ristorazione, ma una volta che furono entrati, gli odori di bistecca e patatine fritte le fecero venire un buco nello stomaco. Boyd indicò una serie di separé arancioni allineati a una parete. «Si accomodi. Le piacciono le cipolle, mi auguro.»

«Ehm... certo.» disse Josie.

Si sedette a uno dei tavoli vuoti e aspettò il ritorno di Boyd. Dieci minuti più tardi lui si accomodò di fronte a lei con un vassoio pieno di cose da mangiare e due bibite. Josie prese la bistecca più vicina a lei e la divorò. Mangiarono in silenzio per diversi minuti, mentre Boyd le rivolgeva sorrisi complici e di apprezzamento. Alla fine, si pulì il mento con un tovagliolo e disse: «Capisco perché piace a Gretchen.»

Una patatina le si piantò a mezza strada mentre inghiottiva.

«Cosa? Le ha parlato?»

«Non di recente. Quando Gretchen ha accettato il lavoro a Denton è stata lei a farle il colloquio. Le piaceva. Molto. E Gretchen non è il tipo a cui piacciono granché le persone. O almeno, non lo dà a vedere.»

«Non dà a vedere parecchie cose.» concordò Josie. Abbandonò la patatina e bevve un sorso di bibita. «Quando è stata l'ultima volta che le ha parlato?»

«A Natale. Mi ha chiamato per augurarmi buone feste. Abbiamo chiacchierato un po'. Abbiamo parlato di acquisti, cose del genere. La sento appena una o due volte all'anno.»

Quindi l'ultima volta era stata nove mesi prima.

«Il nome James Omar le dice qualcosa?» gli chiese.

«No.»

Josie tirò fuori il telefono e gli mostrò la foto che avevano trovato appuntata al corpo di Omar, ma lui non riconobbe il bambino. Poi gli mostrò la foto che aveva scattato a quella di Omar e Ethan Robinson sul frigorifero del loro appartamento.

«Mi dispiace, non riconosco nessuno dei due.»

Con un sospiro, Josie mise via il telefono. «Tenente...»

«Steve.»

«Steve, credo che Gretchen sia nei guai.»

Lui annuì. «Da quello che mi hai detto ieri, direi che è proprio così.»

«Per quanto tempo avete lavorato insieme?»

«Oh, circa otto o nove anni.»

Nella loro professione, era un periodo di tempo significativo da passare insieme a un collega. Josie sapeva che le persone con cui lavoravi nelle forze dell'ordine potevano diventare più vicine della tua stessa famiglia. Le cose che vedevi e sperimentavi sul lavoro potevano legare due partner come nient'altro. «Pensi che sia stata lei?» gli chiese Josie.

Gli occhi di Boyd si abbassarono sul tavolo. Le sue dita piegarono un tovagliolo in piccoli quadrati. «Non lo so.» disse. «Il mio istinto mi dice di no, ma Gretchen era un osso duro da rodere. Per tutto il tempo che abbiamo lavorato insieme, non mi sembra di averla mai conosciuta davvero. Non in modo autentico.» Josie pensò al suo affetto per Gretchen, nonostante non sapesse praticamente niente di lei. Poi pensò ai listelli di legno chiodati che rivestivano le finestre del primo piano della sua casa. Cosa diavolo aveva da nascondere? Da cosa stava scappando?

«Quindi non sai dove potrebbe andare, se fosse in fuga? O da chi andrebbe a chiedere aiuto?»

«No, mi dispiace, non ne ho idea.»

«Pensi che sarebbe capace di fare una cosa del genere?»

«Non saprei proprio.»

Fu allora che a Josie venne in mente la domanda più importante. «Pensi che butterebbe via la sua carriera in questo modo? Sparare a un ragazzo alle spalle e poi darsi alla fuga?»

Boyd la guardò negli occhi. «Gretchen non mi è mai sembrata una che scappa e il lavoro era tutto per lei. Questo lo so. Posso dirlo con certezza granitica. Non ho idea di cosa faccia nel tempo libero. So che non è sposata, che non ha figli, ma non so se ha passatempi, amici o persino un animale domestico. Diavolo, non so nemmeno se è etero o meno. So solo che ama questo lavoro e che è brava a farlo.»

Josie non poté obiettare. Si infilò in bocca altre patatine. La situazione portava sempre più verso un vicolo cieco. Gretchen era una porta chiusa e sembrava che nessuno avesse la chiave. Quando un'immagine di Gretchen balenò nella mente di Josie, drizzò improvvisamente la schiena. «La sua giacca!» esclamò. «Conosci la storia della sua giacca?»

Boyd rise. «Quella vecchia giacca di pelle che non si toglie mai? Sì, conosco la storia.»

VENTI

«Qualche anno prima che partisse per Denton, aveva risolto un caso di duplice omicidio. Una coppia di motociclisti fuorilegge. Avete a che fare con molti casi di quelle bande dalle vostre parti?»

«Qualcuno.» rispose Josie. «Ma si tratta per lo più di casi di passaggio.»

«Che cosa ne sai?» chiese Boyd.

«So che in pratica si tratta di fazioni del crimine organizzato che hanno a che fare con le solite cose: droga, prostituzione, gioco d'azzardo. So che sono in lotta tra loro. Molti sono violenti come bestie. Quindi le cose stanno così? Gretchen è una motociclista?»

Boyd alzò una mano. «Rallenta, rallenta. Gretchen non è una motociclista. Come dicevo, si è occupata di un caso in cui un paio di motociclisti erano rimasti uccisi, qui in città. Si trattava di una guerra per il territorio. Un tizio di nome Lincoln Shore si trovava da queste parti. Questo nome ti ricorda qualcosa?»

Josie scosse la testa.

«Shore era un pezzo grosso della banda Devil's Blade. È

stato a capo del gruppo di Seattle per decenni. Non siamo ancora riusciti a capire cosa ci facesse qui. Forse dava appoggio alla sezione del nord-est. Come ho detto, erano coinvolti in una sporca guerra per il territorio con un'altra banda chiamata Dirty Aces. Comunque, sai cos'è un aspirante?»

«Qualcuno che vuole far parte della banda?» ipotizzò Josie.

Boyd distese il tovagliolo che era riuscito a piegare in un quadrato grande come una monetina mentre parlava. «Un aspirante è qualcuno che vuole far parte della banda; un protetto è un passo avanti, perché ha ottenuto la sponsorizzazione di un membro a pieno titolo della banda.»

«Quindi il protetto è un po' più "dentro" rispetto all'aspirante.» disse Josie.

«A grandi linee, è così. Beh, Shore aveva un suo protetto. Si chiamava Seth Cole. Un giovanotto, sui venti, ventuno anni. Sappiamo che i membri effettivi torturano gli aspiranti. Gli fanno fare ogni genere di porcherie nell'attesa di farli entrare, mentre aspettano di essere affiliati.»

«Affiliati?» chiese Josie.

«È quando un candidato diventa un membro a tutti gli effetti. Il gruppo li vota, di solito devono fare qualcosa per dimostrare la loro fedeltà, come uccidere qualcuno o commettere qualche tipo di reato, e a quel punto ricevono una toppa con il logo della banda da applicare alle loro giacche.»

«Capisco.» rispose Josie. «Era Lincoln Shore a sponsorizzare questo aspirante?»

«Non lo sappiamo.» disse Boyd. «Probabilmente non lo sapremo mai. Il ragazzo era arrivato con lui da Seattle. È probabile che Lincoln lo avesse portato con sé soltanto per fargli fare qualche cosa per lui, come uno schiavo personale. In ogni caso, i Dirty Aces li beccarono da soli, gli spararono e poi tagliarono la gola a entrambi.»

«Come fai a sapere che sono stati i Dirty Aces?» chiese Josie.

«Perché lasciarono il loro biglietto da visita.» spiegò Boyd. «Un asso di picche parzialmente bruciato. A quanto pare, lo fanno su molte scene di omicidio. In questo modo l'altra banda sa di essere stata avvertita.»

«Dio santo.»

«Già. Quindi ci fu chiaro da subito che si trattava di una guerra per il territorio. Per qualche motivo, Gretchen l'aveva presa molto a cuore.»

«In che senso?»

Boyd si appoggiò allo schienale della sedia e si guardò intorno nella piccola tavola calda. «Senti, noi lavoriamo al caso, giusto? Di qualunque cosa si tratti, il caso è il nostro lavoro. Un omicidio è un omicidio. Ma quando una studentessa di diciassette anni viene stuprata e uccisa mentre aspetta l'autobus, o un bambino viene colpito da un proiettile vagante, o un anziano viene picchiato a morte in una violazione di domicilio, la cosa ci colpisce di più. E allora ci si lavora un po' più velocemente, ci si dedica un po' più di tempo, lo si preferisce rispetto a... che ne so, sbrogliare l'omicidio di due persone che hanno scelto uno stile di vita all'insegna della violenza e dell'omicidio.»

«Lincoln Shore e Seth Cole erano vittime ad alto rischio.» osservò Josie.

«Era solo questione di tempo per gente come quella. Se ti unisci a una banda di motociclisti fuorilegge, è probabile che tu finisca ucciso in un qualche modo particolarmente sgradevole. La maggior parte di noi non si sente coinvolta quando si tratta di vittime del genere. Facciamo lo stesso il lavoro, ma non siamo così legati all'esito, perché non appena riesci a sbattere in galera gli assassini, altri due potenziali aspiranti vengono affiliati e prendono il posto dei loro predecessori. Ma Gretchen, in quel caso, era davvero coinvolta. Non l'avevo mai vista così. L'ho vista piangere un paio di volte. Mi ha fatto uno strano effetto. Avrebbe dovuto essere un caso come tanti. Inoltre, nessuno di noi voleva investigarci su. Se ti fai coinvolgere in una cosa del genere, se fai il doppio gioco, finisci nel mirino dei membri della banda che stai cercando di arrestare. A Gretchen non importava niente. Lavorò a quel caso più duramente di quanto avesse fatto con quelli che aveva accettato fino a quel momento.»

«Conosceva qualcuno di loro?» chiese Josie, perplessa.

«No, questa era la cosa strana. Non c'era alcun legame. Non ho ancora capito perché il caso fosse così importante per lei. Ad ogni modo, riuscì ad arrestare i colpevoli e a consegnarli al Procuratore Distrettuale. Furono condannati. Entrambi i membri dei Dirty Aces presero l'ergastolo... e poi la banda di Shore le diede la giacca.»

«Cioè, era la giacca di Shore?»

Boyd alzò le spalle. «Non ne ho idea. Non ha mai voluto dirmelo. Potrebbe essere stata la giacca di Lincoln Shore o forse dell'aspirante. O forse soltanto una giacca che avevano comprato per lei. Ma era vecchia. Sembrava che le avessero strappato le mostrine. Comunque, la vidi dopo la sentenza. Spesso, quando dobbiamo testimoniare al centro di giustizia penale, poi andiamo a pranzo al Reading Terminal, dove ci sono un sacco di posti diversi per mangiare. Appunto, io ero là per un'udienza e mi fermai a pranzare, e vidi Gretchen, in una hamburgheria, insieme a un membro della Devil's Blade e alla donna di Lincoln Shore.»

«Sua moglie?»

«Oh, diamine, non saprei. La moglie? La fidanzata? So soltanto che aveva rapporti con Lincoln. L'avevo vista a tutte le udienze del processo. E anche l'altro tizio con cui stava. Ed erano là insieme a Gretchen. Le diedero la giacca e da allora Gretchen non se l'è più tolta.»

«Hai mai chiesto a Gretchen il motivo per cui accettò quella giacca?»

«Certo che l'ho fatto.» disse Boyd. «Ma mi rispose che non erano affari miei. Così ho continuato a chiederglielo. Mi disse che era una cosa tra lei e gli amici di Lincoln, che non avrei capito e che dovevo accontentarmi di sapere solo questo. In seguito, l'ho tormentata ancora un po', ma era chiaro a quel punto che non mi avrebbe detto nient'altro, così ho smesso di fare domande.»

Per qualche istante cadde il silenzio. Josie si mise ad ascoltare i rumori che provenivano dalla cucina alle loro spalle: ordini urlati, il tintinnio di una spatola di metallo su una griglia, lo sfrigolio della carne in cottura, il segnale della friggitrice che annunciava che una porzione di patatine fritte era pronta per essere servita. Ora più che mai, Gretchen rappresentava per lei un mistero. Sospirò. «C'è stato qualche altro caso in cui si è fatta coinvolgere?» gli chiese poi.

Boyd ci pensò un attimo prima di rispondere: «No, nessuno che mi venga in mente. Nessuno che si contraddistingua come questo.»

«Sarebbe possibile dare un'occhiata a quel fascicolo? Gli omicidi di Shore e Cole?»

Boyd si accigliò. «È un vecchio fascicolo. Chiuso. Vedrò cosa posso fare. Per ora puoi cercare su Google, andare su Philly.com e fare una ricerca. All'epoca ha avuto una certa risonanza sulla stampa. Se riesco a metterci le mani sopra, ti mando tutto quello che trovo. Come la vedi?»

«Mi sembra un'ottima idea.»

VENTUNO

Josie non tornò direttamente a casa. Uscì dall'albergo di Philadelphia, affrontò il traffico pomeridiano e si diresse invece verso la casa di Gretchen approfittando della luce del giorno che diminuiva. Parcheggiò in strada e si avvicinò all'abitazione, passando sotto il nastro della scena del crimine che ancora avvolgeva il vialetto e il portico. I deboli raggi del sole rimbalzavano sulle finestre laterali. Josie si alzò in punta di piedi e sfiorò con attenzione gli spuntoni lungo uno dei davanzali. Con quello che aveva appreso da ciò che le aveva raccontato Steven Boyd, ora comprendeva la profonda paranoia di Gretchen nell'assicurarsi che nessuno entrasse in casa sua, almeno non senza essersi prima ferito. Temeva che i Dirty Aces la perseguitassero per aver fatto arrestare due dei loro membri? La banda l'aveva rintracciata a Denton e si era vendicata? Ma se così fosse stato, che ruolo aveva James Omar? Non poteva certo essersi trovato per caso da quelle parti per errore nel momento sbagliato. Soprattutto contando che aveva noleggiato un'auto e guidato fin lì da Philadelphia.

Josie fece il giro della casa e tornò alla porta d'ingresso. Non riusciva a togliersi di dosso la sensazione che le stesse sfuggendo qualcosa. Ma al momento non ottenne nessuna nuova informazione. Almeno non all'esterno. Si infilò sotto il nastro giallo che attraversava il portico e controllò la porta d'ingresso. Non era chiusa a chiave e scricchiolò quando la spinse per aprirla ed entrare. Granelli di polvere fluttuavano pigramente tra i raggi di sole che facevano capolino attraverso gli spiragli delle tende trasparenti. L'unica differenza, questa volta, era che Josie poteva vedere tracce di polvere fine e scura dove la squadra della Scientifica aveva raccolto le impronte. Studiò di nuovo l'impronta circolare non impolverata sul tavolino del salotto. Sapeva che Noah l'aveva trovata rilevante, ma non era certa che significasse davvero qualcosa. Questo era il problema delle scene del crimine. Era difficile sapere cosa potesse essere significativo, quindi bisognava trattare tutti gli indizi come se lo fossero, almeno a prima vista.

Attraversò di nuovo la casa, lentamente, cercando con lo sguardo qualcosa che le poteva essere sfuggito al primo passaggio. Ma l'unica cosa che notò questa volta e che non aveva notato al primo sopralluogo fu che tutte le stoviglie erano di plastica. Josie si piazzò davanti agli armadietti della cucina aperti, catalogando ogni oggetto. Quattro ciotole, quattro piatti, quattro bicchieri grandi, tutti di plastica. Le tazze da caffè erano tutte di plastica, da viaggio. Una scelta eccentrica senza dubbio, ma aveva realmente un significato? Josie poteva praticamente sentire la voce di Noah nella sua testa: «Forse è maldestra.» Ma al lavoro Gretchen non faceva mai cadere le cose e alla centrale non aveva problemi a usare tazze di ceramica.

La suoneria del cellulare nella tasca della giacca la fece trasalire. Lo tirò fuori e diede un'occhiata allo schermo. Il professor Larson le aveva inviato il nome e il numero di telefono del padre di Ethan, Doug Robinson. Gli rispose con un messaggio di ringraziamento, spense tutte le luci della casa di

Gretchen e tornò alla sua auto. Non la mise subito in moto, ma digitò il numero del cellulare di Doug Robinson. Squillò quattro volte prima che rispondesse un uomo.

«Mr.Robinson?» chiese Josie. «Doug Robinson? Sono la detective Josie Quinn, del Dipartimento di Polizia di Denton, in Pennsylvania...»

«Oh, ehi.» esclamò lui, senza darle il tempo di continuare. «Sì, mi ha chiamato il professor Larson. Ehi, mi dispiace molto per James. Che brutto colpo. È... è davvero una cosa terribile.»

Josie fu contenta che il professor Larson le avesse risparmiato la fatica di dargli la notizia. «Conosceva James?»

«Oh, l'ho incontrato un paio di volte. Ethan l'ha ospitato da noi per le vacanze di primavera dello scorso anno e lo ha portato in giro a fare una visita di Portland. Un bravo ragazzo. Molto serio.»

«Mr.Robinson, quand'è stata l'ultima volta che ha sentito suo figlio?»

Si sentì un borbottio come se stesse facendo dei calcoli. Poi disse: «Oh, forse tre settimane fa.»

«Nessuna chiamata? Nessun messaggio? È insolito?»

Robinson rise. «Per Ethan? No, per niente. È buffo, a modo suo. Non è un tipo molto socievole. Non lo è mai stato, a dire la verità. Non ha mai avuto molti amici a scuola. Aveva sempre la testa immersa in un libro o incollata al computer. Ottimo studente, ma difficile da coinvolgere, capisce? Mia moglie, sua madre, era molto brava a farlo uscire dal suo guscio, ma è morta quando lui era al liceo.»

«Mi dispiace molto.» disse Josie.

«Grazie. Sì, lui l'aveva presa piuttosto male. Da quando si è iscritto all'università, però, se la cava bene.»

«Ho saputo che si sta specializzando. In quale università ha studiato?» gli chiese Josie.

«Oh, proprio dalle vostre parti, all'Università della Pennsylvania.» E rise. «Subito dopo aver terminato la Drexel University, e altrettanto costosa. Ma non mi lamento. Sarà un buon trampolino di lancio.»

Josie riportò la conversazione sul suo ultimo contatto con Ethan. «Quindi suo figlio passa spesso lunghi periodi senza contattarla? Quanto è durato il periodo più lungo in cui non lo ha sentito?«

«Direi sei settimane. Senta, detective, Ethan non è più un bambino, sa? Ha la sua vita, le sue abitudini. Io ci sono per lui e lui lo sa, ma gli lascio i suoi spazi. Tranne quando è in ritardo con l'affitto e Larson se la prende con me.»

Josie non sapeva come sentirsi di fronte all'indifferenza di quell'uomo. Non era preoccupato per suo figlio? Oppure Ethan era così imprevedibile e incline a scomparire dai radar? Si chiese se per caso le stesse nascondendo qualcosa, se ci fossero stati degli attriti di qualche tipo tra Ethan e suo padre. Sapeva che non tutte le famiglie mantengono legami stretti, ma trovava strano l'atteggiamento spensierato di Doug Robinson nei confronti del figlio, specialmente alla luce del fatto che il suo coinquilino era appena stato ammazzato.

«Beh, se posso chiederle un piacere.» disse Josie. «Potrebbe provare a mettersi in contatto con Ethan per me? Considerata la morte di James, vorrei davvero assicurarmi che sia sano e salvo.»

«Certamente.» disse Doug.

«Inoltre, non ho visto il suo nome nella lista degli amici di James su Facebook. Ha un account sui social media?»

«No» rispose Doug. «Non che io sappia... pensa di essere un ribelle in quel senso.»

«Un'altra cosa...» disse Josie e gli raccontò che sulla scena del crimine era stata trovata la foto di un bambino; non erano sicuri se fosse importante o meno, ma stavano cercando di identificarlo. Robinson accettò prontamente di dare un'occhiata, ma pochi secondi dopo averla ricevuta le disse di non aver mai visto quel bambino.

Josie ora si trovava per le mani più vicoli ciechi e persone scomparse di quante potesse gestirne.

VENTIDUE

Prima di allontanarsi da casa di Gretchen, Josie mandò un messaggio a Noah. *Le squadre di ricerca hanno trovato il telefono o l'MDT?*

Lui rispose pochi istanti dopo. *Macché. Niente. Un vicolo cieco.*

Con un sospiro, passò a qualcosa di più personale, e gli scrisse: *Sono a casa. Vuoi venire da me stasera?*

Noah non tardò a rispondere. *Mi piacerebbe molto. Dico davvero. Ma lo scaldabagno di mia madre si è rotto e la sto aiutando a installarne uno nuovo. Sarà una notte lunga.*

Josie sospirò di nuovo mentre metteva in moto la sua Escape. I genitori di Noah avevano divorziato quando lui aveva diciotto anni. Era il più piccolo di tre figli e l'unico tra di loro rimasto a Denton. Josie non poteva fare a meno di adorare il modo in cui si prendeva cura di sua madre. Stava quasi per rispondere: «Salutamela.» prima di ricordare che l'unica volta che aveva incontrato la madre di Noah, lei l'aveva squadrata dall'alto in basso e aveva commentato: «Così questa è la donna che ti ha sparato, eh?»

Noah le aveva spiegato fino alla nausea che, quando Josie gli aveva sparato, stava cercando di salvare un'adolescente, che aveva pensato di fare la cosa giusta, che lui non aveva sporto denuncia e l'aveva perdonata all'istante; ma la signora Fraley non aveva ancora dato segno di volersi rasserenare. Josie non poteva certo biasimarla. Lei stessa era ancora alle prese con il suo senso di colpa per quell'incidente. Gli rispose: *Nessun problema. Ci vediamo domani* e uscì dal parcheggio, dirigendosi verso casa.

A casa sua le luci erano ancora accese e dal vialetto poteva vedere lo sfarfallio della televisione attraverso la finestra del soggiorno. La Fiat rossa sportiva di Trinity era parcheggiata nel vialetto. Josie fu sorpresa dalla sensazione di sollievo che la pervase.

Dopo una notte passata da sola a Philadelphia, era contenta di avere ancora compagnia. Una volta dentro, vide Trinity sdraiata sul divano blu, con indosso i pantaloni di una tuta da ginnastica e una maglietta con il logo dell'emittente televisiva, e il telecomando saldamente stretto in mano.

Sul tavolino di fronte a lei c'era una grande ciotola di popcorn. Quando Trinity vide entrare Josie, premette un tasto del telecomando, per mettere in pausa il programma.

«Sei ancora qui.» esclamò Josie.

Trinity rise, mettendosi a sedere e picchiettando sul posto accanto a lei sul divano. «Anch'io sono felice di vederti.»

Josie lasciò cadere la borsa e la giacca sul pavimento dell'atrio e si sedette accanto alla gemella. Prese una manciata di popcorn e li divorò, parlando a bocca piena. «Non volevo dire questo. Pensavo solo che dovessi tornare al lavoro.»

«Torno a New York domani. Spero che non ti dispiaccia se dormo qui.» e agitando il telecomando con un gesto circolare aggiunse: «Trovarmi nel tuo ambiente è ancora un'esperienza affascinante.»

Stavolta fu il turno di Josie di ridere. «Dovresti invitarmi a New York per farmi vedere il tuo di ambiente.»

Trinity le diede un leggero colpetto sulla coscia con il telecomando. «Ma per favore. Dovresti rinunciare al lavoro per venirci. A meno che tu non dovessi lavorare a un caso nel cuore di Manhattan e tu mi mettessi al corrente di qualche indizio, in quel caso potresti venire.»

Erano entrambe ugualmente proiettate sul lavoro, quindi Josie non si scusò. Invece, disse: «A proposito, hai mai sentito parlare dei Devil's Blade o dei Dirty Aces?»

«Bande di motociclisti fuorilegge.» disse Trinity. «Oh mio Dio. Non è che stai lavorando a un caso che riguarda una o l'altra, vero? Sarebbe un bel guaio.»

Josie dovette soffocare un gemito. L'ultima volta che Trinity le aveva detto che qualcuno prometteva guai seri, i cadaveri si erano accumulati più velocemente di quanto Josie riuscisse a contarli. «Non ne sono sicura. Almeno, non direttamente. Non credo.»

«Questo chiarisce tutto.» scherzò Trinity.

«Sai molte cose su di loro?»

«Ne so qualcosa. L'anno scorso abbiamo fatto un grosso servizio che le riguardava. Uno dei miei produttori aveva un contatto diretto con l'organizzazione dei Dirty Aces. Non sono stati l'unico caso da "Oh mio Dio" di cui ci siamo occupati, ma sono stati quelli di cui abbiamo avuto maggiori informazioni. I Dirty Aces si occupano principalmente di traffico di droga e di armi illegali. Si sono stabiliti sulla East Coast e non vedono di buon occhio le altre bande che invadono le loro aree. Chiunque si metta sulla loro strada viene ucciso o scompare misteriosamente.»

«L'ho sentito dire.» disse Josie. «La mia fonte ha detto che lasciano un biglietto da visita.»

«Un asso di picche mezzo bruciato.» precisò Trinity. «Non si tratta di un biglietto da visita, ma di un avvertimento.»

«Cosa vuoi dire?»

Trinity posò il telecomando sul tavolino. «I Dirty Aces sono responsabili di molti omicidi, ma lasciano l'asso di picche bruciato solo quando vogliono mandare un messaggio alle bande rivali.»

«Chiaro. E i testimoni?» chiese Josie. «Mettiamo che qualcuno abbia visto uno o due dei loro membri commettere un omicidio e che quel qualcuno voglia testimoniare contro di loro in tribunale.»

Trinity scosse la testa. «I testimoni li fanno sparire, e i corpi non vengono più ritrovati.»

«Prendono mai di mira i procuratori o gli agenti di polizia che lavorano ai loro casi?»

«Certo, ma è più efficace prendere di mira i testimoni, perché poliziotti e procuratori hanno bisogno dei testimoni per sostenere le loro accuse.»

«Ma non lascerebbero un asso di picche se uccidessero un poliziotto o se ne facessero sparire uno?»

«No, non credo proprio. Si tratta di Gretchen? Pensi che i Dirty Aces le abbiano fatto qualcosa? Non avete trovato un asso di picche sulla scena del crimine, vero?»

«No, e non lo so. Qualche anno fa ha lavorato a un caso e ha messo in galera un paio dei loro membri per aver ucciso degli uomini della Devil's Blade. Mi sto aggrappando a qualsiasi appiglio. Soprattutto per lo studente che è stato ucciso e per la...»

Josie si fermò prima di menzionare a Trinity la foto del bambino misterioso.

«D'accordo.» disse Trinity. «So che non puoi dirmi certe cose. Non che mi interessi, in questo momento non mi occupo più di cronaca locale.» Prese il telecomando e riavviò il programma. «Ma non devi aggrapparti a nessun appiglio se riesci a trovare un collegamento tra Gretchen, la tua vittima, e i Dirty Aces.»

Josie scoppiò in una risata fragorosa. «Più facile a dirsi che a farsi.»

«Non preoccuparti.» le disse Trinity con un occhiolino. «Hai ottenuto molto di più con molto meno.»

Josie si alzò e si incamminò verso la porta quando Trinity disse: «Dove pensi di andare?»

Josie si girò e la fissò. «Di sopra. Devo fare delle ricerche.»

Trinity inarcò un sopracciglio perfettamente curato e fece di nuovo cenno al divano. «I computer portatili sono fatti per essere spostati, cara sorella, quindi portalo qui e fai le tue ricerche mentre io guardo questo programma. Ti preparo il caffè se pensi di dover fare nottata.»

Josie sollevò a sua volta un sopracciglio per allinearsi a quello di Trinity. «Mi stai addolcendo per qualcosa?»

Trinity rise. «No. Sto ancora collaudando questa storia delle sorelle gemelle.»

VENTITRÉ

Due ore più tardi, Trinity dormiva della grossa mentre Josie passava al setaccio i siti web dei notiziari di Philadelphia alla ricerca di informazioni sull'omicidio di Lincoln Shore e Seth Cole, e sulla condanna dei due membri dei Dirty Aces che ne erano i responsabili. Le foto segnaletiche degli assassini mostravano due uomini quasi identici, sulla quarantina, dai volti rotondeggianti e barbuti, e dai capelli brizzolati legati all'indietro in una coda di cavallo. Entrambi troppo vecchi per essere il bambino della foto. C'erano foto di Lincoln e del suo protetto - fototessere o patenti di guida, Josie non riusciva a capirlo - ma nessuno dei due le sembrava familiare. E anche Lincoln era troppo vecchio per essere il bambino della foto appuntata sul corpo di James Omar. Sulla cinquantina, Lincoln Shore aveva i capelli neri e unti che gli arrivavano fino alle spalle, e una lunga barba nera con qualche traccia di grigio. I suoi occhi marroni fissavano la macchina fotografica con aria di sfida e un minimo accenno di sorriso gli piegava gli angoli della bocca verso l'alto. Sembrava un uomo che custodiva un segreto. O in attesa della battuta finale di una barzelletta.

Seth Cole era abbastanza giovane, ma poiché il bambino

della foto era mostrato solo di profilo, era difficile capire se fossero la stessa persona. Josie interruppe la sua ricerca sugli articoli relativi all'omicidio per cercare il nome di Seth Cole su Google e in alcuni database della polizia. Non aveva praticamente nessuna identità in rete. La foto del suo profilo Facebook lo ritraeva con un gran sorriso e una birra in mano in sella a una Harley Davidson. Aveva i capelli lunghi e biondi che gli scendevano fin sotto le spalle. Il naso, lungo e storto, era decentrato su un viso rubicondo e barbuto. Dimostrava molto di più dei suoi ventuno anni. O usava poco la sua pagina Facebook oppure aveva attivato le impostazioni di privacy più rigide, perché non si trovava nient'altro oltre alla sua immagine e al fatto che viveva a Seattle. I database della polizia non offrivano altro. Solo che era stato condannato per un paio di reati minori per possesso di droga prima di entrare in contatto con Lincoln Shore e la sezione di Seattle della Devil's Blade.

Con un sospiro, Josie tornò alla ricerca di dettagli sul duplice omicidio avvenuto a Philadelphia. C'erano diversi articoli, ma non ne ricavò molto di più di quello che le aveva già raccontato Boyd. I due uomini erano stati brutalmente uccisi e Gretchen aveva lavorato instancabilmente per assicurare i loro assassini alla giustizia, nonostante i testimoni fossero stati ripetutamente minacciati. I membri dei Dirty Aces furono entrambi condannati all'ergastolo senza possibilità di ottenere la libertà vigilata. Caso chiuso. Due anni più tardi, Gretchen aveva preso posto di fronte a Josie nell'ufficio che ora era occupato dal capo Chitwood per sostenere un colloquio per una posizione in qualità di detective.

Josie trascorse la maggior parte della nottata a spulciare qualsiasi fonte a sua disposizione, nel tentativo di stabilire un collegamento tra James Omar e i Dirty Aces, o qualsiasi altra banda di motociclisti fuorilegge. Cercò Gretchen Palmer e Dirty Aces; Gretchen Palmer e Devil's Blade; Gretchen Palmer e James Omar; persino Gretchen Palmer e Ethan Robinson.

Niente. C'erano molti servizi giornalistici che citavano Gretchen come detective della Omicidi di Philadelphia sui casi di cui si era occupata e trovò il necrologio di entrambi i nonni di Gretchen, ma nient'altro di utile.

Ancora una volta, la testa di Josie vorticava di domande senza risposta, non ultima delle quali era: dove diavolo era finita Gretchen? Se davvero non aveva intenzione di tornare a casa, come suggeriva Noah, come mai non aveva preso i 2.000 dollari che aveva nel cassetto dei calzini? No, Josie era certa che fosse stata rapita. L'avevano rapita i Dirty Aces? L'avevano fatta sparire per vendicarsi di aver contribuito a condannare all'ergastolo i membri della loro banda? James Omar si era trovato nel mirino? Forse la sua visita a casa di Gretchen non aveva niente a che fare con la sua scomparsa. Forse era andato a trovare Gretchen per motivi che non avevano nulla a che fare con i Dirty Aces e si era semplicemente trovato nel posto sbagliato al momento sbagliato. Forse i Dirty Aces stavano cercando di incastrare Gretchen come responsabile del suo omicidio. In tal caso caso, avevano fatto un ottimo lavoro. Al mattino, il capo Chitwood avrebbe emesso un mandato d'arresto e, una volta che la stampa ne fosse venuta a conoscenza, sarebbe iniziato il processo a Gretchen da parte della cronaca.

Ma che dire della fotografia? Chi era stato ad appuntarla sul corpo di James Omar e per quale motivo l'aveva fatto?

Accanto a lei, Trinity si agitò e si svegliò di scatto. Sbatté le palpebre assonnata in direzione del decoder via cavo, che indicava che erano passate le tre del mattino, e poi si girò verso Josie. «Buon Dio... sei ancora lì?»

Josie chiuse di scatto il portatile e si buttò sul cuscino del divano con un forte sospiro. «E non sto ottenendo nulla.» si lamentò.

Trinity scosse la testa, si alzò, prese per un braccio Josie e la trascinò via dal divano in direzione delle scale. «È perché hai bisogno di dormire. Avrai le idee più chiare se ti riposi un po'.»

Josie lasciò che Trinity la accompagnasse su per i gradini e non protestò quando lei si infilò nel suo letto matrimoniale, invece di andare nella stanza degli ospiti, e puntualmente ricominciò a russare.

Esausta, Josie si accomodò nel letto, accanto a lei. Una piccola fitta di dolore le esplose nel cuore, quando si chiese quante notti come questa, a dormire fianco a fianco con sua sorella, si fosse persa negli ultimi trent'anni. Scacciando il pensiero e il dolore che ne derivava, la sua mente tornò a Gretchen, cercando un'altra prospettiva, un nuovo modo di affrontare il caso. Ripensò alla prima volta che aveva incontrato Gretchen.

Il primo colloquio. Poi pensò a ciò che aveva fatto risaltare la candidatura di Gretchen. Tutti quegli anni di esperienza, le referenze stellari. Le referenze. Qualcosa le balenò in fondo alla mente, ma con la stessa rapidità con cui era arrivato, sparì. Cercò di riprenderlo, ma il sonno arrivò troppo in fretta.

VENTIQUATTRO

Noah era già alla sua scrivania quando Josie arrivò in ufficio, e mentre lei cominciava ad aggiornarlo su tutto ciò che aveva appreso nelle precedenti ventiquattr'ore, lui le spinse sulla scrivania una tazza di caffè e una danese al formaggio.

«Pensi che i Dirty Aces abbiano qualcosa a che fare con tutto questo?» le chiese.

Josie bevve un sorso di caffè e aprì il cassetto della scrivania, cercando il fascicolo personale di Gretchen. «Difficile a dirsi. Non riesco a trovare niente che colleghi i Dirty Aces, Gretchen e Omar. Omar è il jolly. Non c'entra niente.»

«E la foto.» le fece notare Noah. «Anche quella è un dettaglio strano. Com'è possibile che nessuno che conosce Omar o Gretchen riesca a identificare il bambino della foto?»

«È sconcertante.» concordò Josie. «So che è un'ipotesi azzardata, ma pensi di poter rintracciare qualcuno della famiglia di Seth Cole e chiedergli di dare un'occhiata a quella foto? Era abbastanza giovane e aveva i capelli biondi.»

«Ma certo.» disse Noah. Il suo computer emise un segnale acustico e lui cliccò con il mouse un paio di volte. «Ricordi che ti ho detto che mi sono preso la libertà di ottenere un mandato per i tabulati dei cellulari di Gretchen e Omar dell'ultima settimana?»

Josie trovò il fascicolo di Gretchen e lo appoggiò al centro della scrivania. «E li hai già ricevuti?»

«Ho ricevuto quello di Gretchen.» disse Noah. «Sto ancora aspettando quello di Omar.» Dall'altra parte della stanza, la stampante dell'ufficio si mise a vibrare e Noah andò a recuperare i fogli che sputava via via, li sparpagliò sulla scrivania e Josie si avvicinò, posizionandosi al suo fianco per studiare l'elenco delle chiamate in entrata e in uscita.

«Ecco qua.» disse Josie. Indicò una chiamata in entrata di due settimane prima. «Questo è il numero di telefono di James Omar.»

Noah fece scorrere il dito lungo l'elenco e con l'altra mano disegnò una stella accanto alle altre volte in cui il numero di Omar compariva nell'elenco. «L'ha chiamata la settimana scorsa e il giorno in cui gli hanno sparato.» disse. «Sembra che siano tutte chiamate in arrivo. Lei non lo ha mai chiamato.»

«Chissà perché?» si chiese Josie. «Perché mai avrebbe dovuto chiamarla? Dove può aver preso il suo numero?»

Noah non si preoccupò di rispondere alle sue domande. Sapeva che lei stava solo esprimendo la sua frustrazione. Si sedette sulla sedia. «Identificherò le altre persone.»

Mentre lui si metteva al lavoro, Josie aprì il fascicolo personale di Gretchen e lo passò al setaccio fino a trovare le referenze. Due di esse provenivano dal Dipartimento di Polizia di Philadelphia, e una era quella di Steven Boyd. Era stata l'ultima referenza a far scattare una scintilla nel suo cervello la sera prima, mentre si addormentava. Gretchen aveva indicato il nome, l'indirizzo e il numero di telefono di Jack Starkey, un agente del Bureau of Alcohol, Tobacco, Firearms and Explosives (BATFE) di Seattle, a Washington. Josie guardò di nuovo il curriculum di Gretchen. Niente nella sua storia professionale la collocava a Seattle. Aveva frequentato le scuole superiori ad

Allentown, in Pennsylvania. Poi c'era stato un intervallo di quattro anni da quando Gretchen si era diplomata al liceo a quando aveva cominciato l'università. Si era laureata in giustizia penale alla Penn State e poi era entrata direttamente all'accademia di polizia di Philadelphia. Aveva lavorato di pattuglia prima di passare alla Omicidi, dove era rimasta fino al suo trasferimento a Denton.

Perciò, qual era il collegamento con Seattle?

Josie ripensò al colloquio. All'epoca era stata interessata solo alla ricca esperienza di Gretchen nel Dipartimento di Polizia di Philadelphia. Ricordava di aver chiesto a Gretchen dei quattro anni di pausa tra la scuola superiore e l'università, e Gretchen aveva risposto in modo piuttosto vago, dicendo che si era presa del tempo libero per viaggiare. Allora le aveva chiesto come faceva a conoscere qualcuno del BATFE e Gretchen aveva dato un'altra risposta generica, dicendo di averlo incontrato a un paio di conferenze, ma adesso Josie si chiedeva se fosse vero. Come aveva conosciuto davvero Jack Starkey? Il suo rapporto con lui era stato più significativo di qualche incontro a un paio di conferenze? Aveva lavorato con lui durante il suo incarico alla polizia di Philadelphia? Come era possibile, se la sua sede era a Seattle? Aveva lavorato sulla East Coast prima di andare a Seattle? Lincoln Shore e Seth Cole provenivano da Seattle. Josie sapeva che il BATFE si occupava di bande di motociclisti fuorilegge. Era molto probabile che Starkey fosse stato coinvolto nelle indagini sui Devil's Blade. Gretchen era entrata in contatto con Starkey proprio a causa dell'omicidio di Shore e Cole? Forse Gretchen aveva contattato il BATFE di Seattle per ottenere maggiori informazioni sui due uomini.

Josie prese il telefono sulla scrivania e compose il numero di Starkey, ma sentì solo la segreteria telefonica, che diceva che era fuori per una conferenza e che aveva accesso limitato alla posta elettronica e alla segreteria. Reprimendo un sospiro, Josie gli lasciò un messaggio, indicandogli i suoi numeri di cellulare e di lavoro per invitarlo a chiamarla il prima possibile.

Di fronte a lei, Noah terminò una conversazione al cellulare e rimase a fissarla con uno sguardo sconfitto. «Seth Cole non è il bambino della foto.»

«Sei sicuro?»

«Ho parlato con sua madre poco fa. In realtà, è stato adottato all'età di tre anni, e lei afferma con sicurezza che quello nella foto non è lui. Inoltre, gli altri numeri nei tabulati di Gretchen sono tutti locali e, da quello che posso dire, sono collegati con i casi a cui ha lavorato. Niente fuori dall'ordinario.»

Altri vicoli ciechi.

Josie appoggiò i gomiti sulla scrivania e si nascose il viso tra le mani. «Dov'è finita, Noah? Che diavolo sta succedendo? Chitwood verrà qui entro la fine della giornata per emettere un mandato d'arresto.»

«Lo ha già fatto.» disse il sergente Dan Lamay avvicinandosi alle loro scrivanie. In mano aveva un telecomando che usò per accendere il televisore appeso alla parete di fronte a loro. Guardarono un minuto di pubblicità prima che arrivasse il notiziario locale. Il volto di Gretchen apparve appena sopra la spalla del conduttore, sopra le parole MANDATO DI ARRESTO PER UN AGENTE DI DENTON. A Josie arrivarono soltanto alcuni frammenti del servizio: «...studente universitario, James Omar... casa dell'agente... non è chiaro come si conoscessero o cosa abbia portato a questo scontro mortale... se avete informazioni...»

«Cristo...» disse Josie.

Lamay spense il televisore e posò il telecomando sulla scrivania. «Mi dispiace, Boss.» disse. «Ho pensato che dovesse saperlo.»

Josie gli rivolse un debole sorriso. «Grazie, Dan.»

Lui se ne andò e Josie nascose di nuovo il viso tra le mani. «Non va bene.» mormorò.

Il rumore della sedia di Noah che raschiava sulle piastrelle attirò il suo sguardo. Lui abbassò la voce mentre si appoggiava alla sua scrivania, parlando dolcemente verso di lei. «Ehi, la ritroveremo, capito?»

Viva? si chiese Josie. Gretchen era ancora viva?

Come se le avesse letto nel pensiero, Noah aggiunse: «Starà bene. Allora, Chitwood ha emesso il mandato d'arresto, perciò se anche dovessimo arrestarla quando la ritroveremo, dovrà spiegarci cos'è successo e tutto si risolverà per il meglio.»

Il telefono della scrivania di Josie squillò e lei lo prese, sperando che fosse Jack Starkey che la stava richiamando. Invece era di nuovo Lamay, questa volta dall'ingresso. «Boss» esclamò «dal centralino dicono che c'è una scena del crimine vicino al parco pubblico.»

Gennaio 1994

Il tornio per ceramica giaceva in pezzi sul tavolo di fronte a Kristen. Non era riparabile. Non se ne intendeva granché di ceramica, ma sapeva di averlo rotto in modo che non fosse più riparabile. Con un sospiro, raccolse i frammenti. Darryl si sarebbe arrabbiato. Le aveva comprato il tornio e aveva trasformato quella stanza in un vero e proprio laboratorio di ceramica per evitare che lei si annoiasse. Tutto questo perché una volta, quando avevano iniziato a frequentarsi, lei gli aveva detto che avrebbe sempre voluto provare a lavorare la ceramica. Non voleva nemmeno immaginare quanto avesse speso per tutte le attrezzature, l'argilla e il forno.

«Oh mio Dio» mormorò sottovoce. «il forno.»

Doveva essere costato più di mille dollari. Allora, gli avrebbe raccontato della ruota, gliene avrebbe fatto comprare un'altra e ci avrebbe riprovato. O forse sarebbe rimasta incinta e avrebbe chiuso la faccenda. Era questo che avevano pianificato in origine dopo la chiusura del ristorante in cui aveva lavorato come cameriera. «Stai a casa.» le aveva detto Darryl. Stava guadagnando una fortuna come venditore per la BMW. Non avevano bisogno del suo misero stipendio da cameriera. Non importava che lei avesse guadagnato una fortuna con le mance. Una famiglia era il passo successivo nella storia di Kristen e Darryl Spokes. Ma poi avevano avuto bisogno di rifare il tetto e la trasmissione della sua auto si era guastata. In seguito, la madre di Darryl si era ammalata e il progetto di creare una famiglia si era arenato. E Kristen era ancora bloccata a casa. Quando aveva iniziato a cercare un lavoro, Darryl aveva avuto l'idea del laboratorio di ceramica. Se non fosse che lei era davvero negata con la ceramica. Irrimediabilmente.

«Tesoro, stai bene?»

La sua voce la fece trasalire. Un'occhiata all'orologio sulla parete le mostrò che erano le undici passate. Era di nuovo tornato tardi dal lavoro. O meglio, non dal lavoro, ma dagli aperitivi dopo il lavoro che lui insisteva a ritenere assolutamente necessari per tenersi buono il suo capo.

«Non venire qui.» lo avvertì, ma ormai era troppo tardi, perché era già entrato, in maniche di camicia, con la cravatta slacciata e allentata intorno al collo e un'ombra di barba che gli incideva la mascella. Inarcando un sopracciglio le chiese: «Che cosa è successo?»

Kristen sospirò e si pulì le mani ricoperte di argilla sui jeans. «È successo che non sono molto brava in questa cosa della ceramica, Darryl.»

Lui sorrise. «Ci arriverai.»

Lei era troppo stanca per discutere. Lui fece un passo avanti verso di lei e indicò il tavolo accanto al suo tornio rotto. «Quello è...?»

«È il mio tentativo di creare una tazza.»

Si avvicinò al tavolo e la prese in mano. «È fantastica, tesoro.»

Kristen rise fiaccamente. «Ti prego, non cominciare.»

Era grigia, non smaltata, e un lato era floscia come se si fosse stata fusa. Il manico pendeva come se avesse iniziato a sciogliersi.

«Questa la porto al lavoro.» disse Darryl, con gli angoli della bocca che si arricciavano.

Kristen gli diede uno schiaffetto sul braccio. «Smettila.» disse, ma rise lo stesso. Lui la strinse tra le braccia e la baciò. «Vieni a letto.» le disse. «Domani puoi preparare il caffè per la mia nuova tazza.» Ridacchiando, lei lo schiaffeggiò di nuovo, ma si lasciò condurre nella loro camera. I vestiti caddero a terra mentre si dirigevano verso il letto.

Darryl incespicò e la lasciò andare per aggrapparsi al letto.

«Sei ubriaco?» gli chiese Kristen.

«Accendi la luce.» disse lui.

Lei accese la lampada sul comodino mentre lui si alzava dal pavimento con un portafoglio marrone in mano; lo aprì e le sue sopracciglia si inarcarono all'insù. «Kristen, chi diavolo è Travis Green? E perché il suo portafoglio è sul pavimento della nostra camera da letto?»

Stava per dirgli che non sapeva proprio, che non aveva mai sentito parlare di Travis Green e che non aveva idea del perché il suo portafoglio fosse sul pavimento della loro camera da letto. Ma la luce si spense e si udì come un forte ronzio: tutta la corrente in casa era saltata.

«Kristen...» disse Darryl.

«Che diavolo sta succedendo?» chiese Kristen.

Poi una luce intensa attraversò la stanza, illuminando prima il viso di Darryl e poi accecando Kristen. E una voce maschile disse: «Sì, Darryl, che diavolo sta succedendo?»

VENTISEI
DENTON, PENNSYLVANIA

Oggi

Il Parco Comunale di Denton era uno spazio verde compreso tra il campus universitario e Main Street, dove i residenti portavano a spasso i cani, facevano jogging e organizzavano eventi comunitari. La casa a un piano in stile ranch di Margie e Joel Wilkins si trovava a un isolato di distanza dal parco, separata dal marciapiede da una staccionata bianca. All'interno della recinzione, un grande acero ombreggiava il portico anteriore e da uno dei suoi rami pendeva un'altalena di legno. Sul portico, vasi di fiori colorati contornavano l'arredamento in vimini bianco. Josie e Noah si fermarono appena fuori dal cancello, per parlare con Mettner.

«Sono sposi novelli.» spiegò l'agente. «Dovevano trovarsi a Philadelphia questa mattina. A quanto pare, avevano programmato di andare in crociera con un gruppo di amici e la sorella di Joel. Quando non si sono presentati all'imbarco, la sorella di Joel li ha chiamati sul cellulare, ma le ha risposto direttamente la segreteria telefonica, così si è spaventata. Ha chiamato il dipartimento per chiedere un controllo.»

Josie capì dal pallore del viso di Mettner che era stato lui a fare il controllo. «Sono deceduti entrambi?» gli chiese.

Mettner annuì e si asciugò il sudore dalla fronte, nonostante fosse una fresca giornata di autunno. «Sì. La moglie è in salotto. Il marito è nella camera da letto principale, sul retro.»

«Sei entrato da solo in casa?» gli chiese Noah.

Mettner annuì. «Sì, sono entrato solo io. Poi è passato Hummel e mi ha aiutato a predisporre il perimetro.» Fece un gesto sopra la spalla per indicare Hummel che si trovava davanti alla porta d'ingresso di casa Wilkins, con la sua cartellina in mano. «Non ho spostato niente. Ho controllato il battito di entrambi, nonostante fosse...» Si interruppe e quando deglutì il suo pomo d'Adamo sussultò.

«Non preoccuparti.» gli disse Josie. «Non è una cosa a cui ci si abitua.»

Mettner scosse la testa come se volesse scrollarsi di dosso l'angoscia. «Non avevo mai visto una donna uccisa. Non in quel modo, capite? I suoi occhi... io...»

Noah gli mise una mano sulla spalla. «Va tutto bene. Chiama i paramedici e il medico legale, ti dispiace?»

«Agli ordini.» e con questo, Mettner si diresse verso la sua auto di pattuglia.

Hummel era il capo non ufficiale della squadra di raccolta delle prove e il suo veicolo era equipaggiato con tutto ciò di cui c'era bisogno per mettere in sicurezza e analizzare la scena del crimine. L'aveva lasciato aperto in modo che Josie e Noah potessero indossare tute e guanti in Tyvek prima di dirigersi verso la veranda.

«Tre omicidi in una settimana.» commentò Hummel mentre annotava i loro nomi nel registro della scena del crimine.

Questo dettaglio non era sfuggito a Josie. Il suo stomaco fece una capriola quando lei e Noah entrarono in casa. L'interno era accogliente come l'esterno. La porta d'ingresso si apriva direttamente sul soggiorno. Il parquet era lucido e scricchiolava sotto i loro piedi. La stanza era luminosa e accogliente, con pareti color crema e due divani blu imbottiti che circondavano un tavolino basso con ripiano in vetro.

Una colorata composizione floreale finta spuntava dal vaso appoggiato sul tavolino, sotto al quale un lussureggiante tappeto color pervinca aveva attutito la caduta del corpo nudo di Margie Wilkins. La giovane donna era rivolta a faccia in su, aveva la bocca aperta e gli occhi spalancati. Gli ultimi terrificanti istanti della sua vita erano cristallizzati sul suo volto. Ora Josie capiva perché Mettner si era agitato così tanto. Era giovane, presumibilmente tra i venti e i venticinque anni, ipotizzò Josie. Lo avrebbero scoperto presto, non appena finito di analizzare la scena e parlato con i membri della famiglia.

Con un sospiro, Josie si mise in ginocchio accanto alla donna, facendo attenzione a non interferire in alcun modo prima che la sua squadra di raccolta delle prove potesse fotografare la scena. «È stata strangolata.» disse indicando i lividi rosati e violacei a forma di dito sul collo delicato di Margie Wilkins. «Guarda, si vede il punto in cui l'assassino le ha stretto le mani intorno al collo. E qui...» disse indicando la gola. «Queste sono le impronte del pollice.»

Noah tirò fuori il suo taccuino, facendo uno schizzo della scena e annotando i particolari mentre Josie parlava. «Ci sono lividi anche all'interno delle cosce. È probabile che sia stata aggredita sessualmente.» Si alzò e osservò un momento di silenzio per Margie Wilkins. *Nessuno dovrebbe morire in questo modo,* pensò. Poi si rivolse a Noah: «Falla fotografare subito e poi coprila, per favore.»

«Certo.» rispose lui.

Josie fece una lenta panoramica della stanza. Per il tipo di violenza che era stata inflitta a Margie, era curioso che la stanza in cui era avvenuta conservasse un aspetto intonso. «Non ci sono segni di colluttazione.» osservò Josie.

«Pensi che sia stato il marito a ucciderla?» le chiese Noah. «Una lite domestica? Un omicidio-suicidio?»

«Non lo so. Diamo un'occhiata al corpo dell'uomo.»

Si diressero verso una sala decorata in modo allegro e costellata di varie foto incorniciate della coppia: metà sembravano fotografie di vacanze in diverse località esotiche, dove avevano fatto campeggio, arrampicata e rafting, e l'altra metà erano indubbiamente foto scattate durante il matrimonio. Tra le foto c'erano piccole insegne di legno verniciato con frasi del tipo: QUESTO È IL NOSTRO "E VISSERO FELICI E CONTENTI" e TUTTO QUESTO PERCHÉ DUE PERSONE SI SONO INNAMORATE.

Josie si fermò a studiare una foto di loro due nel giorno del matrimonio. Erano ritratti in piedi sulla sponda di un lago, al tramonto, e si guardavano amorevolmente l'un l'altro. In vita, Margie era stata carina, ma la maggior parte del suo fascino sembrava provenire da un bagliore interiore di felicità.

Josie si allontanò e seguì Noah in una camera da letto in fondo al corridoio. Era molto più buia, con gli oscuranti chiusi contro la luce del sole. C'era un enorme letto matrimoniale che dominava la stanza, con sopra un piumone turchese e verde a stampa floreale spostato su un lato. Due valigie aperte e stracolme di vestiti giacevano sul pavimento vicino a un'anta aperta dell'armadio. Dovevano essere impegnati a fare le valigie per la crociera, e forse avevano già preparato la maggior parte dei loro vestiti e avevano lasciato le valigie aperte per metterci le ultime cose al mattino.

«Dobbiamo scoprire quand'è stata l'ultima volta che qualcuno li ha sentiti.» disse Josie.

Noah scarabocchiò sul suo blocco note.

«Eccolo.» disse Josie, spostandosi verso un lato del letto. Sul pavimento, tra il letto e la parete, giaceva Joel Wilkins. «E questo non è stato un omicidio-suicidio.»

VENTISETTE

Le mani e i piedi di Joel Wilkins erano stati legati con quella
che sembrava una corda da arrampicata. Era a torso nudo e
indossava solo i pantaloni di una tuta da ginnastica. Era sdraiato
su un fianco e i suoi capelli biondi e ricci erano intrisi di sangue.
Una pozza di liquido rosso si era rappresa sul parquet sotto il
suo cranio martoriato. Gli occhi erano socchiusi, come se avesse
appena iniziato ad addormentarsi.

«Santo Dio!» esclamò Noah.

Josie si accovacciò e lo guardò meglio, notando la spessa
fede d'argento al dito. Si alzò e, studiando ancora una volta la
stanza, il suo sguardo cadde su una piccola ciotola di cristallo
scintillante, non più grande del palmo di una mano, sul comodino di fronte. Al suo interno era stato riposto un anello di
diamanti. Era un taglio principessa, come Josie poté riconoscere,
e la fascia era tempestata di piccoli diamanti. Accanto c'era un
anello più piccolo, una fascia con una mezza dozzina di piccoli
diamanti. L'anello di fidanzamento e la fede nuziale di Margie
Wilkins. Sulla grande cassettiera di fronte al letto c'era un
portafoglio nero. Josie non volle toccarlo prima che la scena

fosse fotografata, ma a un'occhiata approssimativa si potevano notare alcune banconote sbucare dalla parte superiore.

«L'assassino non ha preso nulla.» osservò. «Non è stata una rapina.» Si spostò al lato del letto di Margie e indicò gli anelli. «Solo questo anello di fidanzamento vale migliaia di dollari.»

Noah annuì. «Da un rapido giro, sembra che non sia stato preso niente, nemmeno dalle altre stanze.»

Josie tornò all'ingresso. «Vediamo se riusciamo a capire come ha fatto a entrare.»

Dall'altra parte del corridoio c'era il bagno. La finestra era piccola. Troppo piccola perché un uomo adulto potesse passarci attraverso, e sembrava che nessuno fosse passato in quella stanza, tranne che per due telefoni cellulari infilati nel gabinetto. «Noah!» chiamò.

Lui la raggiunse nel bagno e guardò dentro la tazza. «Quindi questo tizio fa irruzione, getta i loro cellulari nel gabinetto in modo che non possano chiamare aiuto, lega il marito, lo picchia a morte e poi aggredisce e uccide la moglie.»

Si stava facendo caldo in casa. Perle di sudore si erano formate sulla fronte di Josie. Uscì dalla piccola stanza e tornò verso il corridoio e la parete di foto allegre. «Deve essere andata più o meno così.» concluse. Tornando verso l'ingresso, entrò in cucina. Era grande, rivestita di piastrelle in finta pietra e con al centro un grande tavolo a isola circondato da alti sgabelli. Era pulita e ordinata.

Sul bancone della cucina brillavano gli elettrodomestici cromati. Da una presa di corrente sopra il bancone spuntavano due caricabatterie, i cui cavi penzolavano come fili sciolti. «Dovevano mettere i telefoni in carica qui durante la notte.» constatò Josie.

«L'assassino deve averli presi mentre passava da questa parte.» dedusse Noah.

«E tutto il resto sembra inalterato.» rispose Josie.

Piatti, bicchieri, posate e due tazze da viaggio in acciaio

inossidabile, una con la scritta MR e una con la scritta MRS, erano ad asciugare nello scolapiatti. Il lavello era sgombro. Accanto alla macchina del caffè c'era una tazza da viaggio di plastica marrone con la scritta WAWA COFFEE sotto la sagoma color crema di un'oca in volo.

Josie sollevò il coperchio con una mano guantata e sbirciò all'interno. Era pulita e asciutta. Evidentemente avevano messo tutto in ordine prima di andare a letto, o almeno dopo aver finito di cenare, e poi si erano preparati per la mattina. Avevano pulito, messo in valigia la maggior parte delle cose di cui avevano bisogno e avevano messo in carica i telefoni, pronti a partire per una crociera. Probabilmente erano emozionati. Forse avevano fatto l'amore, o forse erano troppo stanchi dopo aver fatto tutti i preparativi per un lungo viaggio e si erano semplicemente lasciati cadere sul materasso. Nessuno lo avrebbe mai saputo. A un certo punto della notte qualcuno era entrato in casa loro e li aveva strappati al mondo, distruggendo l'amore e la luce che riempivano ogni momento della loro piccola e accogliente dimora. Un'ondata di tristezza si abbatté su Josie. Amava il suo lavoro, ma ne detestava questo aspetto. Pensò al caratteristico stoicismo di Gretchen in scene di questo genere. A Philadelphia era frequente che il numero di omicidi in un anno superasse quello di certi paesi. Quante scene come quella doveva aver visto Gretchen? Josie sapeva che era abituata alle conseguenze di un omicidio. Allora cosa c'era nell'omicidio di Shore e Cole che aveva fatto breccia nelle sue mura?

La voce di Noah distolse il suo sguardo dalla tazza accanto alla macchina del caffè. «Vieni un po' a vedere.» la chiamò. Si trovava a qualche metro di distanza, vicino a una delle finestre della cucina. Avvicinandosi, Josie si accorse che era aperta e la zanzariera era stata rimossa. Senza toccare l'infisso, Noah fece capolino all'esterno. «È entrato da qui.»

Josie aspettò che lui si spostasse e poi fece lo stesso. La zanzariera giaceva sull'erba sotto la finestra e sul davanzale esterno c'erano segni di forzatura. I suoi occhi furono attratti dall'erba che cresceva sul retro della casa, dove giaceva un oggetto lungo, sottile e nero. «Quello cos'è?» chiese, anche se sapeva che Noah non poteva vederlo meglio di lei.

I due uscirono fuori, dove la squadra di Hummel stava fotografando l'esterno della casa. Josie e Noah girarono intorno al lato della casa, camminando lentamente, con gli occhi puntati sul terreno alla ricerca di qualcosa di insolito, mentre si dirigevano verso quell'oggetto.

«È un piede di porco.» disse Noah.

Josie si appoggiò su un ginocchio e lo guardò. Corti peli biondi, pezzi di ossa e di carne erano attaccati all'estremità piatta. «Ottimo, abbiamo trovato l'arma del delitto. Assicurati che la squadra lo contrassegni.» Si rimise in piedi. «Ho visto abbastanza per ora. Togliamoci di mezzo. Lasciamo che la squadra di raccolta delle prove faccia il suo lavoro. Fotografie. Impronte. Prove imbustate. Voglio che registrino ogni cosa. Possiamo interrogare i vicini, per capire se qualcuno ha visto o sentito qualcosa. Prendi il numero della sorella del marito e chiamala. Vedi cosa riesci a scoprire su questa coppia.»

VENTOTTO

Due ore più tardi, Josie si trovava fuori dal perimetro e stava prendendo gli ultimi appunti dell'interrogatorio con il vicino di casa dei Wilkins. La squadra di raccolta delle prove stava finendo.

La dottoressa Feist era venuta e se n'era andata, quindi ormai doveva già essere arrivata all'obitorio, in attesa dell'arrivo dei cadaveri. Mettner si avvicinò alla staccionata bianca e fece un cenno all'ambulanza che occupava il marciapiede. «Siamo pronti, potete venire.» li avvertì. I paramedici erano sul posto da tempo, in attesa di entrare e prendere i corpi per trasportarli all'obitorio. Owen se ne stava con la schiena appoggiata alla fiancata dell'ambulanza, col capo chino sul telefono. Alzò lo sguardo e rivolse a Mettner un cenno di conferma.

«Chi prendiamo per primo?» chiese.

«Prendete la moglie.» rispose Mettner. «È in salotto.»

«D'accordo.»

Owen fece un cenno di saluto a Josie mentre lui e il suo collega le passavano davanti con la barella, e lei si rallegrò che lui fosse in servizio quando era arrivata la chiamata per il doppio omicidio perché era uno dei pochi operatori del pronto soccorso che non indietreggiava o diventava verde di fronte ai corpi più macabri. Sapeva che avrebbe trattato la coppia con rispetto. Lei stessa non riusciva a togliersi dalla mente l'immagine degli occhi vitrei e assenti di Margie Wilkins.

Noah emerse dal sedile del passeggero della Escape di Josie, dove aveva parlato al telefono. «Cosa hai scoperto?» le chiese.

Josie sfogliò una pagina del suo taccuino, leggendo i vari appunti. «Il vicino della casa a est non ha sentito o visto niente. Il vicino che sta a ovest ha detto di averli visti rincasare ieri sera intorno alle sei, all'ora di cena, prima Joel e poi, circa mezz'ora più tardi, Margie. Ha detto che lei è un'istruttrice di fitness part-time all'università e Joel insegna al liceo. Ha detto di aver parlato con Joel quando è tornato a casa e che Joel gli ha raccontato che questa mattina sarebbero partiti per una crociera. Ha notato che le loro auto erano ancora qui quando si è svegliato, ma ha pensato che avessero semplicemente cambiato i loro programmi.»

Noah alzò una mano per interromperla. «Ho appena parlato al telefono con la sorella di Joel e mi ha detto che ha ricevuto un messaggio da lui verso le 23:30 di ieri sera. Era uno scambio normale. Lui le ha fatto delle domande su dove si sarebbero incontrati e a che ora, cose del genere.»

«Quindi era sicuramente lui.» osservò Josie.

«Esatto. Lei ha detto che non aveva dubbi. E dopo Joel le ha scritto che sarebbero andati a dormire e così è stato.»

Josie fece un gesto verso la casa. «I vicini dal lato posteriore hanno detto che i loro cani hanno iniziato a dare di matto verso le due di notte, abbaiando e ringhiando. Il proprietario è uscito e ha dato un'occhiata al cortile, però non ha notato niente di insolito. A quel punto i cani avevano smesso di abbaiare e così è tornato a letto.»

«Quindi, erano vivi alle 23:30 e l'assassino, molto probabilmente, è entrato dal retro verso le 2:00, ha usato un piede di porco per far saltare la zanzariera della cucina e aprire la finestra. Si è arrampicato ed è andato verso la camera da letto.»

«Ha preso i telefoni mentre attraversava la cucina e li ha gettati nel water prima di andare in camera da letto.»

«A meno che la moglie non stesse dormendo sul divano, deve averli prima svegliati entrambi e poi separati. Ma come avrà fatto a legare il marito senza che la moglie scappasse o lo aggredisse?»

Josie si mordicchiò il labbro inferiore per un momento. Era una cosa da pazzi assalire una coppia, soprattutto da soli. «Penso che dovremmo presumere che avesse una pistola. È più facile controllare la situazione quando si è armati. Poteva avere un aiuto. Un'altra persona che è entrata con lui. Oppure ha sfondato il cranio del marito prima ancora di svegliare la moglie.»

«Non c'era sangue sul letto.» le fece notare Noah.

«Forse ha trascinato il marito fuori dal letto, lo ha gettato sul pavimento e poi lo ha colpito prima che uno dei due si rendesse conto di cosa stava accadendo, perché probabilmente dormivano già della grossa. Svegliarsi con un intruso in camera da letto li avrà disorientati notevolmente. Un'altra ipotesi è che l'assassino li abbia svegliati e poi abbia costretto la moglie a legare il marito. Cosa ha detto la sorella della corda per arrampicata?»

«Che probabilmente è la loro. Ha detto che facevano molte arrampicate e che erano grandi appassionati delle attività all'aria aperta.»

«Quindi l'assassino non ha portato la corda. L'ha trovata in casa o ha fatto in modo che la tirassero fuori.» sintetizzò Josie. «Potrebbe aver visto le loro foto e averli costretti a tirare fuori la corda. Suppongo che l'avrebbe fatto fare alla moglie.»

«Credi che il marito fosse già morto prima che l'assassino portasse la moglie in salotto?» le chiese Noah.

«Se non era già morto, doveva mancargli poco. Se l'assassino era entrato da solo, non avrà voluto correre il rischio che il marito si liberasse mentre commetteva gli altri crimini. Il marito rappresentava per lui la minaccia più grande, quella che chiunque abbia un po' di cervello neutralizzerebbe immediatamente. È stato abbastanza intelligente da sbarazzarsi dei telefoni prima ancora di cominciare e da cercare e utilizzare la corda da arrampicata. Inoltre, nessuno dei vicini, in particolare quello che si affaccia sul retro, ricorda di aver visto delle luci accese durante la notte, quindi, il nostro uomo è stato abbastanza in gamba da servirsi di una torcia, immagino, e da tenere le luci spente per non attirare l'attenzione dei vicini ficcanaso. Questo assassino non è un idiota.»

«Beh» disse Noah, «speriamo che ci abbia lasciato degli indizi da qualche parte in quella casa.»

«Che informazioni abbiamo su marito e moglie?» chiese Josie.

«Joel Wilkins è di qui. Ha frequentato l'università a ovest. È tornato a Denton per stabilirvisi. Margie Wilkins è di Erie. Anche lei ha studiato a ovest, ed è qui che i due si sono conosciuti. Entrambi si occupavano di insegnamento e di fitness. Si sono sposati circa un anno fa, dopo essersi frequentati per circa tre anni.»

«Quindi non può trattarsi di un ex in cerca di vendetta.» concluse Josie.

«Temo di no.» confermò Noah. «Ho chiesto alla sorella se le venisse in mente qualcuno che potesse avercela con loro, ma non ha saputo rispondere. Dice che erano brave persone e benvolute.»

Josie sospirò. «Sì, è quello che hanno detto i vicini. Erano tutti piuttosto sconvolti dall'accaduto. È un quartiere particolarmente unito. Nessuno ricorda di aver visto qualcosa di insolito negli ultimi giorni, quindi, non so se l'assassino abbia scelto le sue vittime a caso o se abbia fatto una ricognizione prima di colpire.» Abbassarono entrambi la testa mentre Owen e il suo collega portavano fuori una barella con sopra un sacco per cadaveri e rimasero a guardare mentre caricavano Margie Wilkins sull'ambulanza. «Torneremo tra una ventina di minuti.» li avvertì Owen.

Josie e Noah gli fecero un cenno di conferma. Quando l'ambulanza si allontanò, Noah aggiunse: «La sorella tornerà in città tra qualche ora. Le ho detto di aspettare fino a domani, quando avremo ripulito la scena del crimine, così potrà fare un sopralluogo e dirci se manca qualcosa che non riusciamo a notare.»

«Perfetto.» disse Josie.

«Con che cosa abbiamo a che fare qui, Boss?»

Aveva capito cosa le stava chiedendo: non se gli omicidi fossero o meno particolarmente efferati, perché indubbiamente lo erano, o se fossero stati programmati, perché indubbiamente lo erano; Noah le stava chiedendo se si trattasse di un caso isolato o se avrebbero dovuto mettere la città in stato di massima allerta. Ma, naturalmente, non ci sarebbe stato modo di averne conferma finché non si fosse verificato un altro omicidio. E per quanto ne sapeva Josie, gli assassini che mostravano un tale livello di sofisticazione non erano alle prime armi, né avevano intenzione di fermarsi. Fece un lungo sospiro. «Avremo bisogno della stampa.» sentenziò. «Forse si è trattato di una questione personale, qualcuno che conosceva i Wilkins e aveva una faccenda irrisolta con loro, ma ho la sensazione che non si sia trattato di questo.»

«La scena del crimine ha certamente un aspetto freddo e impersonale.» riconobbe Noah.

«Se non era personale, se abbiamo a che fare con qualcuno che si diverte a uccidere per il gusto di farlo, allora dobbiamo mettere la comunità in stato di massima allerta.»

Noah si passò una mano tra i folti capelli castani. «Va bene. Torniamo alla stazione, parliamo con il capo e poi diramiamo l'allarme.»

VENTINOVE

Organizzare una conferenza stampa con il capo Bob Chitwood era piacevole quanto farsi fare una devitalizzazione, ma dopo un'ora i tre agenti avevano un'idea abbastanza precisa dei dettagli che il capo avrebbe dovuto rivelare al pubblico. Li riempì di domande a raffica sugli omicidi, sulla scena del crimine, sulla cronologia degli eventi, sulla famiglia, quasi come se stesse mettendo alla prova la loro attitudine al lavoro in polizia e non solo la loro pazienza. Uscendo dal suo ufficio, Josie si rincuorò pensando che per una volta non sarebbe stata lei a finire davanti alle telecamere. Inoltre, la notizia del doppio omicidio di una giovane e stimata coppia di Denton avrebbe tenuto il nome di Gretchen lontano dalla stampa per almeno un altro giorno o due. Josie si rimise alla scrivania e fece alcune telefonate ai suoi contatti con la stampa. Mentre terminava l'ultima telefonata, le squillò il cellulare. Un numero di Philadelphia.

«Josie Quinn» rispose.

«Detective Quinn» disse una voce maschile che le suonò familiare, «sono il professor Larson.»

«Cosa posso fare per lei, professore?»

Ci fu un attimo di esitazione. «Beh, si tratta di Ethan. Ethan Robinson, ha presente? Il coinquilino di James?»

«Ma certo.» disse Josie. «Mi ricordo. Ho parlato con il padre di Ethan subito dopo che mi ha inviato le sue informazioni. È riuscito a mettersi in contatto con Ethan?»

«Beh, no, è proprio questo il punto. Suo padre mi ha chiamato per dirmi che Ethan non ha risposto né alle sue chiamate né ai suoi messaggi.»

«Il padre di Ethan mi ha detto che non è un comportamento insolito per lui.» sottolineò Josie.

«No, non lo è, infatti. Ethan è... come posso dire... a volte è un po' fuori dal mondo. Ma Mr.Robinson era preoccupato che, una volta tornato a casa, non avrebbe avuto idea dell'omicidio di James, quindi, voleva in tutti i modi mettersi in contatto con lui. Mi ha chiamato e mi ha chiesto se avessi la possibilità di accedere all'orario delle lezioni di Ethan, di cui ho trovato una copia nell'appartamento, e parlare con i suoi professori, per vedere se era andato a lezione. Ma ho il timore che Ethan non abbia frequentato nessuna lezione per una settimana.»

Josie sentì un lieve brivido di angoscia alla bocca dello stomaco. «Professor Larson, la situazione è molto preoccupante, ma deve capire che questa storia è ben al di fuori della mia giurisdizione. Credo che lei o il padre di Ethan dovreste denunciare immediatamente la scomparsa al Dipartimento di Polizia di Philadelphia e cercare di aiutarli a stabilire quando è stata l'ultima volta che qualcuno ha avuto notizie di Ethan.»

«Ma certo, me ne occuperò io, posso senz'altro fornire un resoconto. Posso anche rivolgermi alla polizia del campus.»

«È riuscito a trovare i video di sorveglianza di cui abbiamo parlato? Quelli dell'ingresso dell'appartamento?»

«Dovrei riceverli entro un giorno o poco più.» rispose Larson. «Ho parlato con il mio contatto alle Rowland Industries, me li manderanno via e-mail. Le due settimane passate.

Cercherò di isolare tutti i filmati in cui sono presenti Ethan e James.»

«Perfetto.» disse Josie. «Quando li avrà, li consegni alla polizia di Philadelphia. Probabilmente glieli richiederanno subito. Ripeto, se potesse farmi sapere cosa trova nel filmato, sarebbe molto utile. E magari anche l'ultima volta che riesce a trovarli insieme, sarebbe altrettanto utile.»

«Certamente. La ringrazio, detective. La terrò informata. Ha pensato alla mia proposta di partecipare con la sua gemella al mio progetto di ricerca?»

«No...» disse Josie prima che lui potesse lanciarsi in un discorso sui benefici dell'epigenetica. «Mi dispiace, ma non siamo interessate.»

Riattaccarono e Josie tornò a riflettere sulla bizzarra relazione, o meglio sulla mancanza di relazione, tra Ethan e Doug Robinson. Una sollecitudine di questo tipo avrebbe dovuto manifestarla suo padre, non il suo padrone di casa.

A meno che questa sollecitudine non fosse solo una scusa con cui Larson voleva chiamare per cercare di coinvolgere lei e Trinity nella sua ricerca.

Noah si sedette sulla sedia dietro la scrivania e le lanciò un mucchio di fogli, che atterrarono sulla sua scrivania svolazzando.

«Viene da casa di Gretchen?» chiese lei sfogliando le pagine.

«Sì, le sue impronte sono sparse ovunque, come c'era da aspettarsi. Hanno trovato le impronte di Omar sul portico ma non all'interno della casa. Dentro ci sono anche altre impronte, tutte non identificate, ma potrebbero essere degli inquilini che ci vivevano prima o di chi è entrato per fare delle riparazioni.»

«E sulla foto?»

«Nessuna impronta sulla foto.» disse Noah. «Anzi, ce n'erano alcune parziali sul retro, ma erano così vecchie che i tecnici non sono riusciti a identificarle.»

«Ma le impronte di Gretchen non c'erano.» gli fece notare Josie.

Noah la fissò. «Ho come l'impressione che al Procuratore Distrettuale non importerà molto di questo dettaglio, considerato che Gretchen si trovava dentro casa poco prima che sparassero a Omar, che il proiettile estratto dal ragazzo era dello stesso calibro della sua pistola, che subito dopo è sparita, e che ha rimosso l'MDT dalla sua auto.»

Josie si stizzì, ma non disse nulla.

Noah avviò il suo computer. «Dovremmo ordinare qualcosa da mangiare.» propose. «Perché ci toccherà stare qui tutta la notte a sbrigare pratiche.» Poi abbassò la voce. «Quando avremo finito, credo che dovresti venire a casa con me. Ci faremo un paio d'ore di sonno...» Si interruppe. Il telefono della scrivania di Josie squillò prima che potesse immaginare il resto.

Sollevò il ricevitore, augurandosi che fosse l'agente del BATFE Jack Starkey che la stava chiamando. «Quinn»

La voce del sergente Lamay aveva un suono strano, le sue parole sembravano fluttuare intorno a lei. «Boss? Può... può venire qui?»

«Che succede, sergente?»

Ci fu una lunga pausa. Poi Lamay disse: «La detective Palmer è qui e vuole che la arresti.»

TRENTA

Josie saltò letteralmente la breve rampa di scale che portava al primo piano. Alle sue spalle sentiva il rumore dei passi di Noah che scendeva i gradini. Si precipitò nell'atrio e si fermò di colpo quando vide Gretchen in piedi al centro della stanza, pallida e smagrita. Indossava lo stesso paio di pantaloni e la stessa polo della polizia di Denton che aveva indossato il giorno in cui era scomparsa. Solo che, a differenza di quello che si vedeva nelle registrazioni di sorveglianza, ora la maglietta bianca era imbrattata di sporcizia e di quelle che a Josie sembravano gocce di sangue. Uno strappo sui pantaloni all'altezza del ginocchio sinistro lasciava intravedere un lembo di pelle bianca. Del sangue secco si era rappreso intorno a un taglio di due centimetri sopra il sopracciglio sinistro.

«Gretchen» disse Josie.

I suoi occhi castani vagarono per tutta la stanza, come se sentisse la sua voce ma non riuscisse a vederla di fronte a sé.

Josie sentì Noah che diceva a Lamay di chiamare un'ambulanza, e questo sembrò risvegliare l'attenzione di Gretchen. Incrociò brevemente lo sguardo di Josie e poi si voltò a guardare Noah e Lamay.

«No, no» disse, allungando i polsi verso di loro. «non mi serve essere curata. Voglio costituirmi per l'omicidio di James Omar.»

Noah fece un passo avanti, mettendosi di fronte a Josie. «Gretchen» disse sottovoce «hai un bel taglio sopra l'occhio. Probabilmente dovranno metterti dei punti.»

Le braccia di Gretchen tremarono. Per un attimo, uno sguardo di disperazione le passò sul viso. Poi sparì e tornò il vuoto. «No...» insistette. «Non ho bisogno di punti. Prendetemi in custodia e basta. Voglio costituirmi.»

Noah guardò Josie, come per chiederle cosa fare. Josie si avvicinò alla spalla di Gretchen, ma lei se la scrollò di dosso. «D'accordo.» disse Josie con tono pacato. «Che ne dici se adesso andiamo nella sala conferenze, in fondo al corridoio?»

Furia cieca balenò sul volto di Gretchen. Ignorando Josie, spinse le braccia verso Noah, con i palmi rivolti verso l'alto. «Prendetemi in custodia. Voglio costituirmi.»

«Gretchen» intervenne Josie «sediamoci e parliamo, d'accordo?»

«Non voglio parlare.» ringhiò lei. «Voglio solo che tu faccia il tuo cazzo di lavoro.»

Josie mantenne la voce calma. «Farò il mio lavoro. Ma devi lasciarmelo fare.»

«Arrestatemi.» disse Gretchen.

«Possiamo arrestarti. C'è già un mandato per te. Ma se hai intenzione di rilasciare una confessione...» rispose Josie, «allora dovremo chiamare la Polizia di Stato.» e detto questo fece un cenno a Lamay, che disse: «Ci penso io.», ma continuò a starsene lì, a contemplare la scena. Il protocollo prevedeva che se uno dei loro agenti intendeva confessare un reato, dovesse essere chiamata la Polizia di Stato in modo da evitare qualsiasi conflitto.

Josie si voltò verso Gretchen. «Sei sicura di non volerti prima sedere per riprenderti un po'?»

La voce di Gretchen suonò come un vero e proprio ringhio. «Arrestatemi.»

«Bene. Visto che intendi costituirti, non credo sia necessario ammanettarti. Se dobbiamo tenerti in custodia, abbiamo la responsabilità di assicurarci che le tue necessità mediche siano soddisfatte. Quindi, prima di fare qualsiasi altra cosa, dobbiamo farti controllare quel taglio. Gretchen, lo sai che...»

Il pugno di Gretchen arrivò forte e veloce, così veloce che Josie non ebbe il tempo di reagire. Non sospettava nemmeno che Gretchen, che aveva almeno una decina d'anni più di lei, potesse muoversi così velocemente. O forse non era stata tanto veloce, forse Josie era solo impreparata al colpo perché proveniva da una sua collega. Un momento prima Josie stava osservando la rabbia e la disperazione che balenavano sul volto di Gretchen, e l'attimo dopo si trovava sul pavimento di piastrelle, con la guancia che bruciava per il dolore.

Noah e Lamay immobilizzarono Gretchen a terra accanto a lei, bloccandole le mani dietro alla schiena. Josie si toccò la guancia e vide che le dita erano bagnate di sangue. Fissò Gretchen, il cui viso era ora premuto con forza contro le piastrelle mentre Lamay la ammanettava. Teneva gli occhi chiusi, ma il suo viso, adesso dai lineamenti sciolti e allentati per la calma, trasmetteva un'unica emozione: sollievo.

TRENTUNO

Josie si mise a sedere sul bordo del letto d'ospedale e cercò di non sussultare quando un giovane medico, infilatosi i guanti, le esaminò la pelle viva della guancia. Gretchen era riuscita a colpirla proprio sotto alla cavità oculare, sullo zigomo, spaccando la pelle. Le dita guantate premevano lungo i bordi del taglio e ondate di dolore le attraversavano l'intero lato del viso. Per una frazione di secondo, tornò alla sua infanzia: aveva sei anni e un grosso taglio sulla guancia, mentre le infermiere la tenevano ferma per pulirlo. Un brivido involontario le attraversò il corpo. Il dottore si fermò e spostò la testa indietro per guardarla negli occhi. «Mi scusi.» disse. «Sta bene?»

Josie allungò una mano verso la ferita, ma il medico la fermò delicatamente, riportandole la mano in grembo. «Non la tocchi» disse «bisogna mantenere la superficie pulita.»

Avrebbe voluto ignorarlo e andare a casa, per poter attenuare il dolore con qualche sorso di Wild Turkey. Ma non ci riuscì. Invece, ricordò silenziosamente a se stessa che non aveva più sei anni. Che questa non era opera di sua madre. La sua amica e collega era nei guai e il pugno che le aveva dato era un messaggio per lei, e adesso il suo compito era di decifrarlo. «Mi dica solo se deve mettermi dei punti.» disse al medico.

Le sorrise, i suoi denti bianchi e dritti le ricordarono l'unica foto in cui aveva visto James Omar che sorrideva: quella di lui e Ethan Robinson alla Broad Street Run. «No...» disse. «Penso che dei semplici cerotti a farfalla dovrebbero bastare. Usi un po' di bacitracina e vitamina E, così non le rimarrà nessuna cicatrice, e del ghiaccio per il gonfiore. Probabilmente domani farà molto più male.»

Josie si alzò, pronta ad andarsene, ma il dottore sollevò una mano e rise dolcemente. «So che ha fretta, Detective, ma la pregherei di lasciarmi pulire e fasciare.»

La frustrazione le fece scaldare il viso. Dovette fare appello a ogni sua risorsa per non prendersela con quel pover'uomo pieno di buone intenzioni che stava soltanto cercando di aiutarla. Fece del suo meglio per sfoderare un sorriso e cercare di rendere il suo tono piacevole invece che pungente. «Si sbrighi, per favore. Devo tornare al lavoro.»

Lui le fece cenno di tornare a sedersi sul lettino. «Faccio in un attimo.»

Come promesso, fu veloce e, a parte il bruciore dell'antisettico usato, Josie non sentì alcun dolore. In pochi minuti si ritrovò da sola dietro le tende che la circondavano, sollevata che fosse tutto finito. Un paio di scarponi apparvero sotto la tenda proprio di fronte a lei. «Sono qui, Fraley.» chiamò.

Noah attraversò l'apertura e si chiuse la tenda alle spalle. Si avvicinò e le sollevò il mento con un dito per poterle guardare meglio la guancia. La sua vicinanza e la sua smorfia, che si trasformò in un sorriso quando i loro occhi si incontrarono, alleviarono un po' l'ansia che la tormentava. Si lasciò andare a un lungo respiro e appoggiò la fronte al petto di Noah. Per un attimo, lui la prese tra le braccia e la strinse a sé. I vecchi ricordi si allontanarono. Poi quel momento finì. Lui la sciolse da quell'abbraccio e fece un passo indietro, lasciando che il suo profumo persistesse sui suoi vestiti. Dopobarba, caffè e qualcosa di unico di Noah.

«Gretchen ti ha detto qualcosa della ferita che ha sulla fronte?» gli chiese Josie.

Noah non perdeva un colpo; avevano stabilito il loro ritmo anni prima e questo era di grande conforto per Josie, soprattutto nei momenti di tensione. «Ha detto ai medici di essere caduta. Non vuole dire come, dove o quando. Dovranno metterle dei punti, ma visto che non vuole dirci altro e che la ferita è aperta da più di ventiquattro ore, dovranno lasciarla aperta per il momento. Non vogliono rischiare un'infezione chiudendola ora. I medici hanno quasi finito di medicare la ferita e lei dice di non avvertire dolore da nessun'altra parte. Sembra piuttosto sporca, ma da quello che possiamo constatare, non ha altre ferite.»

«Non sporgerò denuncia.» disse Josie.

«Credo che lei lo sappia. Non so cosa le sia successo, ma si è calmata solo quando Lamay le ha letto i suoi diritti.»

«Ha detto qualcosa?»

Noah scosse la testa. «No, almeno non a nessuno di Denton. Ho chiamato la Polizia di Stato. Stanno mandando una di loro. Loughlin. L'ho ragguagliata al telefono. Dovrebbe essere qui a momenti. La conosci?»

Josie annuì. Heather Loughlin era un'esperta investigatrice della Polizia di Stato. Josie l'aveva incontrata solo una manciata di volte, ma era professionale e corretta. «È brava.» confermò.

«In realtà, Gretchen ha detto di volere un avvocato. Ma è stata l'unica cosa che ha detto.»

Era naturale che Gretchen volesse un avvocato. Era stata innumerevoli volte la persona dall'altra parte del tavolo degli interrogatori, quella che poneva le domande, nella speranza che il sospettato non si chiudesse a riccio e non chiedesse un avvocato.

«Credo che confesserà, Josie.» aggiunse Noah.

Ora era il suo turno di scuotere la testa. «No, io non credo.

Ha detto che si sarebbe costituita. Non significa che voglia confessare. Vuole un avvocato per pararsi il culo finché non si risolve la questione.»

«Josie, ti ha dato un pugno in faccia perché la arrestassimo.»

Le scappò una mezza risata che le fece male al viso. «Non mi interessa quello che dice o fa. Non ha ucciso lei James Omar.»

«E se invece l'avesse fatto?»

Josie lo spinse via con entrambe le mani, tirò le tende del box e gli anelli produssero un rumore forte e acuto mentre scorrevano sulla barra fissata al soffitto. Alla fine del corridoio, di fronte a una delle aree di trattamento delimitate da vetri e nascoste da altre tende, uno dei loro agenti di pattuglia stava seduto su una sedia pieghevole e guardava il suo telefono.

Josie gli si avvicinò e si piazzò davanti a lui, con le mani sui fianchi. Per poco non gli cadde il telefono, mentre saltava sull'attenti. «Boss» bofonchiò.

«Detective» lo corresse Josie. «Gretch... la detective Palmer è lì dentro?»

Noah apparve al fianco di Josie. L'agente gli lanciò un'occhiata di apprensione. «È tutto a posto.» gli disse Noah. «È già arrivata la detective Loughlin?»

Lui annuì. «È dentro adesso.»

Josie superò la guardia e aprì uno spiraglio nella porta a vetri per poter ascoltare. Noah si posizionò alle sue spalle, stringendosi a lei in modo da poter ascoltare anche lui. Attraverso la fessura della porta, Josie poteva vedere Gretchen distesa nel letto, con indosso gli stessi vestiti che portava quando era arrivata alla centrale. Uno spesso batuffolo di garza copriva lo squarcio sopra l'occhio, tenuto in posizione da un'altra garza arrotolata che le era stata avvolta intorno alla testa. Teneva le braccia stese lungo i fianchi. Fissava dritto davanti a sé, evitando di guardare direttamente la detective Loughlin, che si trovava accanto al letto, alta e robusta, con i capelli biondi e setosi tirati indietro in una coda di cavallo. Come Josie e Noah, indossava pantaloni cachi e una polo, solo che la sua aveva le insegne della Polizia di Stato sul lato destro del torace. «Detective Palmer» esordì «mi è stato riferito che i suoi colleghi la stavano cercando da un paio di giorni. Può dirmi dove è stata?»

Gretchen non rispose.

Heather Loughlin indicò la fronte di Gretchen. «Quello come se lo è procurato?»

«Sono caduta.»

«Come? Dove? Quando è caduta?»

Gretchen rovesciò la testa da una parte, concentrando lo sguardo su un carrello delle emergenze nell'angolo della stanza.

«Cosa ci faceva James Omar a casa sua? Come lo conosceva?»

«Voglio un avvocato.» disse Gretchen a bassa voce. Sembrava quasi sconfitta.

La Loughlin addolcì i toni. «Gretchen, sa come funziona. Io posso aiutarla. Qualunque cosa sia successa quel giorno nel suo vialetto, posso aiutarla. Ma deve parlare con me. Ho bisogno di sapere cosa è successo. Voglio la verità.»

Gretchen deglutì. «Chiami Andrew Bowen. Per favore. Gli dica che posso pagarlo.»

Josie si voltò e incrociò lo sguardo di Noah. *Andrew Bowen?* disse muovendo solo le labbra. Bowen era un noto avvocato penalista di Denton. Tutti quanti al Dipartimento di Polizialo conoscevano, ma la Polizia di Denton, e precisamente Josie, sei mesi prima aveva arrestato sua madre con l'accusa di omicidio. L'intera faccenda era piuttosto spiacevole e aveva compromesso il rapporto informale che gli ispettori della Polizia di Denton intrattenevano con lui.

La detective Loughlin tirò fuori il cellulare e fece alcuni passaggi prima di rivolgere lo schermo verso Gretchen. «Il tenente Fraley ha condiviso con me questa foto. Può dirmi chi è il bambino in questa fotografia?»

Gretchen diede una rapida occhiata ma non rispose.

«Questa foto è stata appuntata sul cadavere di James Omar. Chi è questo bambino?»

Qualcosa passò sul volto di Gretchen: sgomento o paura, o forse entrambe le cose, e poi si dissolse con la stessa rapidità con cui era arrivato. Non rispose.

La Loughlin rimase con il telefono sospeso davanti a Gretchen ancora per alcuni istanti, ma quando vide che si rifiutava di guardarlo, lo rimise in tasca. «Sarò lieta di telefonare a Mr.Bowen da parte sua, Gretchen. Ma sa come funziona. Quante volte è stata nella mia posizione, in questo tipo di scambi? Centinaia di volte? Migliaia, forse? Sicura di non avere intenzione di parlare con me di quello che è successo, prima di coinvolgere gli avvocati? Sicura di non volermi dire prima chi ha ucciso James Omar?»

Gretchen rimase silenzio. Poi si girò verso di lei, la guardò negli occhi e disse: «Io sono responsabile della morte di quel ragazzo.»

«No!» mormorò Josie, che avrebbe voluto irrompere nella stanza e scuotere Gretchen. Ma sapeva di non poterlo fare. La mano di Noah si posò sulla sua spalla. Josie si girò verso di lui e sussurrò: «C'era qualcun altro.»

Josie si voltò in tempo per vedere una singola lacrima scivolare sulla guancia di Gretchen. «Per favore» disse alla Loughlin. «chiami Andrew Bowen. Ho bisogno di un avvocato.»

TRENTADUE

Andrew Bowen sembrava essersi appena alzato dal letto e quando controllò l'ora sul suo cellulare, Josie pensò che probabilmente era proprio così: erano le 23:00 passate quando fece il suo ingresso al comando di polizia. Indossava un paio di pantaloni di una tuta e una maglietta bianca stropicciata, in una mano reggeva una valigetta, e dava l'impressione di essersi pettinato in fretta e furia i suoi folti capelli biondi per scostarseli dal viso. Aveva circa trent'anni, era alto, con un bel viso spigoloso e penetranti occhi azzurri. Guardò Josie mentre uno degli agenti in uniforme gli faceva strada lungo il corridoio dove Josie e Noah si trovavano, appena fuori dalla sala conferenze in compagnia della detective Heather Loughlin.

«Grazie per essere venuto.» gli disse Noah dopo avergli presentato la Loughlin. «È lì dentro.»

Bowen si limitò ad annuire e scomparve nella sala conferenze.

«Beh, è stata un'accoglienza calorosa.» osservò Josie.

«Prevedo che accetterà di occuparsi del suo caso.» commentò Noah.

«Ha detto che si è semplicemente presentata qui in

centrale. Come ci è arrivata? Qualcuno le ha chiesto di farlo?» chiese la Loughlin.

Noah scosse la testa. «Non ha voluto dircelo, ma Lamay ha controllato le riprese esterne. È arrivata con la sua Cruze e l'ha lasciata nel parcheggio pubblico.»

«Quindi abbiamo la sua auto?» chiese Josie.

«L'abbiamo mandata al deposito in attesa che i nostri tecnici la esaminino.» rispose Noah.

Josie si sentì avvolgere da una sensazione di sollievo misto a speranza. A prescindere da ciò che Gretchen aveva detto o lasciato intendere, non aveva creduto nemmeno per un solo secondo che fosse stata lei a uccidere James Omar. C'era qualcos'altro in ballo. C'era qualcun altro coinvolto. Josie avrebbe scoperto chi, cominciando dall'auto. Gretchen era uscita e rientrata nel veicolo. Chiunque fosse stato insieme a lei, si trovava indubbiamente nell'auto. Doveva pur trovare delle tracce. Impronte. DNA. Anche se si trattava di un solo capello, Josie lo avrebbe trovato.

«E la pistola?» domandò Josie. «La sua arma d'ordinanza?»

«Non l'abbiamo trovata, né addosso a lei né in macchina.» rispose Noah.

Poi le venne in mente un altro pensiero. «Avete trovato la sua giacca in macchina?»

«La sua giacca?»

«La sua giacca di pelle.» spiegò Josie. «Quella che ha preso dalla banda dei Devil's Blade. Quella che non si toglie mai.»

«Lo scoprirò.» disse Noah e si allontanò per fare una telefonata.

«C'è modo di avere un caffè qui?» chiese la Loughlin.

Josie le fece strada attraverso il corridoio fino al piccolo cucinotto del primo piano e preparò una tazza di caffè per entrambe. Il cellulare della detective Loughlin squillò e lei rispose, sedendosi al tavolo e parlando a bassa voce. Josie si stava versando un altro po' di caffè quando vide Noah di ritorno.

«Nessuna giacca.» le disse.

Josie lo raggiunse in corridoio e indicò con la tazza da caffè la telecamera montata sul soffitto. «La stava indossando quando ha ricevuto la telefonata di Omar. L'abbiamo vista nel filmato.»

«E allora?» chiese Noah.

«Non è a casa sua. Non è in macchina...»

«Probabilmente è nel fiume con il resto della roba che ha buttato.»

Josie bevve un sorso di caffè e scosse la testa. «No. Non avrebbe mai gettato quella giacca nel fiume. Gliel'ha presa chiunque l'abbia rapita.»

«Pensi ancora che ci sia di mezzo un'altra persona?» chiese Noah. «Josie, si è costituita! Ti ha dato un pugno in faccia perché la arrestassimo. Ha confessato alla Loughlin di aver ucciso quel ragazzo.»

«No» lo corresse Josie. «Ha detto "Sono responsabile della morte di quel ragazzo." Non è la stessa cosa. Non è una confessione.»

Noah sollevò un sopracciglio. «Ho l'impressione che una giuria potrebbe pensarla diversamente. Ascoltami, so che provi una certa... lealtà nei confronti di Gretchen, ma credo che dovresti prendere in considerazione che sia stata lei a farlo. Non sappiamo cosa sia successo, non sappiamo perché James Omar fosse a casa sua o cosa sia accaduto tra loro due, ma non abbiamo prove del coinvolgimento di un terzo individuo. Gretchen si è costituita. Non ha accusato nessun altro.»

«Perché non vuole parlare. È spaventata. C'è qualcosa in corso. C'è sotto di più in questa storia.»

«Forse c'è.» disse Noah. «O forse non c'è. Talvolta anche le persone addestrate a fare la cosa giusta non la fanno.»

Josie si mise una mano sul fianco. «Di cosa stai parlando?»

«Guarda cosa è successo a Luke.» disse. Lei lo fulminò con uno sguardo e lui alzò le mani. «Ascoltami e basta.»

Luke era stato un agente della Polizia di Stato. Quando il

matrimonio di Josie con Ray Quinn era andato in frantumi, lei aveva iniziato a frequentare Luke e alla fine si erano fidanzati. Dopo due anni e mezzo che stavano insieme, lui era stato coinvolto in una sparatoria quando non era in servizio e, invece di denunciarla, l'aveva insabbiata, rovinandosi la carriera e rischiando un'accusa penale.

«Luke era stato addestrato, proprio come noi, su come reagire di fronte a un reato.» aggiunse Noah. «Nel suo lavoro come agente di polizia avrebbe dovuto essere una decisione automatica, e sono sicuro che non era la prima volta che scopriva un omicidio. Fare la cosa giusta avrebbe dovuto essere immediato per lui, come una seconda natura. Però non lo ha fatto. Ha perso la testa. Ha sbagliato tutto. A volte le persone sbagliano. Anche quando non c'è una buona ragione, anche quando è l'ultima cosa che ti aspetteresti che facciano... le persone sbagliano.»

«Ma Luke non si era semplicemente reso irraggiungibile al telefono.» argomentò Josie. «Stava andando da un'amica. Aveva perso delle persone a lui care. Non è la stessa cosa.»

«No, non è la stessa cosa.» concordò Noah. «Ma ancora oggi non ti chiedi perché non decise di chiamare il 911?»

Lei esitò un attimo. Poi ammise: «Certo che me lo chiedo.»

«Perché a volte le persone sbagliano. Senza logica. Senza motivo. Succede e basta.»

Per quanto infastidita, Josie sapeva che le sue parole erano vere. Le persone pensano di sapere chi sono finché non vengono messe alla prova. Pensano di sapere esattamente come reagirebbero di fronte a situazioni spaventose. Ma l'inquietante verità è che a volte anche le persone perbene, rispettose della legge e con una forte bussola morale vengono portate fuori strada. Tuttavia, non riuscì a impedire che la sua voce si alzasse di un'ottava. «Mi stai dicendo che Gretchen, una detective esperta con alle spalle quasi quattro volte il tempo sul campo di Luke, ha sparato a qualcuno che non conosceva ed è scappata? Che ha deliberatamente distrutto delle prove? Che ha semplicemente "sbagliato"?»

Noah non diede a vedere se era o meno rimasto colpito dal tono aspro della sua voce; si limitò a scrollare le spalle. «Non sto dicendo che sia andata così. Non sappiamo cosa sia successo. Sto dicendo che dovremmo considerare la possibilità che Gretchen abbia davvero sparato a quel ragazzo e poi sia scappata.»

Josie gli puntò un dito contro e disse una sola parola, chiara e decisa. «No.»

Prima che Noah potesse rispondere, la porta della sala conferenze si aprì con un cigolio e Andrew Bowen ne uscì, con un'aria ancora più stanca di quando era entrato.

«Vado a chiamare la detective Loughlin.» disse Noah.

Pochi secondi dopo, la Loughlin li raggiunse nel corridoio, e tutti i presenti fissarono Bowen.

«Potete processarla.» disse. «Domani mattina mi presenterò in tribunale al suo posto.»

Una volta inserita nel sistema, Gretchen sarebbe stata prelevata dallo sceriffo della contea e portata nella loro struttura a quaranta miglia di distanza, a Bellewood, dove sarebbe rimasta fino al processo, a meno che non fosse uscita su cauzione o fosse riuscita a ottenere un patteggiamento.

«È disposta a rilasciare una confessione?» chiese la detective Loughlin.

«La detective Palmer non risponderà ad altre domande questa sera.» rispose Bowen facendo un lungo sospiro, passando una mano tra le ciocche bionde. «Ma ci incontreremo con lei domani, in modo che possa rilasciare una confessione. Mi ha incaricato di formulare una dichiarazione di colpevolezza a suo nome.»

Un piccolo rantolo sfuggì dalle labbra di Josie. «Per... per omicidio di primo grado?»

«Potrebbe rischiare l'ergastolo.» protestò Noah. «Se non addirittura la pena di morte.»

Bowen fece un sorriso sofferto. «Non sono autorizzato a discutere con voi la linea di difesa della mia cliente. Ma il mio compito, in qualità di avvocato, è quello di cercare di scongiurare la pena di morte, come farei con qualsiasi altro mio cliente che si trovasse ad affrontare delle accuse tanto gravi.»

La Loughlin si fece avanti e porse a Bowen un biglietto da visita. «Mi chiami domattina.»

Bowen lo prese e lo infilò nella sua valigetta. «Grazie. Domani la detective Palmer verrà trasferita nel carcere della contea di Bellewood. Parlerò con il Procuratore Distrettuale e prenderemo accordi affinché lei possa raccogliere la sua confessione, in modo da poter presentare un'istanza di patteggiamento.»

«Chi è il bambino della foto? Le ha chiesto del bambino della foto?» gli chiese Josie.

«Detective» disse Bowen con un aspetto esausto «lei sa bene che non posso parlare delle conversazioni riservate tra me e i miei clienti.»

«E se il bambino della foto fosse in pericolo?»

«In pericolo a causa della donna che avete sotto la vostra custodia? Non credo. Ma sono certo che domani la detective Loughlin otterrà tutte le informazioni pertinenti dalla detective Palmer.»

Era chiaro che non avrebbero ottenuto niente da Andrew Bowen. Se Gretchen non voleva parlare, non era obbligata a farlo. Bowen era il suo parafulmine contro la loro raffica di domande. Inoltre, in questa fase, Josie e Noah erano sostanzialmente fuori dal giro. Il loro compito ora era quello di sbrigare tutte le pratiche richieste, chiudere le questioni in sospeso dell'indagine e consegnare il caso al Procuratore Distrettuale per il procedimento giudiziario. Anche se Bowen aveva detto loro che Gretchen si sarebbe dichiarata colpevole, dovevano comunque preparare il caso per il Procuratore Distrettuale da portare al processo nel caso in cui Gretchen cambiasse idea e decidesse di dichiararsi non colpevole. Ma la detective della Polizia di Stato sarebbe stata l'unica autorità delle forze dell'ordine ad avere accesso a Gretchen; perciò se avesse confessato, come aveva garantito, da quel momento in poi quello che sarebbe successo a Gretchen sarebbe dipeso in gran parte dagli avvocati e dal sistema giudiziario. Gretchen sembrava decisa a farsi sbattere in prigione a vita. Ma perché? Perché non lottare? Perché non andare a processo e tentare di ottenere l'assoluzione? O almeno cercare di negoziare un patteggiamento minore? Josie sapeva cosa avrebbe detto Noah: perché si sentiva in colpa per aver ucciso James Omar e si riteneva responsabile. Ma Josie era certa che ci fosse molto di più. E se c'era, e Josie aveva ragione, c'era un assassino ancora a piede libero.

«Buonanotte, detective.» disse Bowen e Josie rimase a guardarlo allontanarsi, impotente.

TRENTATRÉ

Josie tornò a casa con Noah, ma meno di cinque minuti dopo aver varcato la soglia, sentì squillare il suo telefono. Era lavoro.

«Non rispondere.» disse Noah mentre andava in salotto e iniziava ad accendere le luci.

«È lavoro.» disse Josie. «Se non rispondo, chiameranno te.» Premette il telefono all'orecchio. «Pronto?»

La voce di Bob Chitwood era quasi un urlo. «Ho bisogno di uno di voi sul posto, immediatamente. Tu hai scelto la pagliuzza più corta, quindi ho chiamato prima te. Se mi dici che stavi dormendo, chiamo Fraley al posto tuo. A meno che non siate insieme. Allora potete lanciare una moneta e chi vince può portare il suo culo al centro commerciale vicino a Corinthian Place. Ci sono state un paio di effrazioni.»

Josie sospirò. «Ci penso io.»

Chitwood riattaccò senza dire altro.

Josie guardò Noah, che disse: «Ho sentito. Vado io. Tu dormi un po'.»

«Pensi che riuscirei a dormire?»

La discussione sulla colpevolezza di Gretchen indugiava ancora tra di loro, tesa e incompiuta.

Noah le passò il telecomando della televisione. «Prima o poi, sì. Di questo me ne occupo io. Domattina tu puoi fare il sopralluogo con la sorella di Joel Wilkins.» Raccolse le chiavi da dove le aveva gettate sul tavolino e le passò davanti. «Prendi pure quello che trovi nel frigorifero.»

Josie gli si parò davanti prima che raggiungesse la porta. «Pensi davvero che Gretchen sia colpevole?»

«Dobbiamo proprio parlarne adesso?»

«Voglio saperlo.»

Le sfiorò la guancia, le fece scivolare una ciocca di capelli dietro l'orecchio e, sempre con estrema delicatezza, si avvicinò per posare un bacio morbidissimo sul cerotto a farfalla che il dottore le aveva messo sulla guancia. Poi disse: «Non importa quello che penso io. Importa quello che dimostrano le prove e quello che farà Gretchen. Lei vuole dichiararsi colpevole. Il caso è chiuso. Dobbiamo occuparci del duplice omicidio Wilkins e di tutto il resto che accade in questa città.»

Lei si allontanò di un passo da lui. «Noi dovremmo restare uniti, Noah.»

«Noi chi?»

«Io, tu, Gretchen. La Polizia di Denton. Siamo una squadra. Dobbiamo guardarci le spalle a vicenda.»

Noah sollevò un sopracciglio. «C'è una linea sottile tra il prendersi cura l'uno dell'altro e la corruzione della polizia.»

Josie sentì il colore del viso svanire. «Sai che non è quello che intendo.»

Noah incrociò le braccia sul petto. «E allora cosa vuoi dire? Perché è facendo il mio lavoro che mi sono preoccupato di Gretchen. È una donna adulta. Ha fatto delle scelte e ora deve rispondere di quelle scelte. So che non vuoi sentirtelo dire o crederci, ma...»

«Non è che non voglio, è che non è vero. Non è stata Gretchen. Me lo sento, come un istinto, e il mio istinto raramente sbaglia.»

Noah allentò le braccia e la sua espressione infastidita si ammorbidì. «Josie, capisco il tuo impulso di voler trovare un modo per scagionare Gretchen. Diamine, capisco anche il bisogno di dare una risposta a tutte le domande. È frustrante che, da parte nostra, il caso si chiuda qui, senza aver scoperto il motivo per cui le cose sono andate in questo modo, ma devi anche accettare il fatto che Gretchen la conosci a malapena. Nessuno di noi la conosce davvero. Persino il tenente di Philadelphia ti ha detto che non le era molto legato. Ha accettato un regalo dalla Devil's Blade. Una giacca che ha indossato ogni giorno da quando gliel'hanno regalata. Presumo che probabilmente avrai già fatto tutte le tue ricerche, quindi, saprai che la Devil's Blade è una brutta bestia. Sono criminali, assassini, spacciatori... e il modo in cui trattano le donne... e posso capire che Gretchen abbia accettato la giacca, va bene, tanto per non essere scortese, ma perché la indossa? Perché quel caso era così importante per lei? Non ti è mai passato per la testa che quello che ritieni che Gretchen stia nascondendo sia qualcosa di criminale?»

Le passarono per la testa una dozzina di risposte, ma tutte le sue argomentazioni si riducevano a una sola: lo sapeva e basta. E sapeva anche che questo non era il tipo di ragionamento che Noah avrebbe accettato. Il cellulare di Noah squillò, lui lo guardò, lo mise a tacere e disse: «Devo andare. Ne parliamo quando torno.»

«Non ci sarò.» gli disse Josie rivolta alle sue spalle. «Vado a casa mia.»

Lui si voltò verso di lei. «Josie, ti prego. Non metterla sul personale.»

Purtroppo era già diventata una questione personale. Gretchen sapeva - probabilmente meglio di qualsiasi altra persona che Josie avesse mai conosciuto - cosa significasse avere una madre violenta, cosa significasse essere stati cresciuti da qualcuno che ti odiava e ti feriva in ogni occasione. Gretchen sapeva quanto fosse difficile parlare degli abusi. Quando Josie era troppo debole e troppo provata per mettere insieme gli ultimi pezzi del puzzle che avrebbero smascherato la donna che aveva sostenuto di essere sua madre, Gretchen lo aveva fatto per lei. Gretchen capiva Josie in un modo in cui nessuno lo aveva mai fatto e che forse nessun altro avrebbe mai fatto.

E Josie aveva capito che Gretchen stava mentendo.

«Se Gretchen ha infranto la legge, sai che non mi opporrò al fatto che venga perseguita.» gli assicurò Josie. «Ma non credo che la morte di James Omar sia da imputare a lei.»

«Allora dobbiamo convenire che non siamo d'accordo.»

TRENTAQUATTRO

Robyn Wilkins camminava proprio fuori dalla staccionata
bianca intorno alla casa del fratello. Indossava stivali di pelle
marrone che le arrivavano alle ginocchia e un paio di jeans blu
scuro molto aderenti. Sopra una maglietta a maniche lunghe
color crema portava una pashmina rosso vino e con le dita
giocherellava con le frange. I lunghi e setosi capelli biondi
erano raccolti in una crocchia disordinata da cui le ciocche
ricadevano sulla testa. Gli occhi azzurri erano arrossati dal
pianto e il viso era stanco. Josie parcheggiò la sua Escape
lungo il marciapiede, scese, si presentò e le fece le sue condo-
glianze.

Robyn si portò una mano al petto. «Oh mio Dio, è lei. Il
capo della polizia, quella con la sorella gemella...»

Josie la interruppe. «Sono una detective adesso. Ero solo il
capo ad interim. Se non si sente a suo agio a fare il giro con me,
posso chiamare il tenente...»

Robyn toccò l'avambraccio di Josie. «No, no. Sono contenta
che ci sia lei qui. È un piacere. È solo che non mi aspettavo di
incontrarla di persona, ecco tutto.» Non era la prima volta che
Josie desiderava che Trinity non l'avesse convinta a partecipare

a tutti quegli episodi di *Dateline*. Fece un passo verso la casa. «Entriamo?»

Nell'altra mano Robyn fece comparire un fazzoletto di carta appallottolato che si passò sotto il naso. «Immagino che non ci sia alternativa, non è così?»

Con una mano sul cancello, Josie si fermò. «No, non dobbiamo farlo oggi. Se è troppo difficile, possiamo rimandare. Lo capisco. Ma sarebbe utile per la nostra indagine se potessimo scoprire se qualcosa è stato alterato o è stato preso.»

Robyn fissò la casa davanti a sé. La sua fronte si aggrottò, come se stesse prendendo una qualche decisione. Poi fece un respiro profondo e tremolante, e disse: «Voglio togliermi il pensiero. In ogni caso, dovrò tornare prima o poi per prendere i vestiti per il funerale, per passare in rassegna le loro cose... oh Dio.»

Josie le concesse un momento per ricomporsi; poi Robyn annuì e Josie aprì il cancello. Fianco a fianco si avvicinarono alla porta d'ingresso e Josie la fece entrare. «Abbiamo trovato le chiavi di suo fratello all'interno.»

Robyn indicò il pannello portachiavi montato sulla parete appena dietro la porta, evidentemente ricavato da un pezzo di legno trovato sulla spiaggia. «L'ha fatto mio fratello. L'ha preso da una spiaggia sulla costa dell'Oregon.» Un attimo dopo le lacrime affioravano già ai suoi occhi. «Amavano viaggiare. Sa, i genitori di Margie morirono in un incidente stradale quando lei era ancora una ragazzina. E le lasciarono un bel fondo fiduciario. E infatti, lei era molto brava a far fruttare i loro soldi per i viaggi. "Fare di più con meno" diceva sempre. Ma è così che riuscivano a viaggiare così tanto.»

«I vostri genitori» chiese Josie «vivono ancora a Denton?»

Robyn annuì. «Sì, sono andata a dirglielo ieri. Sono troppo... troppo sconvolti per affrontare tutto questo.»

«Lo capisco.» rispose Josie. «È un bene che possano contare su di lei.»

A parte la polvere da impronte digitali che sporcava le varie superfici, il resto era esattamente come lo aveva trovato la squadra di raccolta delle prove il giorno prima. Robyn attraversò le stanze lentamente, con Josie che la seguiva. «Può toccare quello che vuole.» le disse Josie. «La nostra squadra ha già esaminato tutta la casa.»

Davanti alla porta della camera da letto principale, Robyn chiese: «Non mi dica che hanno preso l'anello di fidanzamento di Margie.»

«No» disse Josie. «Non sembra che sia stato rubato niente. Per questo le abbiamo chiesto di dare un'occhiata. Dobbiamo solo avere la conferma che non c'è stato alcun furto.»

Passando da una stanza all'altra, Robyn fece il giro della casa tre volte senza trovare niente che mancasse o fosse fuori posto. Fece alcune domande sull'omicidio, sul modo in cui erano stati trovati i corpi, sulle tempistiche, e Josie rispose come meglio poteva senza compromettere la loro indagine. All'ultimo passaggio Robyn si fermò in cucina, in piedi davanti all'isola dove Josie immaginò che fosse stata molte volte durante le visite a casa del fratello. Era arrivato il turno di Josie di fare domande. «Per quanto tempo Margie e Joel hanno vissuto qui?»

«Oh, per circa tre anni. Hanno comprato la casa prima di sposarsi. Sapevano che sarebbero stati insieme per sempre.»

«Vedo che erano piuttosto avventurosi. Avevano delle routine, oppure ogni giorno era diverso?»

Robyn si avvicinò al centro dell'isola, prese un tovagliolo dal portatovaglioli e lo usò per asciugarsi gli occhi. «Sì, quando stavano qui si attenevano a una routine. Questo rendeva le cose più facili. Erano entrambi molto attenti al benessere e all'esercizio fisico. Di solito si alzavano verso le sei per andare a correre insieme, facevano tre giri del parco, poi mio fratello usciva per andare al lavoro. Margie poteva recarsi all'università anche più tardi. Margie si allenava al lavoro, ma Joel generalmente andava in palestra dopo aver insegnato tutto il giorno. Di solito rientravano tutti e due al massimo per le sei e mezza. Facevano i turni per preparare la cena. Tutta roba sana.»

Perciò era chiaro che chiunque avesse voluto seguire le loro abitudini non avrebbe avuto difficoltà a farlo, anche se poi Josie si ricordò che l'assassino aveva scelto di attaccarli quando erano a casa insieme, anziché di giorno approfittando del fatto che Margie rimaneva a casa da sola per un po' di tempo. Allora, o l'assassino non li aveva spiati a lungo, oppure l'aggressione sessuale non era stata la ragione principale della violazione di domicilio. E tantomeno il furto. Un brivido corse lungo le braccia di Josie di fronte alla constatazione che quel caso sembrava sempre di più un semplice omicidio per il semplice gusto di uccidere.

«Immagino che il tenente Fraley probabilmente glielo abbia già chiesto, ma c'era qualcuno con cui Joel e Margie avevano problemi? Che so, qualcuno con cui magari avevano avuto delle ostilità? Qualcuno che ha dato loro noia? Qualcuno che potrebbe aver importunato Margie, indipendentemente da Joel?»

Robyn scosse la testa. «No, non mi viene in mente nessuno, e mi creda, ieri, dopo aver parlato al telefono con il tenente Fraley, per quanti mi ci sia scervellata, non mi è venuto in mente nessuno. Neanche ai miei genitori. Ho chiamato un paio di amiche di Margie, delle ragazze che hanno fatto da damigelle al matrimonio, per farmi dire se sapevano di qualcuno che magari le aveva dato dei dispiaceri, ma neanche a loro è venuto in mente nessuno.»

Allora Josie disse: «In realtà, ci sarebbe molto utile se potesse farmi avere una lista di nomi delle sue amiche più strette, in modo da poterle contattare direttamente.»

Robyn annuì. «Ma certo.» Si prese un attimo di tempo per dare un'ultima occhiata alla cucina... e rimase paralizzata. Indicò il piano di lavoro dove la macchina del caffè mostrava i suoi riflessi. «Quella...» disse «quella non era loro.»

Josie seguì il suo sguardo fino alla tazza di plastica da viaggio accanto alla macchina del caffè. Quella su cui c'era scritto WAWA COFFEE. «La tazza? Era qui ieri quando siamo arrivati.»

Robyn si avvicinò al ripiano e fece per prenderla, ma Josie la fermò con una mano gentile. «Aspetti» disse. «non la tocchi. Se pensa che sia importante, dovrò metterla in una busta e contrassegnarla come prova.» Robyn ritirò la mano come se si fosse scottata, e si strinse tra le braccia.

Josie inviò un rapido messaggio a Hummel, chiedendogli di raggiungerla per recuperare un'altra prova a casa Wilkins perché lei non aveva con sé sacchetti o etichette e, oltre a questo, avrebbero dovuto seguire una procedura di custodia. Inoltre, voleva confrontare le foto scattate il giorno prima sulla scena del crimine con la posizione attuale della tazza, per assicurarsi che nessuno della sua squadra l'avesse spostata. «Come fa a dire che non è loro?»

Robyn fece il giro della cucina e aprì tutti i pensili superiori. «Vede qualcosa di plastica da qualche parte in questa cucina?»

Josie esaminò attentamente il contenuto delle credenze. «No...» disse e si avvicinò a un mobile il cui ripiano inferiore era ricolmo di altre tazze da viaggio simili alle tazze MRS. e MRS. nello scolapiatti. «Sono tutte in acciaio inossidabile.» osservò Josie.

«Appunto» disse Robyn. «In questo modo, rinunciando all'uso della plastica, cercavano di salvaguardare l'ambiente e di evitare gli agenti cancerogeni. Erano di quelli che si portavano le borse di stoffa al supermercato. Non avrebbero mai tenuto una tazza di plastica per il caffè in questa casa. Tra l'altro, da queste parti non abbiamo nemmeno il Wawa.»

«Il Wawa si trova nel sud-est della Pennsylvania.» disse Josie. «Anche nel New Jersey e nel Delaware, mi sembra. Avrebbero potuto prenderla se si fossero trovati in una di quelle zone.»

Robyn annuì con decisione. «Sì, è possibile. Sono sicura che siano stati in un negozio della catena Wawa in qualche loro viaggio. A loro piaceva andare sulla costa del Jersey in estate. Ma non hanno comprato questa. Forse l'ha lasciata qualcuno della vostra squadra?»

Josie sapeva senza alcun dubbio che nessuno della squadra di raccolta delle prove si sarebbe mai aggirato su una scena del crimine aperta con una tazza di caffè in mano, e tanto meno ce l'avrebbe lasciata, ma non lo disse a Robyn. «O magari Joel e Margie hanno avuto un ospite che l'ha portata con sé?» suggerì.

Robyn abbassò le spalle. «Oh. Sì, è probabile. Non ricordo che abbiano avuto ospiti di recente, ma d'altronde non conosco tutti i dettagli della loro vita.»

Josie le toccò la spalla e la guidò verso la porta d'ingresso. «Comunque sia, la prenderemo come prova e chiederò al laboratorio se possono provare a ricavarne delle impronte. Dobbiamo considerare tutto come una potenziale prova.»

Robyn annuì. «Grazie.»

TRENTACINQUE
SEATTLE, WASHINGTON

Marzo 1994

Gretchen fu svegliata da un sonno profondo da Billy che russava. Era convinta che se i draghi fossero stati reali avrebbero fatto un verso uguale a quello che emetteva suo marito quando era profondamente addormentato, un verso che si riverberava in tutta la casa. Si girò dall'altra parte e accarezzò il lato del letto dove di solito dormiva Billy quando era a casa, ma lui non c'era. Allora si mise supina e fissò il soffitto, provando a capire se sarebbe riuscita a riaddormentarsi nonostante il baccano che lui faceva. Un minuto dopo stava attraversando la casa immersa nel buio fino al soggiorno, dove il televisore proiettava una luce blu su tutta la stanza. Billy era disteso sul divano e i suoi piedi, ancora con gli scarponi, penzolavano dall'altra parte. Con gesti delicati, Gretchen li slacciò e glieli sfilò. I calzettoni bianchi erano grigi per la terra e la sporcizia, e l'alluce del piede sinistro faceva capolino da un buco. Si chiese se fosse compito delle mogli tenere i calzini dei mariti puliti e senza buchi. Ma a Billy non sembravano interessare cose del genere. Lui voleva solo lei.

L'aveva desiderata fin dal giorno in cui si erano incontrati sulla East Coast.

Si posizionò tra il divano e il tavolino, e i suoi occhi si posarono sulla strana formazione di argilla, simile a una tazza, che si trovava tra il portafoglio e le chiavi. Era grigia e si presentava modellata solo a metà, mentre l'altra sembrava fusa, come se qualcuno avesse cercato di modellare una tazza di caffè in una fossa di lava. Non era esattamente il tipo di oggetti che si sarebbe aspettata che un agente della BATFE sotto copertura in una banda di motociclisti fuorilegge portasse a casa dal lavoro, ma Billy era sempre stato pieno di sorprese.

La sua lunga barba era ruvida al tatto. Lo svegliò con un bacio. Anche prima che lui la facesse sdraiare sopra di sé, lei sapeva che era sveglio perché finalmente non russava più. Sotto il suo corpo percepiva il calore del marito, mentre le sue mani le accarezzavano la schiena e le dita trovavano la strada sotto la camicia da notte per palparle il sedere. Si baciarono a lungo e lentamente e Gretchen sentì l'agitarsi del desiderio. Era quella la sensazione che aveva inseguito per tutto il paese. «Avevi detto che non ti saresti addormentato sul divano.» gli sussurrò mentre lui le faceva scivolare le labbra lungo il collo.

«Mi dispiace. È stata una notte dura. Ma sono quasi affiliato.»

Un brivido di paura corse lungo la schiena di Gretchen. Ricevere la toppa significava diventare un membro ufficiale a tutti gli effetti della Devil's Blade, la banda di motociclisti fuorilegge in cui era sotto copertura da quasi due anni. La cosa l'aveva preoccupata fin dal primo giorno in cui ne aveva sentito parlare. E se lo avessero scoperto? Il più piccolo passo falso avrebbe potuto far saltare la copertura e rivelarsi fatale.

«È una buona notizia.» le ricordò lui, percependo la tensione nel suo corpo.

«Lo so.» disse lei. «Ma mi preoccupo per te.»

«Sono in buoni rapporti con Lincoln, Gretchen. Non dimenticherà quello che ho fatto per lui.»

Non cercò di ricordargli che Lincoln Shore era un criminale e che, a prescindere dal fatto che Billy gli avesse salvato la vita, un poliziotto era pur sempre un poliziotto e Lincoln avrebbe ucciso Billy senza esitazione se avesse scoperto che lavorava sotto copertura per il BATFE. Ma era una discussione che avevano affrontato almeno una dozzina di volte e non valeva la pena riaprirla adesso, non mentre le sue mani le accarezzavano tutto il corpo e le labbra le sfioravano l'orecchio.

«Comunque, cambiando argomento...» disse lei «bella tazza, davvero.»

«Cosa?»

«Quella... quell'affare. È una tazza, no? Forse lo era una volta. Che cosa ci hai fatto? L'hai buttata in una friggitrice?»

Le mani e la bocca di Billy si fermarono. Nel bagliore dello schermo televisivo, lei vide la confusione nei suoi occhi, allora si mise a sedere e indicò il pezzo di ceramica incompiuto sul tavolino. Praticamente la scaraventò giù dalle sue ginocchia, balzando in piedi.

«Dov'è il mio coltello?»

«Cosa?» disse Gretchen.

Il suo sguardo attraversò il tavolino: il portafoglio, una cosa simile a una tazza, le chiavi.

«Il mio coltello era qui.» urlò indicando il tavolino.

Tutti i membri della Devil's Blade, sia che si tratti di un protetto che di un affiliato, portano con sé un coltello.

«Sei sicuro di non...»

Lui la interruppe. «Era proprio qui.» Si girò per guardarla e abbassò la voce. «Gretchen, ti ricordi quando ti ho mostrato come usare la Ruger, al piano di sopra?»

Lei annuì, con un formicolio sgradevole che le riempiva lo stomaco e si estendeva al petto.

«Vai in camera da letto e prendila. Incontriamoci nell'atrio. Vai, veloce.»

«Sei sicuro che sia necessario...»

La sua voce rimase calma, ma con una fermezza che suonava quasi come se fosse in preda al panico. «Fallo e basta.» le disse.

Si precipitò nella loro camera da letto. Il cassetto del comodino di Billy scivolò fuori con un gemito e le sue dita si affannarono lungo il fondo fino a trovare la minuscola chiave. La mise tra i denti e salì sul letto. Sopra la testiera del letto era appeso un quadro che avevano comprato a un festival artistico locale. Una piccola barca di legno che galleggiava vuota sulla superficie immobile di un lago al tramonto. Nel modo più silenzioso possibile, Gretchen sollevò il quadro dalla parete, raggiungendo così la cassaforte incassata nel muro. Le tremavano le dita e le ci vollero tre tentativi prima di riuscire a infilare la piccola chiave nella serratura e aprire la cassaforte.

La Ruger non c'era.

Il panico la attraversò, sudore freddo le imperlava la pelle. Tornò di corsa verso il soggiorno e si fermò di colpo nell'atrio quando vide Billy in piedi, rigido, sulla porta. Le ci volle un attimo per capire cosa non andava. Le sue mani. Erano dietro la schiena. La lunga canna di una pistola gli premeva sulla tempia. Prima che Gretchen avesse la possibilità di mettere a fuoco la forma nera accanto a Billy, il fascio di una torcia elettrica la accecò.

Una voce che non riconobbe disse: «Ciao, Gretchen.»

Billy urlò: «Corri!»

Oggi

Josie attese l'arrivo di Hummel. Scattò con il cellulare una foto della tazza da viaggio della Wawa e lasciò che lui la mettesse in una busta e la prendesse come prova. Esaminarono le foto che la squadra aveva scattato il giorno prima. La tazza era nello stesso posto, quindi non era stata spostata o toccata da nessuno di loro. Per tutto il viaggio verso la centrale, il pensiero di quella tazza misteriosa la tormentò. Il giorno prima non le era sembrata affatto importante, ma proprio questo era il problema delle scene del crimine: non si poteva mai sapere cosa potesse rivelarsi di importanza cruciale. Era esattamente per questo motivo che avevano chiesto a Robyn di fare la perlustrazione. Una volta arrivata alla sua postazione di lavoro, Josie telefonò a un contatto del laboratorio criminale della Polizia di Stato per chiedere un favore. Di fronte a lei, la scrivania di Noah era vuota. Sperava che si stesse riposando. Quando si sedette alla scrivania, notò una piccola scatola di pasticcini del Komorrah's Koffee. All'interno c'era una danese al formaggio. La sua preferita. Noah doveva avergliela lasciata prima di andare a casa. Era il suo modo di cercare di aggiustare le cose, ma Josie non era sicura che fosse sufficiente: le dava fastidio che lui avesse fatto così in fretta a ritenere che Gretchen fosse un'assassina.

Tuttavia, aveva fame, così mangiò la danese e poi provò a chiamare Jack Starkey, l'agente del BATFE presente nell'elenco dei contatti di Gretchen. Il messaggio della segreteria continuava a dire che era fuori città per una conferenza. Josie lasciò un altro messaggio. Poi cercò il numero della sede BATFE di Seattle e la chiamò. Un altro agente le disse la stessa cosa che le aveva detto la segreteria telefonica: Starkey non c'era. Lasciò il suo numero di cellulare e chiese all'agente se poteva mettersi in contatto con Starkey e invitarlo a richiamarla appena poteva.

Poi chiamò l'area di detenzione per vedere se Gretchen era ancora là, ma non c'era più: mentre lei si incontrava con Robyn Wilkins, gli agenti dello sceriffo erano passati a prenderla per portarla alla prigione della contea di Bellewood. Non che le avrebbero permesso di parlarle. La Loughlin sarebbe andata a raccogliere la sua deposizione più tardi, nel pomeriggio, e Gretchen sarebbe stata rappresentata da un avvocato. Con un sospiro, Josie tornò alle sue mansioni abituali, passando un paio d'ore a scrivere rapporti sul caso Wilkins. La dottoressa Feist la chiamò per informarla che le autopsie non avevano rivelato alcuna sorpresa: come già avevano sospettato sulla scena del crimine, Margie Wilkins era stata aggredita sessualmente e strangolata, mentre Joel Wilkins era stato massacrato di botte; le fratture al cranio erano compatibili con i colpi inferti da un piede di porco. Ci sarebbero voluti alcuni giorni per ottenere le impronte e settimane per analizzare il DNA trovato sul corpo di Margie Wilkins. Il vero lavoro della polizia non era affatto come quello che si vedeva in televisione.

Rispose a una chiamata per una lite domestica per la quale la donna decise poi di non sporgere denuncia. Dopo aver sbrigato altre pratiche, andò a pranzo. Quando tornò alla sua scrivania, vide che Noah non era ancora tornato. Chiamò il professor Perry Larson dal suo cellulare. Lui rispose al terzo squillo.

«Professor Larson» disse Josie «mi chiedevo se avesse avuto modo di parlare con la polizia a proposito di Ethan Robinson e di rivedere il filmato dell'ingresso dell'appartamento.»

Ci fu un rumore di sottofondo, poi quello che sembrava il fruscio di una porta elettrica e infine il silenzio prima che parlasse di nuovo. «Oh, sì. I detective hanno finito ieri. Hanno smontato tutto e dato un'occhiata all'appartamento. Abbiamo rivisto i filmati dell'atrio ed è emerso che Ethan e James se ne sono andati insieme il giorno in cui James è andato a Denton.»

«Davvero?» disse Josie. «Pensa di potermi inviare il filmato?»

«Naturalmente.» disse lui prendendo nota del suo indirizzo di posta elettronica, e giusto pochi istanti dopo, Josie vide comparire il video di sorveglianza nella casella della posta in arrivo. Lo aprì. Durava solo una decina di secondi. La prospettiva era da sopra la porta che conduceva all'esterno. I due ragazzi uscivano dalla porta interna, James Omar per primo, con indosso la stessa maglietta e gli stessi pantaloni che indossava quando l'avevano trovato nel vialetto di Gretchen. Ethan Robinson era leggermente più alto di James, aveva i capelli castani lisci. Anche lui indossava una maglietta e un paio di jeans e portava una cartella per il portatile su una spalla. Con un sospiro di frustrazione, Josie fece ripartire da capo il filmato e lo guardò di nuovo. Passavano da una porta all'altra. Ethan parlava alle spalle di Omar mentre camminavano. Era rimasto a metà frase quando erano entrati nel piccolo atrio e sembrava esserlo ancora quando ne erano usciti. Josie riavviò il filmato all'inizio e lo riguardò, cercando di leggere le labbra di Ethan Robinson. Lo guardò ancora e ancora. Non riusciva a capire cosa stesse dicendo, ma era abbastanza sicura che fossero cinque parole.

«Dice: "Quando arrivi lì, non fare", e poi esce dalla porta.»

La voce di Noah alle sue spalle la fece sobbalzare così violentemente che fece cadere penna e taccuino dalla scrivania.

Si girò sulla sedia, scuotendo la testa, e si chinò per raccogliere le sue cose. «Mi hai spaventata a morte.»

Noah era vestito con i suoi soliti pantaloni cachi e la polo della polizia di Denton. I suoi capelli sembravano appena lavati e il profumo inebriante del suo dopobarba fece sbollire a Josie un po' la rabbia di poco prima nei suoi confronti. Lui sorrise. «Scusa.»

«Grazie per la danese.» disse lei. «Come fai a capire cosa dice questo ragazzo? Non mi hai mai detto che sai leggere le labbra.»

Scrollò le spalle e si avvicinò alla scrivania, sedendosi sulla sedia. «Solo un po'.»

«Hai letto le labbra di Gretchen nel filmato delle telecamere di sorveglianza.»

«Una volta avevo una ragazza parzialmente sorda. Leggeva le labbra. Mi ha insegnato a farlo. Era una cosa che facevamo per gioco.»

Era la prima volta che le raccontava qualcosa delle sue ex fidanzate, oltre ai loro nomi e a quante fossero state. Era più giovane di Josie di un paio d'anni, non era mai stato sposato e non aveva avuto una ragazza fissa da quando era entrato in polizia.

«Quello è James Omar?» chiese Noah.

«Sì.» disse Josie. «È della mattina del suo omicidio. Omar e il suo coinquilino, Ethan Robinson, hanno lasciato il loro appartamento insieme.»

«Però non sembra che stessero andando nello stesso posto.» sottolineò Noah. «Robinson dice: "quando arrivi lì".»

«Quindi, Robinson sapeva cosa avrebbe fatto Omar, dove sarebbe andato e perché, e secondo il professor Larson, Ethan è ancora scomparso.»

«La polizia di Philadelphia ci sta lavorando, vero?»

«Sì» confermò Josie. Poi cambiò argomento, gli raccontò della visita a casa dei Wilkins e della tazza che Robyn sosteneva non appartenesse a Joel e Margie Wilkins.

«Hai una foto?» chiese Noah.

Josie la tirò fuori dal suo telefono per mostrargliela.

«Questa non l'ha portata nessuno della nostra squadra sulla scena del crimine.» disse. «Hummel e io abbiamo controllato due volte. Era lì quando è arrivata la squadra di raccolta delle prove.»

«C'erano due tazze da viaggio nello scolapiatti, se ricordo bene.» disse Noah.

«Esatto. Le tazze MR. e MRS.»

«Ma solo una accanto alla macchina del caffè.»

«Perché non è loro e non sono stati loro a metterla lì.» concluse Josie. «C'è sempre la possibilità che sia stato un amico o un ospite a portarla, per questo l'abbiamo trovata lì.»

«Ma perché accanto alla macchina del caffè?»

«Giusto» osservò Josie. «Non ha senso. Credo che ce l'abbia portata l'assassino e l'abbia lasciata lì.»

«Di proposito?»

«Sarebbe una cosa strana da fare intenzionalmente, ma sono propensa a pensarlo. Questo tizio non è stato visto da nessuno, ha avuto l'accortezza di buttare i loro telefoni nel gabinetto ed è riuscito a tenere sotto sequestro due vittime. C'è un certo grado di sofisticazione. È difficile credere che abbia lasciato per sbaglio sulla scena del crimine la sua tazza di caffè vuota e pulita. Alle due di notte.»

«Beh, ha lasciato l'arma del delitto.» le fece notare Noah.

«Sì, ma molti assassini lasciano l'arma del delitto sulla scena del crimine. Peraltro, ha lasciato il suo DNA su Margie Wilkins, quindi la questione non è che non volesse lasciare qualcosa che potesse permetterci di identificarlo. La tazza è tutta un'altra cosa.»

«Va bene.» disse Noah. «Diciamo che ha portato con sé la

tazza e l'ha lasciata di proposito sulla scena del crimine. Ma perché?»

«È un gioco.» spiegò Josie. «Voglio dire, se non avessimo fatto il giro con Robyn, se lei non avesse notato la tazza, non avremmo mai saputo che era importante. Questo tizio ha ucciso per il gusto di uccidere. La tazza è il suo modo di prendersi gioco di noi, o almeno di godere di quanto pensa che siamo stupidi.»

Noah si appoggiò allo schienale della sedia, usando un piede per farlo ruotare avanti e indietro a semicerchio mentre rifletteva su ciò che lei aveva detto. «Non abbiamo negozi di Wawa a Denton. Ce ne sono a Philadelphia.»

«Giusto.» osservò Josie. «Quando sono stata a Philadelphia, ho visto negozi Wawa praticamente ogni pochi isolati.»

«Pensi che l'assassino sia venuto qui da Philadelphia?» le chiese.

«Non esattamente.»

Con una mano sul mouse del computer, Josie cercò il file sull'omicidio di James Omar, in particolare le foto che la squadra di raccolta delle prove aveva scattato in casa di Gretchen. Trovò la foto del tavolino con il cerchio lucido nella polvere dove si era trovato un oggetto rotondo. Fece clic per ingrandire la foto e girò il monitor verso Noah. Si aspettava un certo scetticismo, invece lui si protese in avanti, guardò a lungo la foto e le chiese: «Le dimensioni corrispondono?»

Lei gli sorrise. Con un po' di pazienza, servendosi del mouse e di un software, riuscì a visualizzare una foto dello stesso cerchio privo di polvere, con accanto dei righelli gialli che ne misuravano le dimensioni. Poi recuperò una foto del fondo della tazza della Wawa che lei e Hummel avevano prelevato come prova quella mattina. Josie aveva utilizzato gli stessi righelli gialli per misurarne le dimensioni per lo scatto. Affiancò le due foto a video.

«Sì.» esclamò a Noah. «Corrispondono.»

«Ma non abbiamo modo di chiedere a Gretchen se si tratti o meno della sua tazza.» disse Noah. «Bowen non ci lascerà mai parlare con lei. Però potremmo dire alla Loughlin di chiederglielo.»

«Ho già chiamato Denise Poole» disse Josie «il mio contatto nel laboratorio della Polizia di Stato.»

«Mi ricordo di lei.» disse Noah. «Velocizzerà il reperimento delle impronte?»

Josie annuì. «Beh, ha detto che potrebbe essere difficile prendere le impronte da una superficie curva, ma farà del suo meglio. Ci ho mandato Hummel.»

Gli occhi di Noah si spalancarono. «Mi prendi in giro? Saranno almeno quattro ore di macchina! Chitwood andrà su tutte le furie quando lo scoprirà.»

Josie sorrise. «Ma tenente Fraley, la tazza è stata trovata sulla scena di un doppio omicidio di cui si sta occupando la stampa. Infatti, Chitwood è andato in televisione ieri sera e ha dichiarato al pubblico che stiamo facendo tutto il possibile per trovare l'assassino.»

Noah le restituì il sorriso. «Ottima osservazione. Quindi diciamo che troviamo le impronte di Gretchen su questa tazza. E dopo che facciamo?»

«A quel punto sapremo che c'era qualcun altro a casa di Gretchen il giorno in cui Omar è stato ucciso.»

Lentamente, Noah scosse la testa. «No, non lo possiamo sapere. Tutto ciò che possiamo dedurre dal ritrovamento delle impronte di Gretchen sulla tazza è che era presente sulla scena del crimine dai Wilkins.»

Il cuore di Josie fece un doppio salto. Gretchen era ancora irreperibile la sera dell'omicidio dei Wilkins. Tuttavia, Josie non aveva creduto nemmeno per un secondo che Gretchen fosse stata a casa loro. «Sappiamo che Gretchen non può aver lasciato dello sperma sul corpo di Margie Wilkins.» ribatté Josie. «Non possono dedurre che Gretchen fosse sulla scena del crimine a casa Wilkins solo perché ci sono le sue impronte sulla tazza.»

Prima che Noah potesse rispondere, la voce del capo Chitwood, in piedi sulla soglia del suo ufficio, rimbombò per tutta la stanza. «Voi due! La Loughlin è qui. Ha la confessione di Palmer. Portate il vostro culo in sala conferenze.»

TRENTASETTE

Gretchen aveva rilasciato alla detective Heather Loughlin una confessione scritta a mano, molto concisa e dalla calligrafia ridotta a uno scarabocchio, da cui Josie - che sapeva quanto ordinata e precisa fosse normalmente - poteva avvertire chiaramente che ogni lettera trasudava tensione e disperazione.

Lei e Noah la lessero mentre Loughlin sorseggiava il caffè e Chitwood scalpitava a un capo del tavolo. Quando ebbero finito, Josie la passò a Chitwood, il quale la guardò appena, mentre domandava alla Loughlin: «Le crede?»

In risposta, lei alzò le spalle. «Non importa quello che credo io. Ha confessato. Aveva una risposta per tutto.»

Chitwood gettò i fogli sul tavolo e Noah li raccolse di nuovo. «Sostiene di aver incontrato Omar a Philadelphia qualche anno fa. È piuttosto vago.»

«Qualche anno fa, Omar non si trovava nemmeno a Philadelphia.» gli fece notare Josie. «Viveva nell'Idaho, si era laureato nell'Indiana e poi aveva iniziato a studiare alla Drexel quando Gretchen aveva già lasciato Philadelphia per venire a lavorare a Denton.»

«E con questo?» disse Chitwood. «Aveva amici a Philadelphia. Forse lo ha incontrato quando è tornata in visita. Forse ha confuso i tempi e l'ha visto l'estate scorsa.»

Josie era abbastanza certa che Gretchen non fosse più tornata a Philadelphia da quando si era trasferita a Denton, nemmeno per una visita, ma non aveva modo di dimostrarlo, quindi tacque. Invece chiese alla Loughlin: «Gretchen ha detto dov'è che si sono incontrati?»

«A fare jogging lungo lo Schuylkill... lui stava facendo jogging, non lei. Dice che lui l'ha urtata, l'ha fatta cadere e lei ha battuto la testa. Lui l'ha aiutata a rialzarsi, ha trovato una panchina e l'ha fatta sedere. Hanno parlato e quando lui ha scoperto che era un'agente di polizia le ha fatto un sacco di domande sul suo lavoro, ma lei aveva mal di testa e non aveva voglia di parlare, così gli ha dato il suo numero e gli ha detto che poteva chiamarla in qualsiasi momento se avesse voluto farle altre domande sul suo lavoro.»

«Non è granché.» osservò Josie.

La Loughlin alzò le spalle. «Non ho motivo di non crederle, anche se la storia che lui fosse interessato alla sua posizione di agente di polizia sembra solo questo... una storia, appunto. Non so se abbia detto la verità su come si sono conosciuti. Ma dice che lui l'ha rintracciata a Denton e lei si è sentita minacciata dalla sua presenza, soprattutto perché aveva guidato per due ore fino a casa sua.»

«Ha detto per quale motivo c'è stato un alterco?» chiese Noah.

«Tutto quello che dice è che lei gli ha chiesto di andarsene più volte, e lui si è rifiutato ed è diventato aggressivo.»

Josie guardò di nuovo la confessione da sopra le sue spalle. Era scritta nei termini più ampi e vaghi possibili. «Dice che per qualche motivo lui era diventato ossessionato da lei. Non sa perché e dice di non credere che si trattasse di una cosa sessuale, ma che lui si è presentato a casa sua senza essere stato invitato e che le è sembrato molto invadente e minaccioso. Dice che l'ha molestata telefonicamente per due settimane.»

Josie ricordò che i tabulati del telefono di Gretchen mostravano solo due chiamate dal numero di Omar al suo. Non potevano certo essere considerate molestie.

«Se pensava che la stesse molestando» chiese Josie «perché non l'ha denunciato?»

«Come ho detto» rispose la Loughlin «non credo che sia stata sincera su quello che c'era tra di loro. Io ritengo che probabilmente, qualunque cosa stesse succedendo davvero, era imbarazzata e pensava di poter risolvere tutto da sola, e poi quando la situazione è degenerata, è scappata.»

«Pensa che avessero una relazione sessuale?» chiese Noah, e Josie capì dallo scetticismo della sua voce che anche per lui era difficile immaginare che Gretchen avesse una qualche relazione con uno studente universitario di poco più di vent'anni.

La Loughlin scrollò le spalle. «Succedono cose anche più strane.»

Noah indicò la seconda pagina della confessione. «Ha disattivato l'MDT e l'ha gettato nel fiume, insieme ai telefoni, il suo e quello di Omar, e alla sua pistola. Poi ha "vagato" per qualche giorno prima di decidere di costituirsi. Non ha voluto dire dove è andata?»

La Loughlin scosse la testa. «Si è agitata quando l'ho sollecitata a dirmelo.»

«Perché ha parcheggiato nell'isolato dietro casa sua quando è andata a incontrare Omar?» chiese Josie. «Glielo ha detto? E la foto del bambino? Ha detto chi era e perché l'ha appuntata al colletto di Omar?» Strappò le pagine di mano a Noah e le scorse. «Qui non menziona neanche di sfuggita quella fotografia!»

«Gliel'ho chiesto.» disse la Loughlin. «Le ho chiesto di entrambe le cose, a dire il vero, e lei ha risposto di aver parcheggiato nell'isolato dietro casa sua e di essersi intrufolata dal retro perché temeva che Omar potesse essere pericoloso e voleva valutare la situazione prima di farsi avanti.»

«E la fotografia?» chiese di nuovo Josie.

«Ha detto di averla trovata a terra vicino a Omar dopo avergli sparato. Ha pensato che fosse sua e che gli fosse caduta dalla tasca, così gliel'ha appuntata alla maglietta.»

«Dove ha preso la spilla da balia?» chiese Josie.

«Nel kit da cucito di sua nonna, così ha detto.» rispose la Loughlin.

«Mi sta dicendo che si è avvicinata di soppiatto a questo ragazzo, hanno discusso per qualcosa, lei si è sentita "minacciata", perciò gli ha sparato alle spalle mentre lui se ne stava andando e poi è tornata in casa sua per cercare una spilla da balia in modo da potergli appuntare alla maglietta una foto che, secondo lei, gli era caduta dalla tasca?»

La Loughlin si accigliò. «Sì, sembra piuttosto azzardato. Ma perché avrebbe dovuto confessare di aver ucciso quel ragazzo se non è stata lei a farlo?»

Questo era ciò che Josie non aveva ancora capito. Senza nemmeno rifletterci su, Gretchen aveva confessato un omicidio a sangue freddo. Per quale motivo?

«Ha sparato a quel ragazzo.» affermò Chitwood. «Forse non è stata sincera sul perché o su come si siano conosciuti, ma aveva già avuto contatti con lui. Si trovavano entrambi a casa sua al momento della sparatoria. Il proiettile estratto dalla sua schiena era dello stesso calibro dell'arma d'ordinanza di Palmer. Inoltre, ha confessato. Chiudiamo la questione. Dovete lavorare sugli omicidi dei Wilkins.»

Chitwood uscì dalla stanza. I tre detective si avviarono lentamente verso il corridoio.

«Heather» chiamò Josie. «E della sua giacca? Le ha chiesto dov'era la sua giacca?»

Heather annuì. «Ha detto di averla persa.»

Non era possibile che Gretchen avesse perso quella giacca.

Ma Josie era stanca di essere l'unica in quella stanza a sostenere l'innocenza di Gretchen. Aveva bisogno della prova che fosse presente qualcun altro il giorno in cui Omar era stato ucciso, che ci fosse qualcosa di più.

Josie e Noah salutarono Heather Loughlin e tornarono alle loro scrivanie. Josie sollevò il ricevitore del telefono.

«Chi stai chiamando?» chiese Noah.

«L'unica persona, oltre a Gretchen, che potrebbe avere un'idea di cosa stesse facendo davvero Omar qui il giorno in cui è stato ucciso è Ethan Robinson.»

«Il suo coinquilino? Ma è scomparso...»

«Lui sì, ma non suo padre.»

TRENTOTTO

Doug Robinson rispose al quarto squillo. Sembrava parecchio di fretta e un po' agitato mentre Josie si presentava ancora una volta e gli chiedeva se avesse finalmente avuto notizie di suo figlio. «Ehm, no.» rispose lui. «C'è la polizia di Philadelphia che sta cercando di rintracciarlo. Li ho rassicurati che li avrei chiamati subito se si fosse fatto vivo, ma so che non si presenterebbe a casa mia.»

«Può dirmi perché, Mr.Robinson?» chiese Josie, cogliendo l'opportunità di porre le domande che la assillavano dalla prima volta che si erano parlati.

«Cosa intende dire?»

«L'ultima volta che abbiamo parlato, mi era sembrato che lei ritenesse che ci fosse una sorta di frattura tra voi due.»

Doug Robinson fece un lungo sospiro. «Se non ricordo male le ho raccontato che sua madre è morta quando lui era al liceo.»

«Sì, me lo ha raccontato.» confermò Josie.

«Beh, erano molto legati. Lo sono sempre stati. Dopo la sua morte, lui ha scoperto...»

Si interruppe e Josie ascoltò il suo respiro per un lungo

momento: non suoni di dolore o di tristezza, capì, ma di frustrazione.

«Mr.Robinson?» lo esortò.

«Io voglio bene a mio figlio, chiaro?»

«Non lo metto in dubbio.»

«Dopo la morte di mia moglie, ha scoperto che lo avevamo adottato. Quando era un neonato. Mia moglie non ha mai voluto dirglielo. Almeno, non quando era ancora un bambino. Io pensavo che una volta che fosse stato abbastanza grande da sapere cosa significava essere adottato, avremmo dovuto dirglielo. È sempre stato un ragazzino molto curioso, sa? Molto intelligente. Sempre a fare domande. Sempre in biblioteca a leggere libri molto al di sopra del suo livello. Sa che, quando aveva dodici anni, lo trovammo a leggere libri sui serial killer? Fece andare mia moglie su tutte le furie!»

«Posso immaginarlo.» disse Josie, per mantenere viva la conversazione.

«Dopo la sua morte, abbiamo dovuto sistemare un sacco di cose. Tante scartoffie e cose del genere. Una volta lui stava curiosando e ha trovato dei documenti. Mi ha messo alle strette. Ho dovuto dirgli la verità.»

«Era arrabbiato perché lei e sua moglie non glielo avevate detto?» lo incalzò Josie.

«Esatto. Era molto arrabbiato. Ho cercato di fargli capire che era stata un'idea di sua madre quella di tenerglielo nascosto, ma non ho ottenuto altro che peggiorare le cose. Ha detto che la stavo usando per cavarmi d'impaccio, visto lei che non era lì per difendersi.»

Josie poteva capire come mai Ethan lo avesse pensato, ma rimase in silenzio. «Quindi è questo che ha causato la tensione tra voi due?»

«Da allora non è stato più lo stesso. A essere sincero, Detective, non ricevo notizie di Ethan se non quando ha bisogno di soldi. Lo chiamo una volta alla settimana, ma non mi risponde né mi richiama mai. Anche quando è qui, da me, cosa che non accade spesso, mi parla solo se deve assolutamente farlo, e il più delle volte non rimane nemmeno a casa. Quando ha portato James con sé, pensavo che stessimo facendo progressi... James è... cioè era... un bravo ragazzo... ma quando sono tornati a Philadelphia, Ethan ha ricominciato a ignorarmi. Nel corso degli anni ho provato a ricucire il rapporto, ma lui è così arrabbiato. Non c'è modo di comunicare con lui.»

«Ha contattato i suoi parenti per vedere se qualcun'altro ha avuto notizie di lui? I parenti di sua moglie, magari?» chiese Josie.

«Sì.» confermò Doug. «La polizia di Philadelphia mi ha chiesto di farlo subito. Ma nessuno ha avuto sue notizie.»

Allora Josie ebbe un'idea: «Sa se ha mai cercato la sua famiglia biologica?»

«No, non che io sappia. Voglio dire che era arrabbiato, sa, ma credo che lo sentisse come un tradimento nei confronti di sua madre, capisce? Adozione o no, lei era sua madre. Lo ha cresciuto. Lo amava.»

Allora non c'era alcuna possibilità che Ethan Robinson fosse nascosto da qualche parte con la sua famiglia biologica, così Josie disse: «Mi dispiace molto per sua moglie, Mr.Robinson. Grazie per avermene parlato. Se dovesse scoprire qualcosa, chiami immediatamente la polizia di Philadelphia. E se non le dispiace di tenermi aggiornata, gliene sarei molto grata.»

«Certamente.» acconsentì. «Ehi, avete già trovato l'assassino di James?»

Josie esitò. Guardò davanti a sé, oltre le scrivanie, dove Noah era concentrato su qualcosa al computer. «Ci stiamo ancora lavorando.» gli disse.

TRENTANOVE

Mangiarono un boccone e, quando tornarono alle loro scrivanie, furono accolti dai tabulati telefonici di James Omar nelle due settimane precedenti alla sua morte e da un elenco inviato da Robyn Wilkins degli amici e dei colleghi più stretti di Margie Wilkins.

Josie li chiamò uno per uno; nel frattempo, Noah scorreva l'elenco dei numeri di telefono in entrata e in uscita sul registro delle chiamate di James Omar e rintracciò il titolare di ciascun numero. Un'ora più tardi, Josie riattaccò l'ultima telefonata e rivolgendosi a Noah, riassunse brevemente: «Nessuno perseguitava Margie Wilkins. O almeno, nessuno dei suoi amici sa se c'era qualcuno che le dava problemi. È un vicolo cieco.»

«C'è ancora il DNA.» le ricordò Noah. «Abbiamo il DNA dell'assassino.»

«Sì, e io potrei essere già in pensione quando avremo i risultati dal laboratorio. Presumi troppo se pensi che corrispondano a un uomo già schedato tra i criminali. Ci occorrono altre piste da seguire e non me ne rimane neanche mezza.»

Lui le fece cenno di avvicinarsi alla sua scrivania. «Fa' una pausa, allora. Vieni a vedere cosa ho qui.»

Josie spostò la sedia per mettersi accanto a Noah, che aveva davanti un elenco di numeri di telefono della Spur Mobile, tutti segnati con la sua calligrafia. Di fianco alla lista c'era una pila di pagine che aveva stampato con i nomi e altre informazioni per l'identificazione di varie persone. In cima c'era una pagina che riportava il nome e i recapiti telefonici di Ethan Robinson nell'intestazione, e Noah le indicò il numero di telefono di Ethan, che Josie riconobbe, evidenziato diverse volte con l'evidenziatore rosa. «Questi sono tutti i messaggi e le telefonate in entrata e in uscita tra James Omar e Ethan Robinson.»

Josie si avvicinò e sfogliò alcune pagine. «Non sei riuscito a ottenere il contenuto dei messaggi?»

«Conosci lo Spur Mobile. Ti fanno fare un sacco di salti mortali per avere quella roba se non hai il telefono vero e proprio.» rispose Noah. «Ma sto aspettando che me li mandino, solo che ci vorrà un po' più di tempo.» Josie sapeva che era vero. Ogni gestore telefonico offriva livelli diversi di collaborazione con le forze dell'ordine. Spur Mobile era il meno collaborativo e aveva più burocrazia da superare. Avrebbero ottenuto il contenuto dei messaggi, ma ci sarebbe voluto molto più tempo.

«Cos'altro hai trovato?» chiese Josie.

Noah scorse i numeri. C'erano i tre membri della famiglia di Omar, la madre, il padre e la sorella, e poi c'era il professor Larson. Alcuni numeri erano di ristoranti da cui aveva indubbiamente ordinato cibo da asporto. Molti erano di altri studenti della Drexel University e Noah era riuscito a trovare la maggior parte dei loro account Facebook. Le consegnò le stampe della pagina del profilo di ciascun contatto e Josie le esaminò rapidamente. Poi c'erano le chiamate a Gretchen.

«Qui c'è una chiamata a una compagnia di ambulanze per volontari di Norristown, che è fuori Philadelphia.»

Josie aggrottò le sopracciglia. «È strano.» Fece scorrere il dito sulla pagina fino a trovare la data. «Omar li ha chiamati due settimane prima di essere ucciso. Una volta sola.»

«Avrà sbagliato numero?» ipotizzò Noah.

«Probabilmente.» disse Josie. «Cos'è questo?»

C'erano state tre chiamate allo stesso numero nelle due settimane su cui stavano lavorando, compresa una chiamata effettuata la mattina in cui Omar era stato ucciso.

«È un telefono usa e getta.» disse Noah.

«Hai provato a chiamarlo?»

«Certo, ma è fuori servizio. Era un prepagato. Chiunque lo usasse non ha rispettato i pagamenti.»

«Possiamo provare a triangolare il suo segnale? Dov'era l'ultima volta che è stato usato?»

Noah annuì. «Probabilmente sì. Farò preparare un mandato.»

«E questa chiamata a Ethan Robinson? È successiva all'omicidio di Omar?»

Noah guardò l'ora e poi controllò sul suo taccuino.

«O è stata fatta dopo il suo omicidio oppure subito prima. Possiamo collocare la sua morte entro una finestra di un'ora in base a quando Gretchen è uscita da qui e a quando è arrivata la pattuglia, ma non possiamo essere molto più precisi di così.»

«Ma questa chiamata è stata fatta tra l'ora in cui Gretchen è uscita e quella in cui la pattuglia ha trovato Omar nel suo vialetto.»

«Sì, ma più vicina all'ora in cui è arrivata la pattuglia. Immagino che non sia stato Omar a fare la telefonata.»

Il telefono della scrivania di Josie squillò. Girò la sedia e rispose: «Detective Quinn»

«Salve, sono Jack Starkey, mi aveva chiesto di chiamarla.»

QUARANTA

Il cuore di Josie andò per un attimo in fibrillazione. Avrebbe finalmente ottenuto delle risposte invece di altre domande?

«Salve, agente Starkey.» disse. «Grazie per avermi richiamata.»

«Sì, beh, mi ha chiamato qualcuno della mia squadra a Seattle, mi ha detto che lei sembrava piuttosto stravolta.»

"Stravolta" non era il modo in cui Josie si sarebbe descritta, ma lasciò perdere. «Beh, è importante.» gli disse. «La chiamo per Gretchen Palmer.»

«Lowther.» disse lui.

«Mi scusi?»

«La conoscevo come Lowther, non come Palmer.»

Josie ci mise un attimo a elaborare quello che le stava dicendo. Sapeva che Palmer era il cognome di Gretchen, perché i suoi nonni erano Agnes e Fred Palmer. Avvicinò il taccuino e sfogliò le pagine, cercando l'elenco dei contatti che la madre di Caroline Weber le aveva fornito dalla parte della madre di Gretchen. Lowther non era il cognome di sua madre. Il che significava solo una cosa.

«Aspetti un attimo.» disse Josie. «Gretchen era *sposata*?»

Starkey rise. «Sì. Era solo una ragazzina. Era sposata con il mio amico Billy. William Benjamin Lowther. Deve aver cambiato nome quando si è trasferita sulla East Coast.»

Josie iniziò a prendere appunti su una pagina bianca del suo blocco. Di fronte a lei Noah la fissava, con un'espressione di curiosità mista a incredulità sul volto. «Vivevano a Seattle, allora?»

«Beh, sì, Billy era un agente.»

«Con il BATFE.» volle chiarire Josie, perché aveva l'impressione di non riuscire a tenere il passo. Starkey doveva pensare che fosse un'idiota di prima categoria.

«Sì, ed era anche uno maledettamente bravo.»

A Josie non era sfuggito l'uso del passato per descrivere Billy Lowther, ma per il momento mise da parte quelle domande. «Per quanto tempo sono stati sposati?»

Starkey fece un basso borbottio sottovoce come se stesse calcolando. Poi disse: «Non lo so. Un paio d'anni. Non molto.»

«Ha detto che Gretchen era una ragazzina. Quanti anni aveva quando si sono conosciuti?» chiese Josie.

«Diciotto.» disse Starkey ridendo. «Mi creda, abbiamo controllato. Billy era sulla East Coast per un addestramento quando si sono conosciuti. La portò con sé a Seattle e disse che l'avrebbe sposata. Si conoscevano solo da due settimane. Lei non sembrava avere più di sedici anni. Volevamo assicurarci che Billy non si mettesse nei guai.»

Josie si chiese perché Caroline Weber non le avesse detto che Gretchen era stata sposata. Era possibile che Gretchen non l'avesse detto a nessuno? Se il matrimonio non era durato a lungo, forse davvero non l'aveva detto a nessuno, o forse era passato così tanto tempo che Caroline doveva aver pensato che fosse irrilevante.

Starkey continuò, distogliendo Josie dai suoi pensieri. «Ma diamine, erano innamorati. Di brutto. Billy aveva almeno dodici anni più di lei, ma questo non li preoccupava. Andarono in municipio e fecero l'atto. Chiesero a un paio di segretarie di fare da testimoni.»

Josie cercò di immaginare Gretchen come una giovane donna, profondamente e follemente innamorata di un uomo che conosceva solo da un paio di settimane, col quale si sposava in municipio senza la presenza di nessuno, a parte il novello marito. L'ultima parte era più adatta a Gretchen, ma la parte della giovane follemente innamorata era semplicemente troppo difficile da immaginare per Josie.

«E non ha funzionato?» domandò Josie.

La voce di Starkey divenne improvvisamente pesante. «Billy è morto.»

«Oh, mi dispiace.» disse Josie. «Com'è accaduto?»

«Allora, che cos'è successo a Gretchen?» chiese Starkey, senza rispondere. «Ho saputo che mi ha indicato come contatto di lavoro, ma dato che i suoi messaggi sembravano così urgenti, penso che si sia cacciata in qualche guaio...»

E non ti immagini quanto, pensò Josie. Gli diede una spiegazione sommaria: James Omar era stato trovato ucciso da un colpo di pistola alla schiena nel vialetto di casa di Gretchen, che subito dopo era scappata. Non gli disse ancora che Gretchen si era ripresentata o che ne aveva confessato l'omicidio. Voleva prima scoprire cosa sapeva lui.

«Nessun legame tra Gretchen e il ragazzo?» chiese Starkey. «Solo che hanno passato entrambi un periodo a Philadelphia, lei per lavoro, lui ci ha vissuto.» spiegò Josie. «Sono stata a Philadelphia e ho incontrato il vecchio partner di Gretchen, Steve Boyd. Abbiamo parlato di un caso particolare di cui Gretchen si era occupata un paio di anni prima di venire a Denton. Una coppia di Dirty Aces aveva ucciso due membri dei Devil's Blade che erano venuti qui dalla West Coast, Lincoln Shore e Seth Cole. A quanto pare, Gretchen aveva preso davvero a cuore il caso e si era fatta in quattro per assicurarsi che i membri dei Dirty Aces finissero in prigione a vita. All'inizio ho pensato che forse Gretchen fosse stata presa di mira dai Dirty Aces per aver fatto condannare i loro uomini, ma non riesco a trovare niente che lo provi. Non riesco nemmeno a trovare alcun elemento che colleghi James Omar a una delle due bande.»

Starkey le chiese: «Ha detto che Gretchen lavorava al caso di Lincoln Shore?»

«Sì, è quello che mi ha detto il suo partner.»

«Gretchen Palmer?» chiese ancora, scettico.

«Sì...» rispose Josie. «Non sapeva di Lincoln Shore?»

«Beh, sì, sapevo che era stato ucciso sulla East Coast. Ci occupiamo delle bande di motociclisti fuorilegge a Seattle. Era il presidente della sezione della banda che operava qui. Una cosa del genere non può accadere senza che noi lo scopriamo. Ma non ho seguito gli sviluppi successivi. Sapevamo solo che i Dirty Aces lo avevano fatto fuori. Tutto qui.»

«Quindi Gretchen non l'ha mai chiamata per il caso? Per avere informazioni sui Devil's Blade o per saperne di più su Lincoln Shore o Seth Cole?»

Starkey scoppiò in una risata. Rise così forte che iniziò a tossire. Josie allontanò il telefono dall'orecchio e si scambiò un'occhiata perplessa con Noah. «Agente Starkey?» chiese Josie, cercando di interrompere la sua crisi di tosse e di risate.

«L'unico motivo per cui Gretchen Palmer mi chiamerebbe per avere informazioni sulla Devil's Balde e su Lincoln Shore sarebbe se sbattesse la testa cadendo e avesse un'amnesia. O se qualcuno le facesse una lobotomia.»

La frustrazione ribolliva nello stomaco di Josie, ma la respinse e proseguì: «Potrebbe spiegarsi meglio?»

«Detective Quinn... Lincoln Shore e la Devil's Blade hanno rapito Gretchen quando aveva appena vent'anni. L'hanno tenuta in ostaggio per oltre un anno. Nessuno riusciva a trovarla. Pensavamo fosse morta. Poi un giorno, dopo averla picchiata, fatta a pezzi e imbottita di droga, la scaricarono davanti a un edificio federale.»

QUARANTUNO

L'aria intorno a Josie sembrò congelarsi, una bolla di perfetta immobilità scese sopra di lei. «Mi scusi...» riuscì a dire dopo essersi schiarita la gola. «Come ha detto?»

Starkey disse: «Non glielo ha raccontato? Beh, immagino che non l'abbia fatto. Non aveva molta voglia di parlarne una volta che si fu ripresa. Anzi, non volle dire niente a nessuno.»

Questo suonava familiare. «Come fa a sapere che è stata la Devil's Blade a tenerla sotto sequestro?» domandò Josie.

«La rapirono a causa di Billy. Avevano scoperto che era un agente sotto copertura. Gretchen venne rapita non molto tempo dopo la sua morte. Avevamo un paio di informatori che frequentavano gli ambienti della Devil's Blade e li facemmo lavorare sodo per capire dove l'avevano portata. Nessuno di loro l'aveva vista, ma sapevano che era stato Lincoln a prenderla.»

Josie non riusciva nemmeno a immaginare cosa potesse aver vissuto Gretchen in quell'anno. Era interessante che, anche dopo che sua madre l'aveva torturata convincendo i medici a eseguire su di lei procedure mediche non necessarie, Gretchen fosse stata ancora aperta all'amore, tanto da innamorarsi di un agente del BATFE più anziano e da scappare con lui dall'altra parte del paese.

Ma per quello che ne sapeva Josie, una volta tornata in Pennsylvania, dopo la morte del marito e il suo calvario con la Devil's Blade, Gretchen non aveva più avuto relazioni durature. E per lo stesso motivo, nemmeno il suo collega della Omicidi di Philadelphia conosceva il suo orientamento sessuale. Era stato l'anno trascorso tra le mani della Devil's Blade a chiudere Gretchen in se stessa? Era per questo che aveva messo delle trappole alle finestre? Erano i membri della Devil's Blade quelli che lei temeva? Ma se le cose stavano così, perché aveva preso tanto sul personale l'omicidio di Lincoln Shore? Perché aveva contribuito a ottenere giustizia per Shore e Cole? Si era sentita in qualche modo minacciata dalla banda? In ogni caso, di certo, il tipo di giustizia che i membri della Devil's Blade potevano mettere in atto avrebbe avuto la meglio su qualsiasi cosa Gretchen avesse potuto fare attraverso il sistema giudiziario. Niente di tutto questo aveva senso. «Cosa disse Gretchen quando venne ritrovata?»

«Niente. Niente di niente. Si rifiutò sempre di parlarne. Le assicurai che l'avremmo protetta, ma lei continuava a dire che nessuno poteva proteggerla. In seguito, trascorse un po' di tempo in ospedale e, dopo esserne uscita, decise di tornare a est. Le ho sempre detto che, se ci fosse stato qualcosa che potessi fare, non avrebbe dovuto fare altro che chiamarmi. Mi chiamò, cinque o sei anni più tardi se non sbaglio, per dirmi che voleva entrare nelle forze dell'ordine. Mi chiese se poteva usare il mio nome come referenza, nel caso ne avesse avuto bisogno, e io le dissi che non c'era problema.» Starkey rise di nuovo. «Non pensavo certo che quella ragazzina sarebbe diventata un'agente di polizia, ma a quanto pare mi sbagliavo.»

«È un'ottima agente.» confermò Josie. «Una fantastica detective.»

«Suppongo che lo sia, se è riuscita a mettere da parte i suoi sentimenti personali e ad arrestare l'assassino di Lincoln Shore. E questa sì che è un'impresa impegnativa.»

«Ha idea del perché decise di accettare il caso?» chiese Josie. «Sto cercando di dare un senso a tutto questo. Avrebbe potuto passare il caso a qualcun altro senza difficoltà.»

«Non ne ho idea. Quello che le fecero fu senz'altro orribile. Un anno! Non mi capacito di come sia riuscita a sopravvivere. Soprattutto dopo che...»

Si fermò. Josie aspettò che continuasse, ma all'altro capo c'era silenzio.

«Dopo cosa?» lo incalzò Josie.

Starkey esitò ancora un attimo, poi riprese: «Billy fu fatto fuori.»

«Sì, questo l'avevo capito.» disse Josie. «Ha detto che la Devil's Blade aveva scoperto che era un agente del BATFE sotto copertura. Immagino che una volta scoperto, non ne siano stati molto contenti.»

«Non lo scoprirono fino a quando non venne ammazzato.»

«Quindi non sono stati quelli della Devil's Blade a eliminarlo?»

«No, non sono stati loro.»

«Oh. Ma allora cos'è successo?»

«Detective...» disse Starkey «ci sono cose di cui preferirei parlare di persona, se non le dispiace.»

«Non credo che il mio capo pagherà il volo per Seattle, agente Starkey. La questione è piuttosto urgente. Se c'è qualcosa che può dirmi sul passato di Gretchen, devo saperlo al più presto.»

«Beh, Detective, non sono a Seattle in questo momento. Sono a New York City. Se riesce a raggiungermi qui, sarò felice di dirle tutto quello che so. Ma non posso farlo per telefono.»

QUARANTADUE
SEATTLE, WASHINGTON

Gennaio 1995

La stanza puzzava di sudore e fumo di sigaretta stantio. La vernice si staccava dalle pareti ingiallite. Una lampadina pendeva da un cavo aggrovigliato al centro del soffitto. Un materasso pieno di macchie copriva metà del pavimento rivestito di legno, ma per quanto fosse esausta, Gretchen non riusciva a sdraiarvisi. Non voleva nemmeno pensare all'odore che poteva emanare se vi si fosse avvicinata. L'unica alternativa era una sedia di legno scrostata. Una miriade di macchie secche, color ruggine, erano cadute sulle assicelle di legno dello schienale. Cercò di non pensare a cosa, o a chi, ce le avesse lasciate. Mentre si sistemava sulla sedia, non poté fare a meno di notare che i braccioli erano consumati proprio nel punto in cui poggiavano i suoi polsi. Con un brivido, mise le mani in grembo.

Non c'era modo di sapere da quanto tempo si trovasse in quella stanza. Non c'erano orologi appesi a quelle brutte pareti. L'unica finestra era stata sbarrata e non lasciava entrare la luce del giorno. Quando Lincoln venne a prenderla, lei si era addormentata, con il mento appoggiato sul petto. Lui le scosse la spalla per svegliarla e lei, che aveva gli occhi annebbiati, sbatté le palpebre per guardarlo.

«Ehi» disse lui, chinandosi sul suo viso.

Da vicino, aveva l'odore dell'aria aperta, come se avesse portato con sé una brezza frizzante. Sotto c'era un leggero odore di olio per motori e qualcosa di terroso che Gretchen non era mai riuscita a definire. I suoi jeans erano strappati e infangati. Il suo coltello della Devil's Blade pendeva dal fianco sinistro. Una bandana gli copriva i capelli neri e scarmigliati. Non aveva bisogno di vedere la sommità del capo per sapere cosa c'era sulla bandana: un teschio bianco con occhi insanguinati sopra due coltelli incrociati, uno dalla lama nera, l'altro dalla lama rossa. La sua giacca di pelle consumata lo faceva sembrare molto più grosso di quanto fosse in realtà.

«Sono sveglia.» disse Gretchen.

Lincoln fece un passo indietro, lasciandole un po' di spazio. «Sei pronta?»

Lei annuì, anche se ogni fibra del suo corpo si opponeva a ciò che sapeva sarebbe accaduto a breve, e Lincoln doveva averglielo letto in faccia. I suoi occhi si ridussero a una fessura. «Sei sicura di volerlo fare?»

«Sì...» disse lei debolmente con le lacrime che le sgorgavano dagli angoli degli occhi. Si odiava per essersi messa a piangere, ma negli ultimi mesi aveva imparato che aveva ben poco controllo sulle proprie emozioni.

«Hai delle alternative.» le ricordò Lincoln.

Una risata strozzata le uscì dalla gola. «Nessuna accettabile.» rispose lei.

«Potrei renderti le cose più facili.»

Lei scosse la testa. «Ho preso la mia decisione.»

Sospirò ed estrasse il coltello dal fodero. Il corpo di Gretchen tremò, facendo battere una delle gambe irregolari della sedia contro il pavimento.

«Hai intenzione di piangere per tutto il tempo?» le chiese Lincoln.

Mordendosi il labbro inferiore, Gretchen fece del suo meglio per trattenere l'emozione che le stava crollando addosso, per arginare la marea di lacrime che la travolgeva. *Inspira, espira*, si disse. Sollevò il mento e affrontò lo sguardo di Lincoln. «Facciamola finita.»

QUARANTATRÉ

DENTON, PENNSYLVANIA

Oggi

Mentre Josie annotava le informazioni sull'albergo dove alloggiava l'agente Starkey, Noah si avvicinò al suo lato della scrivania e si mise dietro di lei, guardandola da sopra le spalle. Aveva seguito con attenzione l'intera telefonata.

«Ma stiamo scherzando?» sbottò quando lei riattaccò. «Ti ha chiesto di incontrarlo?»

Josie sospirò. «Vuole che vada a New York, perché quello che deve dirmi non può raccontarlo per telefono.»

«È un'assurdità.» disse Noah. «Cosa avrà mai da dirti che non può dire al telefono?»

Josie alzò le spalle e cercò su Google gli hotel di New York.

«Non vorrai andarci sul serio?» fece Noah.

«Oh giusto» borbottò Josie, «perché mai devo cercare un albergo quando mia sorella vive a New York?»

Tirò fuori il cellulare e iniziò a digitare un messaggio, finché il calore dello sguardo di Noah non le bloccò le dita. Alzò lo sguardo verso di lui: il suo volto era fisso in una espressione di frustrazione e incredulità.

«Che c'è?» gli chiese.

«Vuoi andare a New York per incontrare questo tizio? Un perfetto sconosciuto?»

Josie inarcò un sopracciglio. «Il tenente Boyd, il vecchio partner di Gretchen nell'Unità Omicidi di Philadelphia, era un perfetto sconosciuto. Anche il professor Larson, il tutor di James Omar. Me la sono cavata.» Le ultime parole furono sarcastiche, ma non poté farne a meno. Noah non l'aveva mai trattata con condiscendenza o come una donna indifesa e non aveva intenzione di permettergli di cominciare adesso.

Il volto di Noah si rilassò leggermente. «Sai bene che lo so che sei in grado di cavartela da sola. Non era questo che volevo insinuare. È solo che non mi fido di questo tizio. Non aveva motivi per chiederti un incontro faccia a faccia. Non c'è letteralmente nessun motivo per cui quest'uomo debba dirti qualcosa che necessiti per forza un incontro di persona.»

Josie dovette riconoscere che era d'accordo. Starkey le sembrava al limite della paranoia. O la paranoia oppure gli piaceva l'idea di scomodarla, o magari era un tipo manipolatore. Non c'era modo di capirlo da una sola telefonata. Di certo era stato disponibile su tutto il resto.

«Sono d'accordo.» disse Josie. «Ma devo scoprire quello che sa. Anche se si rivelasse inutile. Noah, la vita di Gretchen potrebbe dipendere da questo.»

«Da cosa? Da te che scopri cosa ha fatto a Seattle quando aveva vent'anni? In che modo scoprirlo potrebbe evitarle di finire in prigione? Josie, ha confessato!»

Come poteva spiegarglielo in un modo che fosse comprensibile? Sapeva che Gretchen non aveva detto la verità. Non sapeva come mai, ma sapeva che la storia dell'omicidio di James Omar era molto più complessa della misera confessione che Gretchen aveva fornito. E Josie non era il tipo di persona in grado di lasciare niente di intentato: prima doveva raccogliere tutte le informazioni disponibili e solo in seguito avrebbe potuto decidere cosa fosse utile o meno. Forse nessuna delle informazioni che aveva scoperto le sarebbe tornata utile, ma non era disposta a chiudere quel capitolo senza aver esaurito tutte le strade percorribili; perciò, se c'era anche una minima possibilità che riuscisse a scagionare Gretchen, doveva tentarla.

«Devo andarci.» disse a Noah con un tono che non lasciava spazio per le discussioni. Lui girò sui tacchi e uscì dall'ufficio.

Josie guardò l'ora sul telefono. Poteva essere a New York per l'ora di cena. Mandò un messaggio a Trinity. *Ehi, ti ricordi che mi hai chiesto di venire a trovarti a New York?*

QUARANTAQUATTRO

Josie si trovava al centro della frenetica Penn Station, disorientata dal gran numero di persone che affollavano la stazione ferroviaria. Trinity le aveva detto di non prendere la macchina. Josie era stata a New York solo in occasione di una gita scolastica da adolescente e ricordava vagamente marciapiedi affollati e strade congestionate. «Se prendi la macchina, passerai ore e ore bloccata nel traffico.» l'aveva avvertita la sorella. «Fatti solo le due ore fino alla stazione della Trentesima Strada di Philadelphia e da lì prosegui in treno.» Josie aveva seguito le sue indicazioni: trovò facile spostarsi in giro per Philadelphia e il viaggio in treno fu breve e privo di inconvenienti. Soltanto quando scese dal treno a New York e si trovò travolta dalla marea di persone che iniziò a sentirsi un po' sopraffatta. Aveva pensato che Disneyworld fosse un posto affollato quando il suo defunto marito, Ray, aveva acquistato due biglietti in occasione del loro primo anniversario di matrimonio. New York rendeva Disneyworld simile a una città fantasma.

Tirò fuori il cellulare per il tempo necessario a mandare un messaggio a Trinity e farle sapere che era arrivata. Poi, trascinandosi dietro la piccola valigia, cercò di destreggiarsi nella fiumana di gente fino al marciapiede dove intendeva prendere un taxi, ma prima di riuscire a trovarne uno che la portasse all'appartamento di Trinity, nel centro di Manhattan, e a sedersi sul sedile posteriore, dovette aspettare altri quaranta minuti. Controllò ancora una volta il telefono. Niente da Noah. Il taxi si fermò bruscamente davanti a un edificio di vetro argentato che si protendeva verso il cielo. Le bastò guardare la facciata per farsi venire le vertigini.

Il conducente se ne andò prima ancora che lei avesse tirato la sua borsa da viaggio sul marciapiede e Trinity apparve davanti a lei all'aprirsi di un paio di porte automatiche alle sue spalle. «Ciao, sorellina.» la salutò dandole un rapido abbraccio e prendendo il controllo della sua borsa; poi, guardandola, sul suo volto si formò un cipiglio. «Che ti è successo alla guancia?» le chiese, indicando il taglio che Gretchen le aveva procurato. Con delicatezza, Josie sfiorò il cerotto a farfalla. «È una lunga storia di cui preferisco non parlare.»

Trinity inarcò un sopracciglio, ma lasciò perdere. «Mi sembra giusto.» disse, facendo dietrofront e dirigendosi verso l'edificio. Trascinandosi dietro la borsa di Josie nell'opulento atrio decorato con toni bianchi e beige, dai pavimenti rivestiti in marmo e con sedie in pelle bianca dallo schienale dritto, Trinity condusse Josie fino a una fila di ascensori in vetro. Per raggiungere gli ascensori dovettero passare davanti a un banco di sicurezza semicircolare di colore bianco presidiato da due uomini corpulenti in uniforme a cui Trinity presentò la sorella con orgoglio, sfoggiando il suo sorriso super telegenico che le arrivava fino alle orecchie.

Quando entrarono nell'ascensore, Trinity disse: «Non vedo l'ora che tu veda il mio appartamento. Mi sono trasferita da pochi mesi. Quello dove stavo prima era in una discarica rispetto a questo palazzo.»

Mentre l'ascensore continuava a salire, fermandosi infine al piano trentaquattro, Josie sentì la vibrazione del telefono: lo guardò e vide una chiamata persa di Noah. Stringendo il telefono in una mano, cercò di tenere traccia di ogni svolta che lei e Trinity facevano nel labirinto di corridoi, in modo da essere in grado di ritrovare la strada per gli ascensori quando sarebbe arrivato il momento di incontrare Jack Starkey; poi, di fronte al panorama mozzafiato che attirò il suo sguardo non appena varcò la soglia di casa, rimase momentaneamente paralizzata. Un'intera parete dell'appartamento di Trinity era formata da finestre che consentivano un ampio panorama della città.

«Niente male, eh?» disse Trinity, portando dentro la valigia di Josie e sistemandola accanto alla porta d'ingresso. La vista era fantastica, ma per Josie l'appartamento in sé era piccolo. «È enorme per gli standard di New York.» le assicurò Trinity. Il soggiorno, la sala da pranzo e la cucina sembravano tutti compressi in un unico spazio grande più o meno come il salotto di Josie. Un breve corridoio conduceva a una camera da letto e a un bagno. L'arredamento in bianco era elegante, di dimensioni ridotte e sobrio, con accenti d'oro e d'argento: opere d'arte astratta alle pareti, cuscini di raso lucido e alti vasi di vetro con rami di salice che si allungavano verso il soffitto. Era moderno ed elegante e Josie poteva immaginarlo come oggetto di un articolo di una rivista. Uno di quei pezzi da celebrità che mettono in mostra la propria casa.

«Ti piace?» le chiese Trinity.

«È bellissimo.» rispose Josie, anche se lei preferiva uno spazio più accogliente, dove non dovesse temere di rovesciare cibo sui mobili. Come se le avesse letto nel pensiero, Trinity disse: «Non preoccuparti di sporcare. Ho fatto un trattamento antiusura sulla tappezzeria. Anche se ci si versa sopra del vino rosso si toglie in un attimo.»

Josie si chiese quanto le fosse costato. Si trasferì in salotto, dove un grande tappeto bianco di forma quadrata ospitava un divano, un tavolino con ripiani in vetro e un televisore a schermo grande. «Devo richiamare Noah.»

«Fai pure.» disse Trinity. «Ho fatto il caffè. Te lo preparo mentre lo chiami.»

Annuendo, Josie prese posto sul divano e compose il numero di Noah. Aspettò guardando Trinity impegnata nella cucina a pochi metri di distanza. Raramente aveva visto sua sorella così felice e spensierata. E allora le venne in mente che, a parte i loro genitori, che sarebbero stati orgogliosi in ogni caso, Trinity non aveva nessuno con cui condividere la sua vita o i suoi successi. Inoltre, non riusciva nemmeno a immaginare quanto dovesse essere salato l'affitto di un appartamento come quello, ma sapeva che Trinity si era fatta in quattro per poterselo permettere. Se non avessero perso trent'anni, avrebbero condiviso tutto. Non era la prima volta che Josie si chiedeva come e quanto sarebbero state diverse le loro vite, e persino le loro personalità, se fossero cresciute insieme. Inevitabilmente pensò al dottor Perry Larson e al suo studio su come i geni si esprimono in modo diverso, e si chiese se ciò valesse anche per i gusti e le preferenze.

All'ottavo squillo, Noah rispose. «Ehi» disse. «Ho delle novità.»

Non le chiese come fosse andato il viaggio o se fosse arrivata a destinazione senza problemi. Era il loro vecchio ritmo. Dritto al punto. C'era del lavoro da sbrigare. Parlare così, come avevano sempre fatto, la faceva sentire meglio riguardo alle cose tra loro. «Dimmi tutto.» disse Josie.

«La tazza della Wawa è tornata dal laboratorio con le impronte di Gretchen.»

Josie ebbe un sussulto in gola. Una parte di lei era sicura di essersi aggrappata a un filo di lana quando aveva mandato la tazza al laboratorio per un'analisi più rapida, e anche se aveva sospettato che la tazza fosse di Gretchen, rimase comunque scioccata dalla prova concreta. «Nessun'altra impronta?» chiese.

«Una, parziale, ma la qualità non è abbastanza buona per farla passare nell'AFIS.»

«Merda...»

Trinity le fece un cenno dalla cucina, lei si alzò e si avvicinò, accettando la tazza di caffè che le stava porgendo, preparata esattamente come piaceva a lei. Intanto, Noah proseguì: «Ho già fatto venire qui la Loughlin. Ci siamo incontrati con Bowen. Lei voleva interrogare Gretchen sulla tazza, almeno per cercare di confermare che Gretchen possedesse una tazza da viaggio della Wawa, ma Bowen ha frenato tutto.»

«Perché?» esclamò Josie.

«È preoccupato che un oggetto con le impronte di Gretchen rinvenuto su una seconda scena del crimine faccia solo danni. Ha detto che se vogliamo accusarla dell'omicidio dei Wilkins, dobbiamo sviluppare il nostro caso. Non ci aiuterà permettendo alla sua cliente di rispondere alle domande.»

Josie sorseggiava il suo caffè mentre Trinity apriva una rivista patinata sul bancone della cucina. Josie sapeva che la stava ascoltando, anche se fingeva di essere assorta nella lettura.

«Credo di poterlo capire, ma non c'è modo di fare il balzo da una tazza con le sue impronte a un doppio omicidio. Margie Wilkins è stata aggredita sessualmente. Non può essere stata Gretchen a farlo.»

«Bowen pensa che vogliamo inchiodarla come complice degli omicidi.»

«Non mi è difficile immaginare che Chitwood proverebbe a farlo. Quello che ho sempre detto è che c'è qualcun altro coinvolto, e non come complice.»

«O forse Gretchen sta proteggendo il suo complice.» suggerì Noah.

«No.» ribatté subito Josie. Gretchen era così spaventata che aveva preferito dare un pugno in faccia a una collega e finire in prigione piuttosto che essere scagionata. Come le punte che rivestivano le finestre di casa sua, le sue azioni erano dettate dalla paura di qualcosa, non dal bisogno di proteggere un assassino.

«Beh» disse Noah prima che lei potesse intavolare un'altra discussione sulla colpevolezza o l'innocenza di Gretchen, «la Loughlin farà un altro tentativo con Bowen e vedrà se riuscirà a ottenere un colloquio con Gretchen.»

«Tienimi informata.» disse Josie in modo brusco e premette su FINE CHIAMATA prima di essere tentata di intrattenere una conversazione più lunga con lui. Ne avevano già parlato parecchie volte. Non c'era niente che quadrasse, né nel caso di James Omar né in quello dei Wilkins, e ora niente aveva più senso. Josie non aveva mai pensato, nemmeno per un momento, che Gretchen fosse stata a casa dei Wilkins, anzi era sicura che chi aveva sparato a Omar, poi avesse preso la tazza da viaggio dalla casa di Gretchen e l'avesse lasciata dai Wilkins dopo averli ammazzati. Il perché era una domanda che non era ancora pronta ad affrontare. Aveva bisogno di altre informazioni. Non aveva idea di dove avrebbe potuto ottenerle, ma avrebbe continuato a sparare alla cieca finché non avesse ottenuto qualcosa di utile. A cominciare dall'agente del BATFE, Jack Starkey, e da tutto ciò che sapeva sul passato segreto di Gretchen.

«Beh, è stata una conversazione parecchio intensa.» notò Trinity mentre Josie sciacquava la sua tazza di caffè nel piccolo lavello.

Josie fece un sorriso ironico. «Siamo d'accordo sul fatto di non essere d'accordo.»

«Sembra divertente.» Trinity la accompagnò per qualche metro fino alla porta. «Oh, a proposito, volevo dirti che mi ha contattato un professore della Drexel University. Sta facendo una specie di studio. Genetica o qualcosa del genere.»

Josie gemette. «Epigenetica.»

Trinity inarcò un sopracciglio perfettamente curato. «Sì, esatto. Sta facendo uno studio sui gemelli separati alla nascita. Ho risposto solo perché ha detto alla mia assistente che aveva già parlato con te.»

«Infatti ha parlato con me.» disse Josie, con un filo di irritazione nella voce. «E gli ho detto che non eravamo interessate.»

Non pensava che Perry Larson fosse un tipo insistente, non il tipo di persona che avrebbe agito alle sue spalle dopo che lei gli aveva già detto di no.

Trinity mise una mano sul fianco. «Gli hai detto che "noi" non eravamo interessate? Senza nemmeno chiedermelo?»

Ora fu Josie a inarcare un sopracciglio. «Non è possibile che tu sia interessata a uno studio sui gemelli. No, riformulo. Non è possibile che tu abbia tempo per uno studio sui gemelli.»

«Beh, questo è vero» ammise Trinity «anche se lui è stato piuttosto convincente. A quanto pare, è particolarmente difficile trovare gemelli separati alla nascita.»

«Non è un mio problema.» mormorò Josie. «Ho degli assassini da rintracciare.»

Trinity sorrise. «E io ho notizie da riferire. Ma in futuro, magari, potremmo prendere insieme una decisione del genere, no?»

Per Josie era difficile abituarsi ad avere una sorella. Prese la mano di Trinity. «D'accordo.»

«Ora vai a conoscere il tuo misterioso agente del BATFE e chiamami se hai bisogno di soccorso.»

<h1 style="text-align:center">QUARANTACINQUE</h1>

New York era molto più facile da percorrere a piedi, anche con la folla di persone che riempiva ogni centimetro quadrato di marciapiede e gli uomini con le polo a ogni angolo che cercavano di vendere ai turisti tour in pullman.

Come indicato da Trinity, Josie aveva chiesto a Starkey di incontrarla in un ristorante non lontano dall'appartamento. Si trattava di un piccolo pub al piano terra di uno stretto edificio di mattoni incastrato tra altri due alti grattacieli. Josie trovò un tavolino sul retro, vicino ai bagni. L'interno era tutto in legno lucido, illuminato da una luce gialla e soffusa. Josie controllò il telefono: Starkey era in ritardo. Quando la cameriera le chiese se desiderava un drink, ordinò un whisky sour e poi lo annullò immediatamente, ordinando invece una Coca Cola. Se la cameriera pensò che la sua indecisione fosse strana, non lo diede a vedere.

Josie giocherellava con l'involucro della sua cannuccia e aveva mandato giù quasi tutta la sua prima Coca quando finalmente Jack Starkey arrivò. La prima cosa che pensò quando lo vide scivolare sulla sedia di fronte alla sua, con la pancia rotonda che premeva contro il bordo del tavolo, fu che assomigliava a Babbo Natale. Si era spazzolato i folti capelli bianchi all'indietro e gli scendevano fino alle spalle. Una robusta barba e un bel paio di baffi bianchi incorniciavano un sorriso gioviale sotto un naso a patata e occhi azzurri scintillanti.

«È lei Quinn?» le chiese.

Josie annuì, con lo sguardo rivolto alla giacca di pelle che indossava su una maglietta nera strappata. L'odore di tabacco e di alcool dolciastro si diffuse verso di lei. Non assomigliava a nessuno degli altri agenti federali che Josie aveva incontrato, ma se la sua squadra lavorava abitualmente sotto copertura con le bande di motociclisti fuorilegge, allora aveva l'aspetto giusto.

«Agente Starkey» cominciò lei. «grazie per essere venuto.»

Lui fece cenno alla cameriera di avvicinarsi e ordinò una birra. «Solo Starkey. Mi dispiace di averle fatto fare tanta strada.» disse. «Molto tempo fa, Gretchen mi ha fatto promettere...»

Si ammutolì all'improvviso, gli occhi gli si velarono leggermente, come se un ricordo improvviso lo avesse trascinato fuori dalla stanza. Josie si schiarì la voce per richiamare la sua attenzione. «Cosa le ha fatto promettere Gretchen?»

«Forse dovrei cominciare dall'inizio. Le dispiace farmi vedere le sue credenziali?»

Josie inarcò un sopracciglio, ma poi rispose: «Gliele mostro se lei mi mostra le sue.»

Starkey ridacchiò e tirò fuori dalla tasca posteriore un portafoglio logoro, che le porse. La pelle era calda al tatto e Josie lo aprì per vedere il suo tesserino federale. Nella foto era molto più curato.

Lui studiò quello di Josie più a lungo di quanto lei avesse fatto con il suo. «È stata in televisione.» osservò poi.

«Sì» disse Josie. «Le due gemelle separate alla nascita. Trinity Payne è mia sorella. Ma preferirei davvero non parlarne, se non le dispiace.»

Una delle folte sopracciglia di Starkey si inarcò. «Gemelle? Nah. Intendevo per quello che è successo un paio di anni fa, tutte quelle ragazze svanite nel nulla, e poi ritrovate su quella montagna.»

Il caso delle ragazze svanite aveva sconvolto il mondo di Josie e quasi distrutto la città di Denton. «Sì» rispose lei. «me ne sono occupata io.»

«Beh» disse «capisco perché Gretchen volesse lavorare con lei. Ha un bel taglio sul viso. Che cosa è successo?»

Josie fece un sorriso tirato e sentì il desiderio di toccarsi la cicatrice, ma trattenne le dita sul tesserino di Starkey. «Sono caduta.» mentì, non volendo arrivare alla verità. Mentre si scambiavano di nuovo le credenziali, Josie cambiò argomento. «Starkey, se potesse parlarmi di quello che voleva dirmi di persona, gliene sarei davvero grata. Ogni momento che passa senza che io venga a capo di cos'è successo veramente in questa sparatoria è un altro momento in cui Gretchen si trova in guai sempre più grossi.»

La cameriera arrivò con la birra di Starkey, che ne trangugiò metà con un lungo sorso. Gocce dorate di birra scintillarono sulla sua barba, quindi lasciò cadere lo spesso bicchiere sul tavolo con un tonfo deciso per dirle: «Avrò bisogno di altri drink e di altre informazioni.»

Con un sospiro, Josie rispose: «Che tipo di informazioni?»

Lui la fissò con gli occhi ridotti a una fessura. «Con chi lavorava nell'FBI, quando ha preso in carica il caso delle ragazze scomparse?»

«Perché me lo chiede? Che cosa ha a che fare con Gretchen?»

«Ho bisogno di qualcuno che garantisca per lei.» le disse.

Josie lo scrutò per un attimo, poi disse: «Chiami il mio capo, allora.»

Mentre la cameriera portava un'altra birra, Starkey rispose: «No. Qualcuno che non faccia parte del suo dipartimento.»

«Il mio capo è nuovo.» continuò Josie. «L'ho conosciuto

soltanto sei mesi fa. È come se non facesse parte del mio dipartimento.»

Starkey mandò giù metà della sua birra. «No, mi sentirei meglio se parlassi con un agente federale. Il caso delle ragazze scomparse... c'è stato un grosso scandalo di corruzione nella polizia, vero? A mio avviso, se l'FBI venisse chiamata, manderebbero qualcuno della Divisione per i Diritti Civili. Quelli sono pagati per assicurarsi che tutti siano in regola.»

«Sta mettendo in dubbio la mia integrità?» chiese Josie mettendosi sulla difensiva tanto che le si accapponò la pelle.

«Devo farlo.» disse. «È per il bene di Gretchen.»

«Perfetto.» scattò Josie. «Agente speciale Marcus Holcomb. Vuole anche il suo numero?»

Starkey sorrise. Tirò fuori il telefono e si alzò in piedi. «Non c'è bisogno. Lo contatto io.»

Lo guardò allontanarsi dal tavolo fino in fondo al bar, digitando numeri sulla tastiera del suo telefono. Josie strinse i pugni sotto il tavolo. Non sapeva se fosse meglio dirgliene quattro o andarsene e basta. Avrebbe voluto fare entrambe le cose, ma non riusciva a togliersi di dosso il sospetto che quell'uomo avesse informazioni che potevano aiutarla a risolvere il ginepraio in cui si era cacciata Gretchen.

Starkey passò venti minuti buoni al telefono; dopodiché, tornò al tavolo sfoggiando un gran sorriso. Si sedette di fronte a lei e mandò giù il resto della birra che aveva abbandonato. «Ho parlato con Holcomb.» disse. «Lei è pulita.»

A denti stretti, Josie disse: «Non ho tempo per i giochetti, agente Starkey. Ha intenzione di parlarmi di Gretchen? Perché, se non lo fa, vorrei tornare a Denton e alle mie indagini.»

Starkey fece segno alla cameriera di portargli un'altra birra. «Mi sembra giusto.» le disse. «Ha mai sentito parlare dello Strangolatore di coppie?»

QUARANTASEI

Josie lo fissò. «Mi perdoni. Chi?»

«Lo Strangolatore di coppie, un serial killer che agiva a Seattle nei primi anni Novanta.»

Lei scosse la testa. «Non l'ho mai sentito. Ma, mi scusi, cosa c'entra questo con Gretchen?»

Starkey alzò una mano come per dirle di aspettare. Sollevò il boccale verso le labbra, tracannò il resto della birra e fece segno alla cameriera di portarne un'altra. «Beh, credo che non fosse molto famoso al di fuori di Seattle. Non è mai stato preso. Nel 1994 entrò in casa di Gretchen e Billy. Uccise lui e violentò lei.»

«Mio Dio.» esclamò Josie, incapace di nascondere lo sconcerto. Non avrebbe saputo bene cosa aspettarsi da Starkey, la cui strana paranoia le era sembrata particolarmente bizzarra, ma sicuramente non questo.

«Già. È stata l'unica delle sue vittime a sopravvivere.»

Ora Josie pensò più seriamente al drink a cui aveva rinunciato. «La prego» disse, usando la cannuccia per mescolare i cubetti di ghiaccio sul fondo del bicchiere, «mi dica di più.»

Starkey si guardò intorno come se temesse che qualcuno

potesse sentirli, ma gli altri avventori erano tutti presi da una conversazione o dalla partita di football che trasmettevano i televisori a schermo piatto che costellavano il locale. «Come ho detto, era attivo a Seattle nei primi anni Novanta. Per meglio dire, dal marzo del 1993 al marzo del 1994. L'intera città era in subbuglio. La gente era spaventata. E per buone ragioni.»

«Perché era chiamato lo Strangolatore di coppie?» chiese Josie.

La cameriera arrivò con un'altra birra e Starkey la mandò giù, quasi arrivando al fondo del boccale, che poi appoggiò sul bordo del tavolo e si passò una mano carnosa sulla barba.

«Beh, la parte dello strangolamento si può intuire: soffocava tutte le sue vittime. Ma la stampa lo soprannominò lo Strangolatore di coppie perché aggrediva solamente coppie.»

Una sensazione di freddo si insinuò lungo la schiena di Josie. «Quante?»

«Sette coppie.»

Josie si sentiva ubriaca fradicia, anche se aveva bevuto soltanto una bibita. «Cristo santo. Gretchen e Billy sono stati gli ultimi?»

«No. C'è stata un'altra coppia nel 2004.»

«È un bell'intervallo.» constatò Josie.

Starkey annuì. «Dieci anni. È stato uno shock perché, onestamente, tutti pensavano che fosse morto.»

«Non c'è possibilità che fosse un emulatore?»

«No, vede, gli piaceva prendere le cose da una scena e lasciarle in quella successiva. Prese il coltello di Billy dopo averlo massacrato nella casa in cui vivevano. Dieci anni più tardi quel coltello è stato ritrovato sulla scena del crimine dei Neal... questo era il nome della coppia, Justin e Amy Neal. E per il resto, era tutto uguale. Ha tolto la corrente, è entrato da una finestra, ha legato entrambe le vittime con una corda che aveva portato con sé, ha aggredito la donna e poi li ha strangolati entrambi.»

Josie non poté fare a meno di pensare a quella maledetta tazza della Wawa che si era fatta strada dal salotto di Gretchen alla cucina dei Wilkins. Eppure, avevano sparato a James Omar e Joel Wilkins era stato picchiato; e poi, durante il sopralluogo, Robyn Wilkins non aveva segnalato che mancasse niente.

Inoltre, c'era la foto del bambino che correva nell'erba alta, con la data del 2004 stampata sul retro.

«Che cosa ha preso dalla scena dei Neal?» chiese bruscamente Josie, appoggiandosi al tavolo. Una cameriera passò con un vassoio pieno di bevande e Josie desiderò ardentemente che un bicchierino di Wild Turkey le scivolasse in gola. Ma rimase concentrata su Starkey.

«Niente. Per questo pensiamo che abbia finito. Alcuni credono che si sia fermato. Gretchen disse che probabilmente aveva più di trent'anni quando la aggredì, nonostante non fosse riuscita a vederlo bene in faccia. Perciò, nel 2004 avrebbe dovuto avere ben più di quarant'anni. Un serial killer che si avvicina ai cinquanta?»

«Ritiene che sia diventato troppo vecchio?» chiese Josie. «Pensa che il killer si fosse reso conto di essere invecchiato, di non essere più capace di dominare una scena con due persone, e quindi che sia riuscito in qualche modo a fermarsi?»

«È una teoria che è stata ventilata, sì. Alcuni strizzacervelli dell'FBI ritengono che, con l'avanzare dell'età, i suoi livelli di testosterone sarebbero diminuiti e di conseguenza la pulsione ad aggredire e uccidere. Nessuno lo sa con certezza. Sono tutte teorie. Ovviamente, è riuscito a fermarsi per dieci anni. Alcuni pensano che questa volta sia davvero morto. Oppure è finito in prigione per qualcos'altro. Ma se fosse andato in prigione, il suo DNA sarebbe stato schedato, giusto? Ha lasciato il DNA su ogni dannata scena del crimine, e dopo venticinque anni non c'è ancora nessun riscontro.»

Josie tirò fuori il telefono, recuperò la foto del 2004 e la mostrò a Starkey. Lui le tolse il telefono dalle mani e lo tenne a distanza, guardando con il naso all'insù e strizzando gli occhi. Poi disse: «Un momento.» Dall'interno della giacca fece spuntare un paio di occhiali da lettura che appoggiò sul naso per studiare la foto.

«È stata trovata appuntata sul corpo di James Omar dopo che gli hanno sparato nel vialetto di casa di Gretchen.»

Le restituì la foto. «Non ho mai visto quel bambino prima d'ora.»

«I Neal avevano figli?»

Starkey rise così forte che gli lacrimarono gli occhi.

Mise via gli occhiali e bevve ciò che restava della sua birra. Pochi secondi dopo, la cameriera venne a sostituire il bicchiere vuoto con uno pieno, ma lui ancora non attaccò a bere, si limitò a tenerlo in una mano. «Mi sta dicendo che pensa che lo Strangolatore di coppie di Seattle sia stato nella sua città?»

«No, io non penso proprio niente.» disse Josie. «Le sto chiedendo se le sue ultime vittime note avevano dei figli. Mancava qualcosa a casa di Gretchen. Un paio di giorni dopo, abbiamo scoperto un doppio omicidio. Una coppia. Il marito è stato massacrato di botte, ma la moglie è stata strangolata... ed è stata violentata. Sulla scena abbiamo trovato una tazza da viaggio con le impronte di Gretchen.»

Starkey questa volta sorseggiò la birra, guardando Josie con sguardo scettico. «I Neal non avevano figli.»

Forse Josie era pazza a pensare che un serial killer di venticinque anni prima, che aveva ucciso persone in una città lontana tremila miglia, adesso stesse facendo vittime a Denton, usando metodi che non aveva mai usato prima, ma c'erano un sacco di strane coincidenze che non poteva spiegare altrimenti.

«Come riuscì a scappare Gretchen?» chiese. «Ha detto che è stata l'unica delle sue vittime a sopravvivere.»

Starkey posò di nuovo il bicchiere di birra e annuì. Il suo volto si afflosciò e una tristezza profonda come l'oceano lo avvolse. «Fu grazie a Billy. All'inizio le disse di scappare e lei lo fece. L'assassino sparò a Billy alla gamba. Gretchen esitò e l'assassino la raggiunse.»

Il cuore di Josie si fermò per un paio di colpi e poi riprese a battere all'impazzata; le faceva male per la sua amica, che era stata una giovane moglie, una donna innamorata, che cercava di rifarsi una vita dopo che sua madre aveva passato anni a torturare lei e sua sorella.

«L'assassino» proseguì Starkey «costringeva le donne a legare gli uomini e poi li faceva sdraiare sul pavimento, a faccia in giù, quindi metteva sulla loro schiena piatti e bicchieri.»

«Piatti e bicchieri?» chiese Josie.

«Sì, proprio come per apparecchiare. Qualsiasi oggetto che facesse un rumore infernale se l'uomo avesse provato a rotolare facendoli cadere sul pavimento. In realtà, nelle prime scene non sapevano a cosa diavolo servisse quella roba. Solo quando Gretchen è sopravvissuta e ha raccontato quello che è successo, hanno capito che era quello che aveva fatto nelle scene precedenti.»

«Quindi dice ai mariti che se si muovono e cercano di chiedere aiuto e fanno rumore...»

«Ucciderà le loro mogli.»

«Oh santo cielo.»

Pensò ai piatti, ai bicchieri e alle ciotole di plastica nella cucina di Gretchen e la bibita le bruciò lo stomaco. Quanto doveva essere stata orribile quell'esperienza per cui, venticinque anni dopo, Gretchen non riusciva ad avere stoviglie di ceramica e vetro a casa sua?

«Pensiamo che Billy stesse per morire dissanguato e che lo sapesse, perché non rimase fermo. Gretchen ci raccontò che alla fine aveva sentito i piatti cadere sul pavimento. L'assassino aveva già finito con lei. Non appena sentì il rumore, capì che l'avrebbe uccisa. Sapeva che li avrebbe comunque uccisi entrambi. Lui esitò giusto un secondo, la lasciò per andare verso la porta della camera da letto e lei lo colpì in testa con una lampada, poi lo spinse nel corridoio, chiuse a chiave la porta e si calò dalla finestra. Prima di trovare aiuto, l'assassino se n'era andato e Billy era morto. Dalle condizioni del soggiorno, la polizia ritenne che ci fosse stata una specie di colluttazione, una lotta, e che Billy avesse perso. L'assassino gli aveva sparato di nuovo al petto da distanza ravvicinata. È stata l'unica volta che ha usato una pistola. Pensavano che ne avesse una, che la usasse per comandare le vittime, ma non lo scoprirono finché non prese Gretchen e Billy. Gretchen fornì alla polizia molte buone informazioni, ma non portarono mai a nessun risultato.»

A Josie non sfuggì che Starkey continuava a dire "loro" e "a loro" e "la polizia", perciò gli chiese: «Lei è del BATFE. Come fa a sapere così tanto del caso?»

«Beh, lo abbiamo seguito da molto vicino. Era una cosa personale, capisce?»

«Ma certo.»

«Ma il motivo principale è che ho fatto molte ricerche per conto mio. Vede, Gretchen è sempre stata convinta che l'assassino fosse qualcuno delle forze dell'ordine.»

«Del BATFE o della polizia di Seattle?»

«Non ne eravamo sicuri.»

«Cosa glielo faceva pensare?»

«Le ho detto che Billy era sotto copertura. La sua identità da infiltrato era Benji Stone. Era stato in contatto con la Devil's Blade per quasi due anni quando è stato ucciso. Era quasi un affiliato. Sa che cos'è?»

Josie annuì.

«Tutti lo chiamavano Benji Stone. Sulla sua patente c'era scritto Benjamin Stone. Il contratto di affitto della sua casa era a nome di Benjamin Stone. Le utenze, il veicolo, tutto. Anche sulla patente di Gretchen c'era scritto il cognome Stone. Gli unici che lo chiamavano Billy eravamo noi della sua squadra.»

«Del BATFE.» chiarì Josie.

Starkey annuì. «Sì, e nella polizia di Seattle. Ci eravamo

coordinati con loro per una retata di armi illegali non molto tempo prima che Billy entrasse sotto copertura. Nessun collegamento con le bande dei motociclisti. Comunque, rimase ferito e dovette andare in ospedale. Ci rimase qualche giorno. Per questo motivo alcuni dei ragazzi di Seattle lo conoscevano, per via di quella retata.» Prese di nuovo in mano la sua birra. Josie si chiese se avrebbe fatto meglio a ordinare un antipasto o qualcosa del genere. D'altra parte, questa conversazione le stava facendo passare l'appetito.

«Per questo tutti lo chiamavano Benji.» ricapitolò Josie. «Continui.»

«Gretchen disse che quando l'assassino aveva sentito Billy rovesciare i piatti che gli aveva messo addosso, lui aveva borbottato sottovoce: "Maledizione, Billy".»

«Quindi l'assassino conosceva il suo vero nome.» disse Josie. «E non è possibile che avesse sentito Gretchen chiamarlo col suo nome?»

«È quello che ho pensato. La verità è che non lo sapremo mai con certezza, ma quello che successe dopo mi ha davvero convinto.»

QUARANTASETTE

«Cosa accadde dopo che Billy fu ucciso?» chiese Josie.

Starkey sorseggiò la sua quarta birra. «Gretchen non aveva un posto dove andare e non poteva tornare a casa. Sul posto c'era un agente donna della polizia di Seattle che ebbe compassione di lei e le offrì un divano su cui dormire per una o due settimane. Poi qualcuno cercò di entrare in casa dell'agente.»

«Mi lasci indovinare.» si offrì Josie. «Facendo leva su una finestra?»

«Esatto. Era il modus operandi dello Strangolatore. Ad ogni modo, Gretchen trovò altre persone da cui stare, ma ogni volta che si spostava succedeva qualcosa. Qualcuno cercava di entrare in casa, o lei riceveva... delle telefonate.»

«Che tipo di telefonate?»

«Era lui. Scopriva sempre dove si trovava e la chiamava; alla fine capirono che chiamava dai telefoni pubblici.» Starkey ridacchiò. «Se li ricorda?»

«Vagamente.» scherzò Josie.

«Beh, lui la chiamava e la pedinava. Per un po' la polizia cercò di usarla come esca. Rimanevano nelle vicinanze, ovunque lei fosse, aspettavano che lui chiamasse, cercavano di rintracciarlo. Non ha mai funzionato. Venne da me e mi disse che pensava che l'assassino fosse nelle forze dell'ordine. Facemmo un controllo su tutti gli uomini della polizia di Seattle, ma nessuno di loro sembrava compatibile con lo Strangolatore. Così provammo a nasconderla.»

«Il BATFE?»

«No, non ufficialmente. Eravamo soltanto un gruppo di colleghi che conoscevano Billy. Sapevamo che avrebbe voluto che la aiutassimo. Continuammo a spostarla, ospitandola a turno ognuno a casa propria, ma continuavamo a trovare le finestre forzate e a ricevere telefonate. All'inizio, dato che era una testimone così importante, alla polizia di Seattle occorreva sapere dove rintracciarla in ogni momento. Successivamente decidemmo di non passare più le informazioni su dove si trovasse, e se avessero avuto bisogno di lei per qualsiasi ragione, avrebbero potuto chiamare me e io li avrei portati da loro. Da quel momento non accadde più niente. Fu questo che ci fece pensare che lo Strangolatore fosse un agente della polizia di Seattle. Voglio dire, poteva anche essere uno del BATFE, ma eravamo solo in quattro a occuparci della sua sicurezza e da quando smettemmo di segnalare la sua posizione alla polizia di Seattle, l'assassino smise di giocare al gatto col topo.»

«Invece la Devil's Blade la trovò?» chiese Josie.

Starkey fece un cenno alla cameriera e chiese degli shot di tequila. Aspettarono che li portasse. Josie declinò scuotendo la testa. Starkey alzò le spalle e mandò giù anche il suo. «Quando Billy fu ucciso...» riprese «intervenne la polizia locale e le cose si mossero piuttosto in fretta. In qualche modo, alla stampa trapelò la notizia che era un agente del BATFE sotto copertura. Mi creda, non ne eravamo contenti, ma non avremmo mai pensato che quelli della Devil's Blade si sarebbero vendicati. Voglio dire, Billy era morto, giusto? Non era ancora stato affiliato. Non c'era nessun caso. Nessun danno, nessun fallo.»

«Ma Lincoln Shore non la vedeva così.» disse Josie.

«A quanto pare no.»

«Come fecero ad arrivare a lei se la stavate proteggendo?» domandò Josie, mantenendo un tono il più possibile non accusatorio.

Starkey si passò una mano sul viso. La pelle delle sue guance brillava di rosso, non si capiva se per i ricordi o per l'alcol. Forse entrambe le cose. «Doveva tornare a casa per fare le valigie. Non poteva permettersi l'affitto senza Billy. Per un paio di giorni l'accompagnai a casa prima di andare in ufficio. Uno dei miei colleghi ci raggiunse e rimase con lei, per aiutarla a sistemare le sue cose. Fu dura, ma lei disse che voleva farlo. Il fatto che ci fosse qualcuno con lei la faceva sentire meglio. Non riusciva a tornarci da sola.»

«Non so come avrebbe potuto.» disse Josie.

«Il secondo giorno passai di là, verso l'ora di pranzo, per vedere come se la cavavano, e lei non c'era più. Il mio collega era svenuto, vicino alla porta d'ingresso, sanguinava dalla testa. Pensai che fosse morto. Gli avevano spaccato il cranio. Il recupero fu piuttosto lungo. Non ricordava nulla di quello che era successo. La pistola era a pochi metri da lui e aveva il polso rotto. Non aveva sparato un colpo. La casa era tutta a soqquadro, come se ci fosse stata una zuffa. In salotto c'era un brandello strappato da una bandana della Devil's Blade. Non abbiamo mai saputo se fosse quella di Billy o se fosse stata strappata mentre Gretchen cercava di difendersi dagli uomini della banda.»

Anche in questo caso, Josie dovette riflettere a lungo sull'opportunità di ordinarsi un vero drink. Non riusciva a immaginare cosa volesse dire essere così giovane, aver appena perso il marito in una brutale aggressione domestica, essere minacciata dal suo assassino e poi farsi rapire da una banda di motociclisti fuorilegge. Da un lato, Josie si chiese se una persona potesse davvero avere una sfortuna così terribile. D'altra parte, l'incarico sotto copertura di Billy aveva messo in pericolo sia lui che Gretchen.

Se lei non fosse stata sposata con lui e se la sua vera identità non fosse trapelata, avrebbe potuto rimettere insieme i pezzi della sua vita senza subire ulteriori violenze e traumi.

Starkey proseguì: «Ma scoprimmo subito che l'avevano presa loro. Come ho detto, grazie a degli informatori. Giocai tutte le mie carte. Ma non passammo mai la notizia alla stampa. Non volevamo che lo Strangolatore scoprisse che avevamo perso il testimone chiave della sua indagine. Per quanto ne sapeva lui, Gretchen era ancora sotto protezione.»

«Ma non foste voi a ritrovarla.» puntualizzò Josie. «Loro la lasciarono andare.»

Starkey annuì. La cameriera tornò con la bottiglia di tequila e Starkey le toccò il braccio, dicendole: «Lasciami tutta la bottiglia, dolcezza.»

Con un sorriso, la cameriera la lasciò sul tavolo. Lanciò a Josie una sottile occhiata a sopracciglia inarcate e le chiese con decisione: «Posso portarti qualcosa, tesoro?»

Josie sorrise. «Per ora sto bene così, grazie. Ti faccio sapere.»

Con un cenno, la cameriera li lasciò e Starkey si versò altri bicchierini, che bevve mentre continuava il suo racconto. «Ci furono un paio di occasioni in cui pensammo di avere delle buone piste, ma non si rivelarono valide. Poi, un giorno, la scaricarono davanti all'edificio. Era mattina presto. Intorno alle cinque, più o meno. La gettarono come un sacco di patate. Avevamo le telecamere a circuito chiuso, ma le riprese erano sgranate e non riuscimmo a distinguere le targhe delle moto. Ma sapevamo che erano della Devil's Blade.»

«Per quanto tempo ha detto che la trattennero?»

«Per tredici mesi.»

«Perché la lasciarono andare?» domandò Josie, anche se sapeva che Starkey non avrebbe avuto la risposta. Solo Gretchen e Lincoln Shore sapevano perché la Devil's Blade l'aveva lasciata andare dopo tredici mesi di sequestro. Lincoln Shore era morto e Gretchen non parlava. Voleva la teoria di Starkey.

Lui si versò altri due bicchierini. Questa volta il liquido ambrato della tequila schizzò fuori e gli colò sul mento. «Non lo so.» ammise.

Josie sospettò che ne sapesse di più, ma Starkey non aggiunse niente, così lei disse: «Sono sicura che uccidono un sacco di persone. Le fanno sparire. Allora perché l'hanno lasciata vivere?»

I suoi occhi erano ormai vitrei. Josie aveva perso il conto di quanto avesse bevuto, ma nella bottiglia di tequila era rimasto soltanto un dito. «Non riesco a capirlo.» disse. «E questo mi ha sempre tormentato. Gretchen non ha mai voluto parlare di quel periodo.»

Josie si chiese se dopo venticinque anni non avesse davvero nessuna teoria o se fosse solo troppo ubriaco per fare commenti. Con un sospiro, disse: «Perché mi ha chiesto di venire qui? Avrebbe potuto dirmi queste cose al telefono.»

Lui si allungò verso di lei sopra al tavolo come per afferrarle la mano, ma Josie si mise entrambe le mani in grembo. «Lo Strangolatore è ancora in circolazione.» disse Starkey. «È vero che potrebbe essere morto, ma lo abbiamo già creduto morto in passato e poi è tornato. Per quanto riguarda il collegamento con le forze dell'ordine... Gretchen era davvero paranoica. Mi fece promettere che, se avessi parlato del caso con qualcuno delle forze dell'ordine, lo avrei dovuto prima sottoporre a un controllo, a prescindere da quanto tempo fosse passato. Per questo dovevo incontrarla, per assicurarmi che fosse davvero chi diceva di essere.»

Questo suonava ambiguo e lui dovette vedere lo scetticismo sul volto di Josie, perché aggiunse: «Lei non capisce com'è stato per Gretchen. Lui la trovava ogni volta. ogni volta.»

«E da quando si è trasferita a est?» chiese Josie. «L'ha mai contattata?»

«Non lo so. Se lo ha fatto, non me lo ha detto. Ci siamo persi di vista...» Si interruppe, lo sguardo che seguiva la cameriera dall'altra parte della stanza, la lingua che sfregava sulle labbra. Josie si chiese se si fossero semplicemente persi di vista o se Gretchen avesse interrotto i contatti. Si chiese anche se lo Strangolatore di coppie avesse effettivamente seguito Gretchen in Pennsylvania. Se non negli anni passati, forse più di recente.

Aveva bisogno di maggiori informazioni sull'assassino e sulle sue vittime, ma evidentemente Starkey aveva raggiunto i limiti della propria utilità.

Per fortuna Josie sapeva a chi chiedere.

QUARANTOTTO

Josie rimase a guardare Trinity che percorreva il breve tratto da un capo all'altro del suo appartamento, con il cellulare premuto contro un orecchio. Alle sue spalle, le luci di New York sfolgoravano, rendendo difficile per Josie concentrarsi sulla sorella. Era al telefono da una ventina di minuti, per lavorare su una fonte che sosteneva di conoscere tutto quello che c'era da sapere sullo Strangolatore di coppie di Seattle. Si fermò al bancone della cucina e strappò un tovagliolo di carta dal rotolo vicino al lavello, prese una penna e vi scarabocchiò sopra qualcosa. Infine, disse al suo interlocutore: «Lo apprezzo molto. Sì... Lei mi ha salvato la vita. Ma certo. Glielo garantisco.»

Josie trattenne un gemito. Non sapeva cosa Trinity avesse promesso a quell'uomo, ma era abbastanza certa che avesse a che fare con interviste esclusive, visto che quella era la moneta che sua sorella trattava più spesso. Trinity chiuse la telefonata e porse il fazzoletto di carta a Josie.

«Si può sapere cosa gli hai promesso?» le chiese.

«Ha davvero importanza, se serve ad aiutare Gretchen e a risolvere qualche caso?»

Questa volta Josie non si preoccupò di trattenere un gemito.

«Oh, non è poi così male.» la prese in giro Trinity.

«Per favore... non sei tu che devi fare queste interviste. Sai che odio la stampa.»

«Non è la stampa. Solo informazioni, questa volta. Vorrà sapere tutto quello che sai, prima che la notizia esploda, se possibile. Ci si può fidare di lui.»

Josie guardò quello che Trinity aveva scarabocchiato sul tovagliolo di carta. Era un sito web con un nome utente e una password. «Chi è questo tizio?»

«Una fonte molto affidabile e molto utile che si è dimostrata estremamente discreta nel corso degli anni. Si dà il caso che sia anche un esperto di serial killer... o meglio, di quelli che non sono ancora stati catturati. Questo indirizzo web ti farà accedere a una serie di forum online in cui blogger, giornalisti e altri utenti cercano di risolvere questi casi condividendo le informazioni.»

Josie le rivolse uno sguardo scettico. «I maniaci e i fanatici di Internet non sono ciò di cui ho bisogno in questo momento.»

Trinity sorrise e indicò il tovagliolo di carta che Josie teneva in mano. «Niente maniaci. Niente fanatici. In questi forum si accede soltanto su invito e i membri vengono accuratamente esaminati dal mio contatto.»

Josie pensò a Starkey e Gretchen e alla loro paranoia. «Non è delle forze dell'ordine, vero?»

«No. Non sono ammessi poliziotti. Gli piace mantenere un approccio "con occhi nuovi". Persone che affrontano questi casi da prospettive diverse. Non fraintendermi, ha contatti con le forze dell'ordine e molti dei membri sono giornalisti al di fuori dell'anonimato dei forum, e hanno accesso a molte informazioni provenienti dalle forze dell'ordine. Tra l'altro, ha chiesto che tu non scriva alcun post o commento. Puoi dare un'occhiata al forum, ma non partecipare. Vuole che tu sia il più discreta possibile, visto che in realtà sei una detective.»

«Chi è questo tizio?» chiese Josie.

«Questo non posso dirtelo. È una fonte protetta. Te l'ho detto, è preziosa. Non posso comprometterla. Inoltre, quando ti registrerai, troverai una serie di regole sulla pagina principale: nessuna condivisione pubblica, nessuna violazione della privacy degli altri membri del forum e così via. Devi seguirle. Lo capisci, vero?»

«Naturalmente.» Josie guardò di nuovo l'appunto. «Questa è roba da dark web?»

Trinity rise. «No, non è il dark web. Anche se ho un contatto esperto anche di quello, se ne hai bisogno.»

«No, per ora mi basta un portatile.»

Trinity sistemò il computer sul tavolo della cucina, mentre Josie si mise una tuta e una maglietta. Aveva la sensazione che non sarebbe stata una nottata breve.

QUARANTANOVE

Il forum sui casi seriali irrisolti era relativamente facile da consultare e, in pochi passaggi, Josie trovò un'area di dibattito con diverse opinioni sull'argomento dello Strangolatore di coppie di Seattle, rinominato SCS.

C'erano almeno due dozzine di utenti che avevano partecipato alle varie conversazioni e, mentre Josie cliccava sugli scambi più recenti, si accorse che c'erano circa cinque o sei persone che intervenivano regolarmente. I titoli delle discussioni includevano di tutto, da *Il cervello del SCS verrà donato alla scienza una volta catturato?* a *SCS: morto o in prigione?*

Cliccando su *Oggetti domestici prelevati/rinvenuti sulle scene del crimine*, scoprì che qualcuno aveva fatto un elenco accurato:

Vittime 1 e 2, Alexandra e Martin Wrede, marzo 1993; prelevato: disegno del figlio.

Vittime 3 e 4, Luisa e Josh Munroe, maggio 1993; rinvenuto: Disegno di Wrede; prelevato: campana a vento a forma di mongolfiera.

Vittime 5 e 6, Mary e Tim Donegal, luglio 1993; rinvenuto:

campana a vento a forma di mongolfiera; prelevato: un paio di occhiali da uomo.

Vittime 7 e 8, Travis Green e Janine Ives, settembre 1993; rinvenuto: un paio di occhiali da uomo; prelevato: il portafoglio di Travis Green.

Vittime 9 e 10, Kristen e Darryl Spokes, gennaio 1994; rinvenuto: portafoglio di Travis Green; prelevato: una tazza.

Vittime 11 e 12, Gretchen e Billy Lowther, marzo 1994; rinvenuto: una tazza; prelevato: un coltello.

Vittime 13 e 14, Justin e Amy Neal, marzo 2004; rinvenuto: Coltello Bowie di Billy Lowther; prelevato: si dice che non sia stato prelevato niente da questa scena. Questo è l'ultimo crimine noto del SCS.

Si presentava come uno schema rigoroso. Anche dopo dieci anni, l'assassino aveva conservato il coltello di Billy Lowther e lo aveva lasciato sulla scena del crimine. Sembrava quasi una costrizione. In un angolo della sua mente, una voce le chiese se sarebbe riuscita ad aggiungere James Omar e i Wilkins alla lista delle vittime. Ma non erano del tutto compatibili, giusto? Non del tutto.

Tornò di nuovo all'elenco delle conversazioni e fece una nuova ricerca. Selezionò una discussione intitolata *Perché Non Ci Sono Identikit Composti?* in cui una mezza dozzina di persone si lamentava del fatto che la stampa non avesse mai diffuso alcun identikit dello Strangolatore di coppie. Altre due persone avevano risposto ricordando alle loro controparti del forum che nessuno, a parte Gretchen Lowther, aveva era mai sopravvissuto all'assassino e che, quando lei era stata aggredita, era buio e non era riuscita a vederlo bene in faccia.

Josie proseguì, passando a un altro argomento intitolato *Profilo dell'FBI.*

Sembrava essere il profilo effettivo preparato dal Federal Bureau of Investigation sulla base di un esame dei materiali presentati dal Dipartimento di Polizia di Seattle. Già da un'occhiata superficiale al lungo rapporto poteva constatare che qualcuno del forum supersegreto si era procurato il vero profilo dell'FBI dello Strangolatore di coppie di Seattle. Era stato preparato più di dieci anni prima, dopo gli ultimi omicidi del 2004. Josie sapeva che talvolta, quando i casi diventano abbastanza datati e si raffreddano, le forze dell'ordine sono più inclini a divulgare alcuni dettagli, nella speranza di dare un nuovo impulso alle indagini. Naturalmente, il profilo, pur essendo dettagliato e approfondito, non aveva portato a nessun arresto.

Scorse le descrizioni delle vittime, delle loro abitazioni e l'analisi delle scene del crimine. Non c'era niente che le risultasse particolarmente utile. Utile a quale scopo, non lo sapeva con esattezza. Non era ancora sicura di cosa sperava di ottenere con la ricerca sullo Strangolatore di coppie di Seattle. La sua teoria, secondo cui quell'uomo era stato a casa di Gretchen, aveva sparato a James Omar e aveva rapito Gretchen, non era supportata da alcuna prova materiale e nemmeno da Gretchen stessa. Inoltre, non spiegava perché lei avesse preferito prendersi la colpa dell'omicidio di James Omar piuttosto che cercare di catturare l'uomo che aveva ucciso suo marito. Per un attimo, Josie sentì che un dubbio si faceva strada: e se Noah avesse avuto ragione? Se la cosa più ovvia fosse quella giusta? E se Gretchen avesse semplicemente sparato a James Omar e ora ne stesse pagando le conseguenze? Stava ingigantendo troppo la situazione? Stava cercando di inserire nello scenario qualcosa che non c'entrava perché voleva salvare la sua amica? No, pensò. C'erano troppe incongruenze e coincidenze inspiegabili. Lo Strangolatore di coppie era una pista percorribile e se fosse tornato a uccidere venticinque anni dopo i suoi primi crimini, se fosse stato lui a uccidere i coniugi Wilkins, il DNA lo avrebbe dimostrato.

Con un sospiro, passò alle caratteristiche dell'autore del reato. Data la sua capacità di programmare ed eseguire i crimini e di dominare le scene, si riteneva che fosse intelligente. Dal racconto di Gretchen sapevano che si trattava di un maschio, bianco, alto, di età compresa tra i trentacinque e i quarant'anni. Poiché nessuno aveva mai visto niente di sospetto, doveva mimetizzarsi bene nelle comunità borghesi nelle quali sceglieva le sue vittime. Probabilmente guidava un veicolo rispettabile che non si sarebbe fatto notare in quegli stessi quartieri. Il rapporto sottolineava anche che doveva disporre di disponibilità finanziarie, dal momento che non aveva mai rubato oggetti di valore dalle abitazioni. Data la sofisticatezza dimostrata fin dal primo crimine, era probabile che avesse precedenti penali per furto con scasso e forse anche qualche trascorso con le forze dell'ordine per violenza domestica. Il profilo fatto da amici, familiari e colleghi lo avrebbe delineato come ordinato e organizzato, ma anche prepotente, arrogante, incline alla rabbia e molto manipolatore. Poteva aver avuto qualche esperienza nelle forze dell'ordine e/o nell'esercito ed essere presumibilmente un cacciatore. Secondo l'analisi, era improbabile che si fosse semplicemente fermato. Poteva aver scontato un periodo di detenzione, o essere morto, o essersi trasferito in un'altra parte del mondo dove i suoi crimini non potevano essere collegati a quelli di Seattle. Il rapporto si dilungava per diverse pagine sulla probabile natura delle sue relazioni con le donne. La conclusione non era una sorpresa: l'assassino nutriva una forma di odio estremo nei confronti delle donne.

«Ma non mi dire.» mormorò Josie rivolta allo schermo del computer.

«Come hai detto?» chiese Trinity mentre passava davanti a lei con un pigiama di seta. Andò al frigorifero e tirò fuori diversi prodotti che si presentavano in modo sospetto come il preparato per un panino al tacchino. Come se volesse rispondere, lo stomaco di Josie emise un brontolio.

Si alzò e si stirò allungando le braccia sopra la testa. «Stavo parlando da sola. Posso farti una domanda?»

«Sui serial killer?» chiese Trinity mentre prendeva due piatti dalla credenza della cucina.

«No, sulle bande di motociclisti fuorilegge.»

Trinity alzò lo sguardo dai due panini che stava tagliando a fette e Josie fu colpita da quanto fosse simile a guardarsi allo specchio, soprattutto in momenti come questi, quando il viso di Trinity era ripulito da tutto il trucco per la televisione. «Ora sei tornata alle bande di motociclisti? Mi pareva che il tuo principale indizio fosse lo Strangolatore di coppie.»

Josie prese il panino che Trinity le porgeva, ma non lo mangiò subito. «Sono abbastanza sicura di sì, ma ho bisogno di una pausa di qualche minuto. Inoltre, c'è qualcosa che mi preoccupa.»

Trinity si sedette su una sedia al tavolo della cucina e addentò il suo panino, guardando Josie che rimuginava sulle domande che la assillavano da quando aveva parlato con Starkey.

«Se una banda come la Devil's Blade rapisse la moglie di un poliziotto sotto copertura come rappresaglia per aver cercato di infiltrarsi nella sua organizzazione» chiese Josie «cosa le farebbe?»

Trinity posò il panino sul piatto e fissò Josie, con un'espressione seria. «Josie» disse. «penso che tu abbia lavorato in polizia abbastanza a lungo da conoscere la risposta. Che cosa fanno sempre alle donne uomini come quelli?»

Josie sapeva che stavano entrambe pensando al caso che aveva creato una tenue amicizia tra di loro: il caso delle ragazze svanite nel nulla. Un brivido attraversò il corpo di Josie.

«La lascerebbero andare? Dopo averla trattenuta per molto tempo... anche un anno? La consegnerebbero di nuovo nelle mani delle forze dell'ordine?»

«No.» disse Trinity. «Potrebbero tenerla abbastanza a lungo

da usarla per quello che vogliono, ma la ucciderebbero. Forse non se ne ritroverebbe il cadavere, ma nessuno la rivedrebbe mai più.»

«Era quello che immaginavo.» disse Josie, addentando il suo panino.

CINQUANTA

Josie stava ancora spulciando le conversazioni sui forum di dibattito quando il primo accenno di luce del giorno attraversò l'appartamento di Trinity. Quindici minuti più tardi, udì una sveglia suonare dai recessi del corridoio, che fu interrotta bruscamente un attimo prima che Trinity ne uscisse, con il pigiama stropicciato e i capelli in disordine. Strizzò gli occhi per guardare la sorella, come se non fosse sicura di ciò che stava vedendo. «Santo cielo, Josie. Sei ancora lì?»

Solo in quel momento Josie si accorse che gli occhi le bruciavano e che la schiena le doleva ed era irrigidita. Sbattendo le palpebre, cliccò su un nuovo argomento, intitolato *La famiglia Neal*. «Questo è l'ultimo che leggo.» disse a Trinity. «Poi vado a dormire.»

Trinity indicò l'orologio digitale del suo microonde. «È meglio che ti dia una mossa. Non ti rimane molto tempo per dormire prima di prendere il treno.»

«Allora dormirò sul treno.» disse Josie.

Aveva passato ore a divorare informazioni sullo Strangolatore di coppie di Seattle e su tutte le sue vittime. Aveva abbandonato il forum alcune volte, cercando con il suo browser qualsiasi collegamento tra l'assassino e James Omar o tra le vittime e James Omar. Non c'era niente. Era abbastanza facile sostenere che l'assassino fosse tornato dal pensionamento per uccidere i Wilkins, lasciando la tazza da viaggio di Gretchen sulla scena in casa loro. Avrebbe potuto pensare che non avesse niente a che fare con l'omicidio di James Omar, se non per la foto che era stata appuntata sul suo corpo. Se fosse riuscita a trovare un collegamento tra i Neal e quella foto, avrebbe potuto convincere il capo a prendere sul serio la sua teoria e forse fare un passo importante verso la scarcerazione di Gretchen.

Starkey aveva detto che i Neal non avevano figli e, dalle letture che Josie aveva fatto fino a quel momento sui forum dedicati, questo risultava confermato. Infatti, anche se gli omicidi di Amy e Justin Neal erano i più recenti, erano la coppia di cui si avevano meno informazioni. Le uniche ricerche che aveva fatto fino a quel punto sui coniugi Neal riguardavano il motivo per cui l'assassino non aveva portato via nessun oggetto dalla loro casa. Alcuni avevano ipotizzato che quello dei Neal fosse stato il suo ultimo omicidio e che fosse per questo non aveva portato via alcun trofeo. Era il suo segnale al mondo che aveva finito. Altri avevano ipotizzato che avesse effettivamente portato via qualcosa, ma che nessuno conoscesse i Neal abbastanza bene da poter identificare l'oggetto mancante.

Josie si chiese se questa conversazione sarebbe stata più o meno la stessa, ma quando la aprì vide che si trattava di una raccolta di documenti del tribunale. Erano in formato PDF. Josie cliccò su ognuno e lo lesse. Sia Justin che Amy Neal avevano precedenti penali. Quasi tutte le accuse erano legate all'uso di droghe, tranne un'accusa di aggressione, per la quale Justin era in libertà vigilata quando era stato ucciso.

C'erano altri file PDF e Josie lottò contro la stanchezza mentre li apriva e li leggeva uno dopo l'altro.

Era tentata di non consultare gli ultimi, ma alla fine non poté ignorarli. Non dopo aver perso così tanto tempo. L'ultimo

PDF era una petizione di adozione. Capì subito che si trattava di un documento giudiziario sigillato e riservato. Chiunque vi avesse avuto accesso e lo avesse pubblicato sul forum lo aveva fatto illegalmente. Non c'era da stupirsi che il responsabile del forum non concedesse ai membri delle forze dell'ordine di consultarlo.

«Caffè?» chiese Trinity.

Josie si era quasi dimenticata della sua presenza e con tono deciso le rispose: «No.» Non aveva bisogno di caffè quando l'adrenalina le scorreva nelle vene più veloce di un fulmine. Amy e Justin Neal avevano avuto un figlio, e lo avevano dato in adozione alcuni mesi prima della loro morte.

Josie si alzò e andò a prendere la sua borsa, che aveva gettato sul divano. Tirò fuori il suo blocco note e scrisse i nomi della coppia che aveva presentato istanza al tribunale. Il nome e le altre informazioni del figlio dei Neal erano stati cancellati perché era minorenne, ma Josie aveva quello che le serviva per rintracciare i genitori adottivi. Controllò l'ora nell'angolo in basso a destra del portatile. Era troppo presto per iniziare a fare telefonate. Ma una volta sorto il sole e dopo aver dormito qualche ora, avrebbe iniziato, cominciando con una telefonata a Jack Starkey.

CINQUANTUNO
SEATTLE, WASHINGTON

Marzo 2004

Amy Neal gridò quando il marito le strappò le coperte di dosso. La torcia che stringeva in una mano cadde tra i cuscini alle sue spalle, facendone sparire il fascio di luce. Con l'altra mano si premette una foto sul petto. «Ma che cavolo, Justin.» disse. «Che diamine stai facendo?»

La sua figura di oltre un metro e ottanta incombeva sul letto, una figura ombrosa nell'oscurità della loro camera da letto. La sveglia sul comodino segnava le 2:13.

Come al solito, Justin si era addormentato sul divano. Lo aveva lasciato lì dopo aver guardato il notiziario della sera. Quando i suoi occhi si adattarono, vide che le stava tendendo una mano.

«Dammi la foto, Amy.»

Lei la infilò tra le pieghe della camicia da notte. «No.»

Lui emise un pesante sospiro. Frustrazione o sconfitta, difficile a dirsi. La cosa successiva che sentì fu il peso di lui che si sedeva sul bordo del letto. Questa volta la sua voce era più morbida. «Amy, sta bene. Abbiamo fatto la cosa giusta.»

Le lacrime le punsero gli occhi. «Sei sicuro, Justin? Starà bene con quegli... quegli estranei?»

Le sue dita trovarono il ginocchio nudo di lei e lo strinsero delicatamente. «Ora sono loro i suoi genitori, Amy. Sei tu che continui a essere ossessionata da quella foto. Ti sembra infelice?»

Un singhiozzo le si conficcò in gola. No. Il loro bambino non sembrava infelice. Sembrava libero e più sano di quanto non fosse mai stato sotto le loro cure. «Mi fa venire voglia di ricominciare a farmi.» squittì.

Le dita di Justin si strinsero di nuovo. «Lo so. Anche a me. Per questo credo che dovremmo mettere via la foto. Dobbiamo andare avanti.»

Ora le lacrime scesero, rigando le guance. «Come? Come si fa a dimenticare il proprio figlio?»

«Non lo so.»

«Sei davvero pronto ad andare avanti?» chiese lei.

«No, ma non possiamo continuare a stare così, in questo costante stato di...»

Si interruppe. Dolore. Perdita. Dubbio. Erano le parole che lei sapeva che lui non poteva dire. Erano puliti soltanto da pochi mesi. Avevano precedenti penali e Justin era ancora in libertà vigilata. Avevano dato alla famiglia affidataria del figlio il permesso di adottarlo. Sapevano che era la cosa migliore. Quello che non sapevano era quanto sarebbe stato difficile.

«Ho visto il coltello.» disse Amy, con la voce densa e roca per le lacrime. «Che cosa hai intenzione di fare?»

La testa di Justin si alzò di scatto. «Coltello?» chiese. «Quale coltello?»

«Il coltello Bowie. L'hai lasciato sul bancone della cucina. Dove l'hai preso? A chi l'hai rubato?»

«Amy, non ho portato nessun coltello in questa casa. Sei impazzita? Di che cosa stai parlando?»

«Lo sai di cosa sto parlando. Non mentirmi. Avevamo concordato che non ci saremmo più mentiti l'un l'altro.»

Il letto scricchiolò quando Justin si alzò. «È una stronzata.» disse. «Non so di cosa stai parlando.»

«Allora vai a vedere!» disse Amy.

Justin fece un passo e poi una luce accecante attraversò improvvisamente la stanza, fendendo la visibilità di entrambi. Seguì il suono della risata di un uomo. «Ho un'idea migliore.» disse la strana voce. «Restate qui e facciamo un gioco.»

Oggi

Fu una chiamata di Noah a svegliarla. Josie era distesa a faccia in giù nel letto di Trinity, con la bava che le usciva dalla bocca, quando l'incessante squillo del cellulare la strappò dalle calde grinfie del sonno. Con gli occhi assonnati, cercò il telefono sul comodino più vicino. Vide il nome di Noah sullo schermo e premette su RISPONDI emettendo un "Ciao".

«Sei ancora a New York?» le chiese Noah.

Josie girò la testa e lesse l'ora sulla sveglia del comodino.

«Oh merda!» esclamò. «Devo prendere il treno tra un'ora.»

«Chitwood sta facendo domande.» la avvertì Noah. «Gli ho detto che hai avuto un problema familiare e che ti sei presa un giorno di ferie.»

«Invece di dirgli che ero a New York per le indagini su James Omar?» gli chiese Josie.

«Sai che non l'avrebbe approvato. La stampa gli sta addosso per l'omicidio dei Wilkins. Ha chiesto alcuni favori per accelerare l'analisi del DNA.»

Josie si mise a sedere e allungò le gambe sulla sponda del

letto. «È una buona cosa. Dobbiamo farle passare nel database federale quando tornano. Ascolta, tornerò in tempo per il pranzo, d'accordo? Ho molte cose da dirti, ma ora devo prepararmi per prendere il treno.»

«Certo. Inoltre, ho fatto emettere un mandato per il gestore telefonico per vedere cosa riusciamo a scoprire sul telefono usa e getta che Omar ha chiamato nelle ultime due settimane. Hanno detto che ci vorranno dai cinque ai sette giorni, purtroppo. La buona notizia è che abbiamo i messaggi di Omar delle ultime due settimane.»

Una scarica di energia la attraversò. «Cosa dicono?»

Noah sospirò. «Niente di definitivo. Puoi darci un'occhiata quando arrivi.»

L'energia lasciò il posto alla delusione. «Puoi mandarmeli in PDF? Così posso leggerli in treno.»

«Certo, te li mando tra qualche minuto.»

Attaccarono e Josie si preparò per la giornata a tempo di record, nonostante la stanchezza. Mezz'ora dopo era sul marciapiede davanti al palazzo di Trinity trascinandosi dietro la valigia. Chiamò un taxi e durante il viaggio verso la Penn Station chiamò Jack Starkey, che le rispose come se fosse rimasto sveglio tutta la notte a bere. La salutò biascicando. «Quinn?» disse come se non credesse che fosse lei.

«Sì» confermò Josie. «Senta, mi dispiace disturbarla di nuovo, ma avrei un paio di domande.»

Ci fu silenzio. Poi lui disse: «Certo, sì, ma prima ho io una domanda per lei.»

«Prego.» disse Josie. «Chieda pure.»

La sua voce si riempì di ostilità. «A che gioco sta giocando?»

«Scusi, cosa?»

«Ho fatto qualche ricerca su Internet ieri sera. Non mi aveva detto che Gretchen era stata arrestata per l'omicidio di quel ragazzo. Perché diavolo non me lo ha detto? Cosa sta succedendo laggiù nella Pennsylvania centrale?»

Josie sospirò. «Non gliel'ho detto perché non mi sembrava rilevante in quel momento.»

«Non le sembrava rilevante?» sbottò lui.

«C'è qualcosa che sta nascondendo e che vuole dirmi ora che sa che Gretchen è accusata di omicidio?»

«Cosa? No. No, niente affatto. Le ho detto quello che so.»

«Sapeva che Amy e Justin Neal avevano avuto un figlio?»

«Un figlio? No, no. Non avevano figli.»

«E invece ne avevano uno.» affermò Josie. «Un bambino. È stato in affidamento per anni prima che alla fine lo dessero in adozione alla coppia che lo aveva preso in affidamento.»

«E lei come diavolo fa a saperlo?»

«Ho le mie fonti.» tagliò corto Josie. «Sapeva che i Neal avevano precedenti penali?»

«Sì, certo, lo sapevo.» rispose lui, sempre con voce irritata. «E questo cosa c'entra?»

«E se l'oggetto che lo Strangolatore di coppie ha preso dalla casa dei Neal fosse una foto del loro figlio?»

«Non è possibile.»

«Perché no? Chi si è occupato della perlustrazione dopo il loro omicidio?»

«Era... era un suo collega. Qualcuno con cui Justin lavorava.»

Il taxi si fermò di scatto a un isolato dalla Penn Station. Josie diede una mancia all'autista, ringraziò e scese, trascinando con sé la valigia. Rivolgendosi a Starkey, disse: «Un collega? Non un genitore o un fratello? Nemmeno un amico?»

«Da quello che ricordo non avevano nessuno. Tutte le persone della loro vita li avevano scartati a causa dei loro problemi con la droga.» spiegò Starkey. «Credo che un'amica sia passata dopo i funerali e abbia dato un'occhiata, ma disse che non mancava niente.»

«Quindi è possibile che sia stata presa una fotografia e che nessuno se ne sia accorto.» lo incalzò Josie.

Altro silenzio. Alla fine, disse: «Credo di sì, sì. Ha finito?»

«No.» rispose Josie gelidamente. «Non ho finito. Lei ha anche detto che quando la Devil's Blade scaricò Gretchen davanti alla sede del BATFE di Seattle l'avevano fatta "a pezzi". Cosa intendeva dire?»

«Cosa pensa che volessi dire? Volevo dire che l'avevano fatta a brandelli.»

Josie attraversò l'entrata della Penn Station, muovendosi in mezzo alla folla di persone, e premette più forte il telefono contro l'orecchio per riuscire a sentire Starkey nel frastuono. «Dove l'avevano fatta a brandelli?»

«Che razza di domanda è?» Ora sembrava un ubriaco arrabbiato, ma Josie insistette.

«In che punto del corpo, Starkey? Avrà avuto tagli o cicatrici. Dove erano?»

«Oh...» disse lui e la tensione nella sua voce si attenuò. «Sull'addome. Dappertutto. Da una parte all'altra e sulla schiena. Ce n'erano parecchie. Dovemmo fare delle foto, sa? Per il nostro dossier. E chiedemmo all'ospedale di documentare tutto quanto, nella speranza di inchiodare quelli della Devil's Blade per ciò che le avevano fatto, ma alla fine Gretchen non volle aiutarci.»

«Giusto.» disse Josie. «Quanto erano profondi i tagli?»

«Non lo so. Voglio dire, alcune erano vecchie ferite, ad esempio quelle vicino al seno. Dev'essere così che la torturarono, tagliandola con un coltello, a ripetizione, per tutto il tempo.»

«Glielo disse lei, questo? Disse che tutte le cicatrici erano dovute al suo... sequestro?»

Fece un sospiro esasperato. «Beh, sì, Quinn. È quello che raccontò ai medici. Ho esaminato il suo fascicolo un centinaio di volte cercando di convincerla a testimoniare contro la Devil's Blade. Come pensa che conosca tutto questo sul suo conto?»

«E le servirono dei punti sui tagli più recenti?»

«No, non credo. Intendo dire che, sì, le erano stati inferti dei bei tagli, ma erano superficiali. Quelli più recenti. Me lo ricordo. Pensai a quanto fosse stata fortunata, ma anche a quanto fossero stati crudeli a sfregiarla quel tanto che bastava per lasciarle una cicatrice. Una bella ragazza giovane come lei!»

Josie avrebbe voluto ribadire con un commento sprezzante sul fatto che una "bella ragazza" preferisce continuare a vivere alla possibilità di indossare un bikini, ma tacque.

«Di cosa diavolo si tratta, Quinn?» chiese lui.

Si tratta delle bugie che Gretchen ha raccontato, pensò, ma a Starkey disse: «Un'intuizione. Ne riparliamo più avanti.»

CINQUANTATRÉ

Sentì la vibrazione del cellulare in tasca mentre percorreva la Penn Station, ma aspettò di essere seduta sul treno diretto a Philadelphia per visualizzare i messaggi di James Omar che Noah le aveva inviato da leggere. Ce n'erano diverse pagine: alcuni erano tra lui e la sua famiglia, per lo più relativi a chi avrebbe ricevuto cosa per il compleanno della madre e se avesse o meno il tempo o i soldi per tornare a casa nel fine settimana per vederla. Poi diversi altri tra lui e numeri sconosciuti, ma che riguardavano materie di studio e riunioni del gruppo di ricerca. Poi c'erano i messaggi tra James Omar e il suo coinquilino, Ethan Robinson. Josie capì subito cosa intendeva Noah: sembrava che quei due avessero una loro terminologia. Alcuni erano innocui, come uno scambio in cui Omar diceva a Ethan di non dimenticare la guacamole quando andava a prendere il cibo messicano e un altro in cui Ethan mandava un messaggio a Omar per dirgli che aveva dimenticato un libro di testo.

Poi ce n'erano altri di cui Josie non riusciva a capire il significato, come uno scambio avvenuto quasi due settimane prima:

Ethan: *gli hai parlato?*

Omar: *sì*

Ethan: *che t'ha detto?*

Omar: *te lo dico dopo*

A cui era seguito un altro scambio, risalente a qualche giorno dopo:

Omar: *dove sei?*

Ethan: *prendo da mangiare perché*

Omar: *le ho parlato. Non mi crede. Non è andata bene. Quando torni a casa?*

Ethan: *che dice? Le hai chiesto se lo fa?*

Omar: *se ne parla quando torni*

Josie tirò fuori il suo blocco note e lo sfogliò, cercando le informazioni che aveva annotato dopo che lei e Noah avevano esaminato i tabulati telefonici di Omar: vide che aveva chiamato Gretchen lo stesso giorno dello scambio di messaggi con Ethan. Josie era certa che Gretchen fosse la donna a cui i due si erano riferiti nel loro scambio. Da quel momento non c'erano stati altro che scambi banali e quotidiani, fino al giorno in cui avevano sparato a Omar.

Omar: *non è stata una buona idea.*

Ethan: *che succede*

Omar: *non dovevamo mentire.*

Ethan: *devi annullare. Torna.*

Omar: *troppo tardi*

Erano trascorsi alcuni minuti e poi Ethan aveva scritto: *bello, ci sei?*

Poi, qualche ora dopo, nel momento in cui Josie e Noah stavano andando a casa di Gretchen dove avrebbero trovato Omar morto nel vialetto, Ethan aveva scritto ancora una volta: *bello, ci sei????*

Due minuti dopo, dal telefono di Omar era arrivato un messaggio di risposta: *Avete fatto una cazzata.*

CINQUANTAQUATTRO

«Sei fuori di testa?» sbraitò Bob Chitwood.

Si trovava a capo del tavolo della sala conferenze di fronte a Josie, Noah e alla detective Heather Loughlin. Josie lo aveva appena informato del suo viaggio a New York e di tutto ciò che aveva scoperto grazie a Jack Starkey e al forum online a cui Trinity le aveva dato accesso.

Chitwood continuò, dicendo: «Mi stai dicendo che pensi che un serial killer di due decenni fa, all'estremo opposto del paese, adesso si trovi qui a Denton?»

Josie rispose: «Sì.»

«Pensi che Palmer, un'agente di polizia addestrata, abbia visto l'uomo che ha ucciso suo marito più di vent'anni fa e, invece di arrestarlo, abbia lasciato che sparasse a James Omar e poi sia salita in macchina con lui?»

«No.» rispose Josie. «O meglio, sì, credo che quest'uomo abbia sparato a James Omar e abbia rapito Gretchen. Non so cosa sia successo, ma ovviamente aveva il controllo della situazione e di Gretchen. Altrimenti, sono convinta che lei gli avrebbe sparato a vista. Credo che l'abbia trattenuta contro la sua volontà.»

«E poi l'avrebbe lasciata andare?» proseguì Chitwood. «Come si sarebbe svolta esattamente? Le ha detto di prendersi la colpa dell'omicidio di Omar e poi ha detto: "Oh già, Gretchen, se potessi non menzionare che c'ero anch'io quel giorno, sarebbe fantastico". Mi segui? Perché è questo ciò che mi stai dicendo. È così che pensi sia andata?»

Josie si mise le mani sui fianchi. «Non ho ancora chiarito tutto.» ammise.

«Ma non mi dire!» esclamò Chitwood. «Se mai ho sentito un'autentica stronzata, questa è la più grossa.»

Ignorando le sue critiche, Josie disse: «È proprio per questo che ho bisogno di parlare con Gretchen.»

«Non succederà.» intervenne la Loughlin senza cattiveria. Si appoggiò alla sedia, con le gambe distese davanti a sé. Uno dei suoi piedi faceva dondolare la sedia avanti e indietro. Sembrava quasi annoiata. «Bowen non lo permetterà, soprattutto adesso.»

«Allora ci parli lei.» disse Josie. «Entri lei in quella stanza per parlarci. Le dirò l'approccio che adotterei io.»

Chitwood batté due dita sul tavolo. «Non stai ascoltando, Quinn. Nessuno di noi entrerà in nessuna stanza con Palmer. Bowen pensa che stiamo cercando di incolpare lei del duplice omicidio e io non sono davvero sicuro che non dovremmo farlo. Abbiamo trovato le sue impronte in casa. Non ha un alibi per quella notte.»

«Non abbiamo abbastanza elementi per accusarla degli omicidi dei Wilkins.» affermò Noah.

«Non abbiamo nemmeno abbastanza elementi per le stravaganti teorie di Quinn secondo cui ci sarebbe un'altra persona coinvolta nell'uccisione di Omar e se pensate che Bowen ci lascerà parlare con lei quando gli diremo che pensiamo che si stia prendendo la colpa al posto di un serial killer, vedrete che ci manderà a quel paese.» ribadì Chitwood. «Penserà che stiamo cercando di inchiodarla come complice e se riuscite a dimostrare che c'era qualcun altro, non sono molto sicuro che non dovremmo farlo. Quinn, non hai niente a sostegno delle tue assurde mezze teorie.»

Qualcuno bussò delicatamente alla porta e Lamay entrò con un fascio di fogli che porse a Josie. Le indicò qualcosa che aveva evidenziato per lei. Ci vollero solamente pochi secondi perché Josie si rendesse conto di ciò che stava guardando. «Aspettate un attimo!» esclamò. «Forse abbiamo qualcosa. Un capello. Nell'auto di Gretchen è stato trovato un capello grigio corto, sul poggiatesta del guidatore, con il bulbo ancora attaccato, il che significa che possiamo ricavarne il DNA.»

Chitwood non rimase affatto impressionato. «Quinn. Palmer ha i capelli corti e ha quarant'anni. Non credi che abbia qualche capello grigio?»

«Se li tinge.» gli fece notare Noah. «Li tiene castani.»

Josie lo fissò con un sopracciglio inarcato. Non aveva sospettato che lui potesse notare una cosa del genere, ma era contenta che l'avesse fatto. Tornando a Chitwood, disse: «Le chiedo solo di accelerare le analisi su questo capello e del DNA trovato sul corpo di Margie Wilkins. Se nessuno dei due corrisponde al profilo dello Strangolatore di coppie di Seattle e non corrispondono l'uno all'altro, allora potete respingere tutte le mie... come le ha chiamate? Assurde mezze teorie?»

Chitwood la guardò con occhi ridotti a una fessura.

«Metta alla prova la mia teoria.» proseguì Josie con fermezza. «Se mi sbaglio, cambierò idea su Gretchen quale assassina di Omar.»

Con la coda dell'occhio, Josie vide che la schiena di Heather Loughlin si era raddrizzata e i suoi occhi erano puntati con grande interesse dritti su di lei.

«Ti vuoi immolare su questo altare, Quinn?» chiese Chitwood.

Josie gli fece un'alzata di mento e disse: «Sì, Signore, è così.»

Si fissarono ancora per qualche secondo. Josie si sentì gratificata quando Chitwood ruppe per primo il contatto visivo. «Bene.» disse, strappando il rapporto dalle mani di Josie mentre le passava accanto. «Farò qualche telefonata. Vediamo se riusciamo a concludere in fretta. Ma ricordatevi le mie parole: voglio degli arresti in questo maledetto caso Wilkins. Prima di subito. Se non me ne portate uno presto, potete star certi che vi renderò la vita un inferno.»

E detto questo, uscì dalla stanza.

Noah commentò: «Facciamo progressi.»

Josie rise. La Loughlin li stava ancora guardando con interesse e chiese: «Pensate che ci sia qualcosa che posso dire a Bowen per convincerlo a lasciarci provare con Gretchen?»

«Credo che se riuscissimo ad arrivare a lei...» disse Josie «parlerebbe.»

«Finora non ha parlato.» intervenne Noah.

«Ora ne so di più.» puntualizzò Josie e, rivolgendosi alla Loughlin, disse: «Chieda a Bowen di dare un messaggio a Gretchen.»

«E quale?» chiese la Loughlin, tirando fuori il taccuino e la penna.

«Gli chieda di dire a Gretchen che io so la verità su Lincoln Shore e sull'anno che ha passato nelle mani della Devil's Blade. Si assicuri che dica "Josie". Se Gretchen pensa che l'ho detto a tutti, non parlerà mai.»

Heather Loughlin scarabocchiò queste parole, poi tornò a guardare verso di lei. «C'è altro?»

«No. Gli chieda solo di consegnare questo messaggio.»

La Loughlin si alzò e infilò di nuovo il taccuino nella giacca. «Qual è la verità su Lincoln Shore e il suo anno con la Devil's Blade?»

Josie sorrise. «Non ne sono ancora sicura. È un bluff. So soltanto che ha mentito, ma non so perché.»

«Come fai a saperlo?» chiese Noah.

«Starkey ha detto che, quando l'hanno scaricata davanti

all'edificio del BATFE, aveva tagli dappertutto, ma che i tagli più recenti erano superficiali. Non richiesero nemmeno punti di sutura. Ha detto che alcune ferite erano vecchie e che lei disse che anche quelle erano dovute a ciò che le avevano fatto nel periodo in cui era stata sotto sequestro. Sei mesi fa, mentre lavoravamo al caso di Belinda Rose, Gretchen mi ha mostrato le vecchie cicatrici che le attraversano l'addome superiore e mi ha detto che erano dovute alle operazioni a cui sua madre l'aveva fatta sottoporre dai medici quando era ancora una bambina.»

«Mio Dio.» disse la Loughlin.

«Sua madre aveva la sindrome di Munchausen per procura.» spiegò Noah.

«All'inizio ho pensato che forse non volesse parlare con il personale medico di sua madre e del suo passato. Ma ritengo che in realtà volesse solo far credere a tutti che la Devil's Balde l'avesse torturata pesantemente.»

«Ma se si rifiutò di sporgere denuncia...» disse Noah «per quale motivo voleva che qualcuno pensasse che l'avessero torturata per tutto il tempo in cui era stata con loro?»

«Perché stava mentendo. Non sono ancora sicura del perché. So solo che c'è qualcosa di più dietro la storia del suo anno di prigionia.»

«Come fa a sapere che Gretchen non le stava mentendo sulle cicatrici quando gliele ha mostrate?»

Perché stavamo parlando delle nostre madri, pensò Josie. Era un argomento sacro tra loro. Non era qualcosa su cui Gretchen avrebbe mentito. Ma non poteva spiegarlo alla Loughlin, così si limitò a dire: «Dovrebbe essere abbastanza facile da dimostrare. Sua madre è stata condannata per omicidio e tentato omicidio. Le ferite di Gretchen dovevano essere ben documentate negli atti del tribunale.»

Heather Loughlin annuì. «Eccellente. Sono convinta che potremo metterci le mani sopra, se necessario, ma spero che non si arrivi a tanto. Vado a parlare con Andrew Bowen.»

Noah e Josie la guardarono andare via, ascoltando il rumore dei suoi passi che si affievolivano. Noah spostò da sotto il tavolo una delle sedie e si mise a sedere. «Hai letto i messaggi?»

«Sollevano più domande che risposte.» disse.

Noah si appoggiò alla sedia, intrecciando le mani dietro la testa. «Omar e Robinson stavano progettando qualcosa.» disse. «Ma che cosa?»

«Non ne ho idea.» rispose Josie. «Ma presumo che la donna di cui parlano sia Gretchen.»

«Deve essere così. Ma su cosa hanno mentito?»

«Non lo so proprio. Il problema è che le uniche due persone che possono rispondere sono James Omar e Ethan Robinson. Omar è morto e Robinson è scomparso.» sintetizzò Josie. «Hai inviato quei messaggi alla polizia di Philadelphia?»

«Sì, ho contattato il detective che si occupa della scomparsa di Robinson. Mi ha chiesto di mandarglieli via e-mail. Era felice di riceverli, ha detto che avrebbe interrogato tutti gli amici di Robinson e Omar all'università per scoprire se qualcuno sapeva cosa stavano progettando. Mi ha anche detto che hanno perquisito l'appartamento dei ragazzi e che il telefono e il portatile di Robinson sono scomparsi. Robinson non ha una macchina propria. Usa i mezzi pubblici.»

«E i conti bancari?» chiese Josie. «Carte di credito?»

«La polizia di Philadelphia dice che ha un conto in banca che il padre alimenta e che possiede una carta bancomat. Hanno fatto controllare il saldo al padre. A quanto pare, ha prelevato 3.000 dollari il giorno in cui hanno sparato a Omar. Non molto tempo dopo aver ricevuto l'ultimo messaggio.»

«Quindi Ethan è scappato.» disse Josie. «Si sta nascondendo.»

«Sembra di sì.» concordò Noah. «In ogni caso, la polizia di Philadelphia ha detto che ci farà sapere se troverà qualcosa.»

«Fantastico.» disse Josie. Provava un po' di sollievo nel sapere che il caso di Ethan veniva trattato seriamente. Tuttavia, c'erano così tante domande senza risposta che le girava la testa. Si chiedeva da cosa Ethan stesse scappando. E cosa volessero lui e Omar da Gretchen.

Noah guardò l'orologio. «Abbiamo ancora un po' di luce. Hai già in mente quale sarà la prossima mossa?»

Lei concentrò la sua attenzione su di lui, lasciando che il turbinio di domande fluttuasse in fondo alla sua mente, dove forse il suo subconscio avrebbe usato tutto ciò che già avevano scoperto per trovare qualche risposta. Così gli rispose: «Voglio trovare il figlio di Amy e Justin Neal.»

CINQUANTACINQUE

Ci volle un'ora per rintracciare la coppia che aveva adottato il figlio di Amy e Justin Neal nel 2004. Poiché Josie aveva fatto un viaggio sia a Philadelphia che a New York City nel corso dell'ultima settimana, spettò a Noah il compito di chiamarli all'improvviso e di intrattenere una delle conversazioni più imbarazzanti che Josie avesse mai ascoltato in vita sua. Li contattò dal telefono fisso alla sua scrivania e Josie riuscì a sentire le voci del marito e della moglie attraverso il ricevitore. Immaginava che uno dei due parlasse al telefono in cucina, mentre l'altro, seduto su un letto al piano di sopra, parlava all'altro telefono.

Il figlio era ormai adulto e non riuscivano a capire perché la questione dell'adozione venisse riproposta. Lo avevano preso in affido quando era ancora un neonato e lo avevano cresciuto per diversi anni prima che l'adozione fosse portata a termine. Questo spiegava perché nessuno che conoscesse i Neal all'epoca del loro omicidio sapeva di questo figlio: era stato portato via da piccolo. I suoi genitori adottivi dissero a Noah che il figlio sapeva di essere stato adottato, ma che avrebbero preferito che la questione non venisse riportata alla luce dopo tutti gli anni passati. Mentre la discussione andava avanti, Josie si disse che era meglio che fosse stato Noah a fare quella telefonata: era paziente e calmo, come sempre, e alla fine trovò il modo di spiegare che una foto che probabilmente ritraeva il figlio era stata ritrovata sulla scena di un crimine, senza far schizzare la loro ansia alle stelle. Accettarono di ricevere la foto via e-mail per verificare se il bambino ritratto fosse davvero il loro figlio. Noah dettò loro il suo numero di telefono tre volte prima di riagganciare.

Si passò una mano sul viso. «C'è il rischio che impieghino diverse settimane prima di accedere alla posta elettronica e guardare effettivamente la foto.» si lamentò. Josie si massaggiò i muscoli tesi sotto la nuca, cercando di allentare la tensione che si era accumulata mentre Noah parlava con la coppia. Dalla loro risposta dipendevano molte cose. «Santo cielo, spero che non ci mettano così tanto.»

«Dovresti andare a casa e dormire un po'.» disse Noah, studiandola. «Sembri esausta.»

«Lo sono, ma se pensi che riuscirò a dormire mentre aspettiamo notizie su quella foto o dalla Loughlin per ottenere un incontro con Gretchen, sei fuori strada.»

Noah si alzò e sfilò la giacca dallo schienale della sedia. «Allora andiamo al Komorrah's Koffee a prendere un caffè.»

Gli ultimi raggi di sole riscaldavano l'aria autunnale mentre percorrevano i due isolati che li separavano da una caffetteria vicina. Varcando la soglia, Josie non poté fare a meno di pensare all'ultima volta che era stata lì con Gretchen. Avevano mangiato pasticcini e parlato delle loro madri violente, e Josie si era sentita confortata dal fatto che Gretchen capiva, in qualche modo, quello che stava passando.

«Adesso ho proprio bisogno di una danese.» disse Josie mentre si avvicinavano al bancone.

Noah sorrise e iniziò a ordinare, ma il suo cellulare squillò. Lo tirò fuori dalla tasca e lo guardò. «È per la foto.» disse. Josie gli fece un cenno e finì di ordinare, tenendo d'occhio Noah che parlava sottovoce al telefono dall'altra parte del negozio. Pagò, attese la loro ordinazione e trovò un tavolo in fondo alla saletta, dove c'era silenzio ed era improbabile che venissero disturbati. Pochi secondi dopo, Noah la raggiunse, con il volto pallido.

«Avevo ragione.» disse lei.

Noah prese il caffè ma non lo bevve. «Sì» disse. «avevi ragione. Quella foto è del loro figlio. La madre la diede ad Amy Neal dopo che l'adozione fu definitiva. Voleva che Amy sapesse che lui era felice.»

«Quindi lo Strangolatore di coppie di Seattle ha davvero preso qualcosa dalla scena dei Neal e se l'è tenuto stretto per tutto questo tempo.»

«In quale altro modo sarebbe finita qui, in Pennsylvania?» chiese Noah. «E nel vialetto della sua unica vittima sopravvissuta? Deve averla portata con sé, a casa di Gretchen, deve aver ucciso James Omar e deve averla lasciata lì.» concluse Noah.

«Poi ha rapito Gretchen, ma ha dovuto prendere qualcosa dalla scena del crimine, perché per lui è una costrizione, quindi ha preso la sua tazza, che poi ha lasciato sulla scena del crimine dei Wilkins.» aggiunge Josie. «E non l'avremmo mai saputo se non fosse stato per il suo collegamento con Gretchen.»

«Non l'avremmo mai saputo se non fosse stato per la tua determinazione a svelare il passato di Gretchen.» ammise Noah. «Avevi ragione su tutto. Mi dispiace di non averti creduto, Josie.»

«Vuoi dire che ti dispiace di aver dubitato di Gretchen.»

«Sì, ma mi dispiace anche di aver dubitato di te.»

Josie gli sorrise. «Non preoccuparti. Per questa volta lascerò correre. In passato mi hai sempre coperto le spalle. Naturalmente, pensavo che fosse solo perché eri segretamente innamorato di me.»

Voleva essere una battuta, ma la serietà del suo volto la

bloccò, con una danese al formaggio che le rimase a metà strada dal tavolo alla bocca.

«Non era un segreto.» disse Noah. «Ero innamorato di te. Lo sono ancora.»

Lei prese fiato. La danese scivolò di nuovo sul vassoio. «Noah...»

«Va bene. Non ti sto chiedendo di rispondere o cose del genere. So che hai bisogno di muoverti al tuo ritmo. Non è nemmeno questo il punto. Sto solamente dicendo che ho sbagliato. Ho capito quello che volevi dire sul fatto che dobbiamo restare uniti. Ho sottovalutato il tuo rapporto con Gretchen. Quando tieni a qualcuno, gli copri le spalle. So che tu e Gretchen avete un'intesa, qualcosa di diverso da quello che abbiamo io e te. Avrei dovuto rispettarlo.»

Josie si avvicinò e gli toccò la mano. «Grazie.»

Il momento passò. Noah si schiarì la gola e disse: «E adesso? Chiamiamo la polizia di Seattle?»

«Prima ci serve un riscontro del DNA.» disse Josie. «Non voglio andare in fondo in questa storia finché non ne siamo certi.»

«E riguardo a Gretchen? Perché non ci ha detto che è stato lui? Perché ha confessato un crimine che non ha commesso?» chiese Noah. «Di che cosa ha paura?»

«È questo il punto in cui sono bloccata.» ammise Josie. «Non capisco. Non capisco perché lo stia proteggendo.»

«Forse è come nelle violenze domestiche.» propose Noah.

«Ma in che modo?»

«Lui l'ha terrorizzata, giusto?»

Josie annuì.

«Ha fatto irruzione in casa sua, ha ucciso il marito, l'ha violentata e poi l'ha perseguitata finché non è stata rapita. Diamine, forse è scappata con Lincoln Shore per allontanarsi da quel mostro. Starkey ha detto che lui riusciva sempre a rintracciarla, giusto? Invece, finché era con Shore, non ci è riuscito. Ma ovviamente lei ha ancora paura di lui. La gente non mette dei chiodi alle finestre se non è terrorizzata da qualcosa.»

«E non tiene in casa solo piatti di plastica venticinque anni dopo il delitto, se non ha ancora paura.» borbottò Josie.

«Come hai detto?»

Josie gli raccontò dei piatti di plastica di Gretchen.

«Oh Cristo.» commentò lui.

«Sì, il trauma è davvero profondo.» disse Josie.

«Allora, può darsi che sia proprio questo il motivo che le impedisce di denunciarlo: ha talmente paura di lui che nella sua mente esercita ancora un forte potere... più forte di qualsiasi dipartimento di polizia... soprattutto se è riuscito a rintracciarla più volte anche quando era sotto la loro protezione... perciò si sente più sicura a non denunciarlo.»

«È questo che intendevi per violenza domestica.» disse Josie. «Molte volte le donne sanno che il sistema le abbandona e pensano che l'unico modo per sopravvivere sia mentire senza sporgere denuncia.»

Noah sorseggiò il suo caffè. «Abbiamo visto cosa succede quando le cose vanno male. Una donna ha il coraggio di raccontare ciò che sta subendo. Sporge denuncia. Ottiene un ordine restrittivo.»

«E poi l'uomo lo infrange e la uccide mentre lei è in attesa del processo.» aggiunse Josie. «Agli altri sembra una cosa irrazionale, ma la minaccia è molto reale.»

«Ehi, ti ricordi di quella ragazzina che l'anno scorso, sulla costa occidentale, è stata rapita da casa sua?»

«Sì, quella che tutti pensavano fosse stata uccisa dal padre?»

«Proprio lei, esatto.» disse Noah. «Lui l'ha portata in un altro Stato e una volta là non si è nemmeno preoccupato di cercare di nasconderla. Ha iniziato a spacciarla per sua figlia e lei lo ha assecondato.»

«Perché era completamente terrorizzata.»

Noah annuì. «Due persone l'hanno vista e riconosciuta, ma

quando le hanno chiesto se fosse lei la ragazzina scomparsa, ha risposto di no, perché era profondamente sottomessa alla sua volontà.»

«Pensavo che qualcuno l'avesse vista camminare per strada con quell'uomo e che fosse così che era stata trovata.» disse Josie.

«Perché la persona che l'ha riconosciuta non gliel'ha chiesto direttamente e perché non l'ha fatto mentre lui era lì accanto a lei: prima l'ha allontanata da lui e, dopo molte domande, alla fine lei ha ammesso chi era.»

«Non c'era problema se qualcun altro l'avesse capito», disse Josie. «Purché non fosse lei a denunciarlo.»

«Esatto.»

Josie non aveva difficoltà a credere che lo Strangolatore di coppie avesse stravolto la psiche di Gretchen in qualcosa di irriconoscibile, o che avesse uno strano ascendente su di lei anche a distanza di tempo. Alcuni traumi lasciano ferite molto più profonde di altri. Ma non era del tutto convinta che il ragionamento psicologico di Noah fosse sufficiente a spiegare perché Gretchen avesse permesso a un serial killer di rimanere in libertà.

«Ha detto di essere responsabile della morte di Omar.» gli ricordò Josie. «Forse è un modo per punirsi.»

«Forse riusciremo a chiederglielo.» disse Noah, mentre il suo telefono vibrava.

Il cellulare di Josie vibrò nello stesso momento. Era un messaggio della Loughlin per entrambi. *Vi ho procurato un incontro con Gretchen. Prigione della contea di Bellewood. Domani, alle 9 del mattino. Vi avverto: Bowen è incazzato. Le ha sconsigliato di farlo. Lei vuole parlare comunque.*

Josie si sentì avvolgere dal sollievo e rispose: *Grazie. Ci vediamo allora.*

Mentre lei e Noah finivano i loro caffè, si chiese se lui le avrebbe chiesto di tornare a casa con lei o se lei sarebbe tornata a casa con lui. Per quanto fosse esausta, non avrebbe rifiutato. Anche se avevano ancora qualche ora di lavoro e molte pratiche da sbrigare. «È meglio che mi prenda un caffè da portare via.» disse a Noah mentre andava verso la toilette.

Nel piccolo corridoio che portava ai bagni, i proprietari del Komorrah's Koffee tenevano una bacheca su cui i residenti della comunità pubblicizzavano alcune attività come lezioni di musica, servizi di dog sitting e altre informazioni casuali. C'erano anche volantini per gli eventi cittadini e fogli colorati con le iniziative che il Komorrah's Koffee ospitava: a volte gruppi musicali, a volte artisti e altre volte autori che organizzavano firmacopie. Fu l'ultimo ad attirare l'attenzione di Josie: un volantino di un evento letterario che si sarebbe tenuto il mese successivo. Il libro parlava del caso delle ragazze svanite che Josie stessa aveva risolto.

«Incredibile...» mormorò.

Non era stata intervistata dall'autore del libro, e per quanto ne sapeva, nessuno che ne fosse direttamente a conoscenza era stato consultato; eppure, c'era qualcuno che aveva pubblicato un libro sul caso. Ricacciò la frustrazione nel luogo oscuro in cui vivevano tutti i suoi sentimenti per quel caso e andò in bagno. All'uscita si fermò di nuovo, valutando se strappare o meno il volantino e buttarlo via. Poi squillò il telefono. Era Misty Derossi.

«Mi dispiace tanto disturbarti.» disse Misty quando Josie rispose. «So che avete molto da fare in questo momento con tutti gli omicidi. Non te lo chiederei se non...»

«Non c'è problema.» la interruppe Josie. «Che succede?»

«È per lavoro. Hanno bisogno di qualcuno che si occupi della linea telefonica per le violenze domestiche durante la notte. Ci terrei davvero a farlo. Ho fatto tutte quelle ore di formazione e non ho ancora avuto modo di usarle. Però ho bisogno di una babysitter per Harris. Solo per la notte. È molto bravo ormai...»

Josie la interruppe di nuovo. «Portamelo quando sei per strada.»

«Davvero?» chiese Misty con voce carica di eccitazione.

«Ma certo. Mi trovi a casa. Devo soltanto essere a lavoro per le otto, domani.»

«Posso passare a prenderlo alle sette e mezza. Grazie infinite.»

Josie riattaccò e si diresse verso il bancone dove stava Noah, sorrideva e teneva una tazza di caffè da asporto in mano. E tanti cari saluti al ritorno a casa insieme.

CINQUANTASEI

Il piccolo Harris Quinn aveva un anno e, ora che camminava, Josie non poteva togliergli gli occhi di dosso neanche per un secondo. Essendo ancora così piccolo, camminava in modo instabile e si serviva dei mobili per tirarsi in piedi e per spostarsi da una parte all'altra della casa. Era da lei da un'ora e tutti i giocattoli che Misty aveva portato con sé, insieme a quelli che Josie teneva per quando glielo affidava, erano sparsi sul pavimento.

«Sei proprio un piccolo tornado.» gli disse mentre lo prendeva in braccio e lo abbracciava.

Lui strillò di gioia, battendo le manine paffute. «Jo!» esclamò.

Ogni volta che glielo sentiva dire, il suo cuore saltava di gioia. Il padre del piccolo Harris, il defunto marito di Josie, Ray, era stato l'unica persona autorizzata a chiamarla Jo. Harris aveva iniziato a farlo solo da poche settimane e Josie sapeva che era perché non riusciva a pronunciare il suo nome per intero. Chiamava la madre di Ray "Nana" invece di nonna, e Misty "Ma", che era stata la sua prima parola. Josie non riusciva a credere a quanto velocemente stesse crescendo. Sembrava che ogni giorno raggiungesse un nuovo traguardo e ogni volta che pronunciava una nuova parola, seguiva una raffica di telefonate tra loro tre, che se ne meravigliavano. Josie si sistemò sulla sedia a dondolo tenendolo in grembo. Gli passò il biberon e trovò uno dei libri cartonati che lui amava farsi leggere ogni volta che andava a stare da lei. Mentre dondolavano, glielo leggeva. Lui si accoccolò più stretto a lei, i suoi capelli biondi le solleticavano il mento. Quando lei finì, lui alzò un dito per dire "Ancora". Era il segnale che voleva che glielo leggesse un'altra volta, così lei gli baciò la testa e riaprì il libro alla prima pagina per ricominciare.

Mise il pilota automatico: con la bocca leggeva le parole con l'inflessione appropriata, come aveva fatto centinaia di volte in precedenza, ma con la mente rimaneva concentrata su Gretchen.

Stranamente, dopo aver visto il volantino del libro di cronaca nera sul caso delle ragazze scomparse, qualcosa aveva iniziato a frullarle in testa. Qualcosa di importante su Gretchen e sul caso dello Strangolatore di coppie. Non riusciva a farlo uscire dal suo subconscio; non ancora, almeno. Dondolò Harris finché non si mise a russare dolcemente addosso a lei, poi lo portò al piano di sopra, in camera sua, dove aveva sistemato una culla accanto al suo letto; il bambino non si svegliò quando lei lo depose sul materassino.

Tornò al piano di sotto e si sedette in soggiorno e lo ascoltò respirare attraverso il monitor portatile. Se Ray avesse potuto vederla ora, non ci avrebbe mai creduto, ma sarebbe stato felice. Non era la prima volta che Josie desiderava che Ray potesse vedere il suo bellissimo figlio. Ma se Ray fosse stato ancora vivo, Josie non avrebbe mai conosciuto Harris. Misty, Ray e il piccolo Harris sarebbero stati una piccola famiglia felice e Josie non sarebbe mai stata coinvolta nella sua vita. Non avrebbe mai saputo cosa si prova ad amare così tanto un'altra anima al punto da essere disposta a uccidere o a morire per lei, senza alcun pensiero di autoconservazione.

«Oh mio Dio.» Pronunciò queste parole ad alta voce, saltando in piedi e correndo verso il portatile in cucina. Le sue dita digitarono così velocemente che sbagliò la password tre volte. Bofonchiando imprecazioni sottovoce, riuscì finalmente ad accedere, ad aprire il browser Internet e a collegarsi di nuovo al forum. Le bastarono pochi minuti per trovare l'argomento che cercava. Aveva bisogno del suo telefono. Tornò in soggiorno. «Ma dove diavolo l'ho messo?»

Le sue mani si affannarono tra i cuscini del divano, alla ricerca del telefono. Harris amava i telefoni e voleva sempre giocare con il suo. Alla fine, lo trovò sul pavimento, in mezzo a una serie di cubi di pezza sparsi qua e là, coperto dalle impronte delle sue dita appiccicose e con soltanto il cinque per cento di carica residua.

Corse in cucina dove teneva uno dei caricabatterie e lo collegò. Poi chiamò il professor Perry Larson, che rispose subito.

«Detective?» disse. «Va tutto bene?»

«Mi dispiace, professor Larson.» disse Josie. «So che è un po' tardi, ma è importante. Ho bisogno che lei faccia una cosa per me e, a parte questo, devo farle alcune domande.»

CINQUANTASETTE

Gretchen aveva l'aria di essere dimagrita in quei pochi giorni di detenzione. Aveva preso un colorito giallognolo e delle pesanti borse le pendevano sotto gli occhi. Josie si chiese se fosse stata presa di mira dalle altre detenute perché era un'agente di polizia. La Loughlin aveva chiesto di tenerla in isolamento per la sua sicurezza, ma Josie sapeva che talvolta le loro richieste non venivano accolte. Gretchen si avvicinò a un tavolo nella sala colloqui della prigione della contea, con un'aria sconfitta. Con i denti si grattava il labbro inferiore.

Né il Procuratore Distrettuale né Andrew Bowen avrebbero accettato di lasciare che Josie la interrogasse senza la presenza della detective Heather Loughlin, cosa che Josie sapeva sarebbe accaduta. Almeno sapeva che la Loughlin era una detective brava e imparziale, in grado di seguire le indicazioni di Josie o di sostituirsi a lei nell'interrogatorio, a seconda dell'andamento della situazione. Bowen insistette per essere presente e, quando entrarono nella stanza, si sedette accanto a Gretchen.

Mentre Josie e la Loughlin si sedevano di fronte a Gretchen, Bowen non si lasciò sfuggire l'occasione: «Avevo caldamente sconsigliato questo colloquio, ma la mia cliente ha insistito.»

«Non siamo qui per ingannarla o intimidirla.» gli rispose la Loughlin. «Stiamo cercando di risolvere un crimine e la detective Quinn crede di poter aiutare la sua cliente.»

Bowen lanciò a Josie un'occhiataccia. «Oh sì, lei è brava ad aiutare le persone, vero?»

«Voglio parlare con Josie in privato, per favore.» disse Gretchen senza alzare lo sguardo dal tavolo.

«Non credo affatto che sia una buona idea.» disse Bowen. «Andrew, per favore.» gli chiese Gretchen.

«Gretchen...»

Lei lo guardò. «Sono io la cliente. Per favore. Aspetta fuori, fammi questa cortesia.»

Un muscolo della mascella gli si contrasse mentre si alzava e usciva dalla stanza. Quando la porta si chiuse alle sue spalle, Gretchen disse: «Solo Josie, per favore.»

«Gretchen, sai come funziona.» disse Josie. «Heather deve stare qui. Serve per tutelare te quanto per tutelare la Polizia di Denton. Questo è il meglio che potevo fare.»

Con un sospiro, Gretchen si sedette sulla sedia, alzando gli occhi al soffitto e facendo un profondo sospiro. Dopo un attimo, abbassò lo sguardo per incrociare quello di Josie. «Qualunque cosa tu pensi di sapere, ti sbagli.» le disse.

Josie estrasse dalla tasca interna della giacca un fascio di fogli piegati, li distese sul tavolo e li passò a Gretchen.

«Non ho gli occhiali da lettura.» disse Gretchen.

La Loughlin prese i suoi che aveva sulla testa e li porse a Gretchen. «Anch'io faccio parte del club degli ultraquarantenni.» scherzò in modo fiacco.

«Grazie...» borbottò Gretchen.

Li indossò, li sistemò sul naso e iniziò a leggere. Dopo qualche istante, alzò lo sguardo verso Josie. «Cos'è questo?»

«Il referto di un'autopsia.» rispose Josie.

«Non capisco.»

Josie lo indicò. «Questo è il referto dell'autopsia di quando l'ultimo serial killer pensava di poter uccidere nella mia città.»

«Beh, cavolo.» disse Gretchen con un piccolo brivido.

«So che lo Strangolatore di coppie di Seattle si trova a Denton, Gretchen.»

Quel poco di colore che le era rimasto nella pelle del viso si spense.

«No...» gracchiò.

«So che era lì il giorno in cui hanno sparato a James Omar nel tuo vialetto.» continuò Josie.

«No.»

«Lo sto cercando.»

«Oh Dio, no!»

«Posso farlo da sola, oppure puoi aiutarmi.»

Qualcosa nell'espressione di Gretchen si chiuse. Allontanò lo sguardo dal viso di Josie, fissando invece la parete dietro la sua testa. Gli occhi erano vuoti. «Non so di cosa tu stia parlando.»

«Gretchen, so di Ethan. So che è tuo figlio.»

La sua bocca si contorse mentre cercava senza successo di reprimere un sussulto. Tuttavia, non parlò.

Josie disse: «Raccontami di Billy.»

Passò un lungo momento di silenzio. Le dita di Gretchen piegarono e svolsero un angolo di una delle pagine che aveva davanti. «Billy era mio marito. Eravamo profondamente innamorati e poi è morto.»

«Lo ha ucciso lo Strangolatore di coppie.»

Gretchen non disse niente.

Josie cercò di prenderla cambiando tattica. «So che Billy non era stato ammesso nella Devil's Blade. Me l'ha raccontato Jack Starkey.»

La sorpresa che balenò sul volto di Gretchen fu così fugace che Josie quasi non la colse. Poi continuò: «Ma gli mancava davvero poco. Aveva un rapporto speciale con Lincoln Shore, vero?»

Josie aspettò e, quando Gretchen non rispose, chiese: «Cosa è successo tra di loro?»

«Come fai a sapere che c'è stato qualcosa tra loro?» chiese Gretchen, con la voce così bassa che Josie dovette sforzarsi per sentirla.

«Perché so cosa ha fatto Lincoln per te e non avrebbe fatto una cosa del genere se non si fosse sentito in qualche modo in obbligo con Billy. Quindi cos'è successo?»

Ancora silenzio. Gretchen guardò la Loughlin, che alzò le mani. «È tutto nuovo anche per me e finora non sembra molto rilevante per l'uccisione di James Omar.»

Muovendosi sulla sedia, Gretchen si voltò verso Josie. «Billy gli salvò la vita, ma accadde molto tempo prima che Billy morisse. Era sotto copertura da qualche mese, come aspirante, cercando di farsi sponsorizzare da qualcuno della Devil's Blade. Si trovava fuori da un negozio di alimentari quando Lincoln accostò con la moto. Una donna nel parcheggio ebbe un ictus mentre si metteva alla guida e per poco non investì Lincoln. Billy lo salvò.»

«E questo non gli permise comunque di essere ammesso nella banda?» chiese Josie.

Gretchen scosse la testa. «No. Non era così facile essere ammessi. Ma Lincoln non l'ha mai dimenticato. Diede la sua approvazione quando uno degli altri membri volle sponsorizzare Billy e, di tanto in tanto, assegnò a Billy un incarico facile. Non poteva mostrare favoritismi, ma Billy giurava che non aveva mai dimenticato il suo gesto.»

«Immagino che sia così.» disse Josie. «Dopo l'omicidio di Billy, come hai fatto a trovare Lincoln?»

«Non era difficile trovarlo. Quei ragazzi frequentavano sempre lo stesso bar. Per poco non ci rimettevo la pelle entrando lì dentro.»

«Gli avevi detto che eri incinta?»

La risposta fu lenta, ma Gretchen annuì. «Sapevi che il bambino non era di Billy?»

«No, non lo sapevo ma non pensavo che fosse il figlio di Billy perché io e Billy non avevamo usato nessun anticoncezionale o protezione per due anni e non ero mai rimasta incinta. Ma poi una notte...» Si perse nel vuoto, incapace di completare la frase.

«Hai mai detto a Lincoln che pensavi che il bambino fosse dello Strangolatore di coppie?»

Gretchen annuì. «Non sapevo cosa fare. Volevo solamente protezione. La polizia non poteva farlo, non poteva tenerlo lontano da me. Pensavo che fosse uno di loro. Sapevo che la Devil's Blade poteva nascondermi. Avevo sentito le storie che mi aveva raccontato Billy. Serial killer o no, quell'uomo non li avrebbe aggirati.»

«Di chi è stata l'idea di dare il bambino in adozione?»

Gretchen si leccò le labbra. «È stata un'idea di Lincoln. Dopo l'arrivo del bambino, sapevo che non potevo restare con la Devil's Blade per sempre. Molti di loro cominciavano a essere infastiditi dalla mia presenza, nonostante fossi sotto la protezione di Lincoln. Ma non potevo portare via il bambino con me. Che sarebbe successo se ci avesse trovati? E se avesse scoperto che il bambino era suo? Avevo paura che avrebbe ucciso... Non ero pronta a diventare madre. Lo sarei stata volentieri, ma non potevo diventare mamma e tenere il mio bambino al sicuro da un serial killer. Non avevo risorse e non potevo contare sulla gentilezza degli altri per sempre.»

«Perché non lo portasti dai tuoi nonni?» chiese Josie.

«Avevo paura che ci trovasse comunque. Un conto era se mi avesse trovata e avesse voluto finire il lavoro, ma sapevo che mio figlio non sarebbe mai stato al sicuro se quel mostro avesse saputo della sua esistenza. Tu non capisci. Non sai... pensavo che mia madre fosse malvagia. Lui la faceva sembrare una santa.»

Josie pensò alla scena dei Wilkins e alla sua esperienza personale e ravvicinata con un serial killer. «Credo di poter capire.»

«Ero giovane.» disse Gretchen. «Giovane e stupida. All'epoca non mi sembrava di avere molte alternative. Il mio unico obiettivo, l'unica cosa che volevo fare, era proteggere mio figlio.»

«Ti credo.» disse Josie.

«Per questo dovevamo far credere che la Devil's Blade mi avesse torturata e poi scaricata. La notizia sarebbe arrivata a tutte le persone coinvolte nel caso dello Strangolatore, dal BATFE alla polizia di Seattle, e anche lui ne sarebbe venuto a conoscenza. Non avrebbe mai scoperto che ero rimasta incinta. Nessuno lo sapeva. Nessuno l'ha mai saputo finché...»

Si interruppe. Una lacrima le scivolò lungo la guancia. «Finché Ethan Robinson e James Omar non l'hanno capito. Hai pensato che Seth Cole fosse tuo figlio fino al giorno in cui James Omar ti ha chiamato, vero?»

Gretchen annuì, mentre altre lacrime le rigavano il viso. «Ecco perché hai preso a cuore gli omicidi di Shore e Cole. Lincoln ti aveva aiutata nel momento del bisogno e credevi che Cole fosse tuo figlio.» disse Josie.

«Ero così arrabbiata con Lincoln. Mi aveva assicurato che loro... che mio figlio sarebbe andato in una casa normale, con una famiglia normale. Disse che conosceva un funzionario giudiziario di un altro Stato che gli doveva dei favori e che conosceva delle persone che potevano aiutarlo a far approvare un'adozione per una coppia che voleva un bambino. I soldi passarono di mano in mano. Non ho mai visto niente di tutto ciò. Non sono mai stata coinvolta. Non sapevo niente, oltre a quello che mi aveva promesso Lincoln. Non volevo sapere dove fosse, perché non volevo che quell'informazione potesse mai venirmi estorta con la tortura.»

«Quindi, quando hai lavorato agli omicidi Shore e Cole, hai scoperto che Cole era stato adottato...»

«E ho pensato che fosse mio. Per quale altro motivo si sarebbe trovato sulla East Coast con Lincoln? Non ne ho mai avuto le prove, ma ho pianto mio figlio e ho messo in galera i suoi assassini.»

«E poi James Omar ti ha chiamata.»

Gretchen non rispose.

«Gretchen, abbiamo avuto conferma che la foto trovata appuntata alla camicia di Omar proviene dalla scena del crimine del 2004 dello Strangolatore di coppie. Abbiamo il suo DNA. Ha lasciato un capello nella tua auto e ha ucciso una coppia a Denton lasciando anche lì il suo DNA.»

Questo era solo un diversivo, perché non avevano ancora i risultati delle analisi, ma Josie era sicura che le tracce sarebbero risultate entrambe compatibili con lo Strangolatore di coppie.

Ciononostante, Gretchen non parlò.

«Non riuscivo a capire cosa c'entrasse Omar, ma sapevamo che ti aveva chiamata due volte e che, dopo l'ultima telefonata, avevi lasciato la centrale per andargli incontro. Sapevamo che lui e il suo coinquilino avevano pianificato qualcosa che ti coinvolgeva, perché i loro messaggi lo lasciavano intendere. Volevamo parlare con il coinquilino di Omar, ma Ethan si è dato alla macchia subito dopo l'omicidio. Continuavo a chiedermi se, indipendentemente da ciò che questi ragazzi stavano facendo, non ci fosse un collegamento con lo Strangolatore di coppie. James Omar si è presentato a casa tua nel momento sbagliato? È stata una coincidenza che si sia trovato lì proprio nel momento in cui lo Strangolatore di coppie ti ha finalmente rintracciata ed è tornato per finire ciò che aveva iniziato nel 1994?»

Gretchen rimase in silenzio, allora Josie riprese il discorso: «Ma anche se fosse vero, perché avresti protetto lo Strangolatore? Perché ti saresti presa la colpa per quell'animale?»

«Sono responsabile della morte di James Omar.» disse Gretchen.

«Non hai sparato tu a quel ragazzo.» disse Josie. «Perché stai mentendo?»

«Sono responsabile della sua morte.»

«La persona che ha premuto il grilletto è responsabile. Sto cercando di aiutarti, Gretchen.»

«Dov'è Ethan?»

«Non lo sappiamo.»

Gretchen tornò in silenzio. Josie attese per diversi minuti che dicesse qualcosa, che facesse una domanda, qualsiasi cosa, ma lo sguardo vacuo era tornato.

«Ecco cosa penso sia successo.» disse Josie. «Quando era al liceo Ethan ha scoperto di essere stato adottato. Da allora la cosa lo ha preoccupato. All'università ha incontrato James Omar, che studia epigenetica. Forse James gli ha detto: "Ehi, posso aiutarti a rintracciare i tuoi genitori biologici". Credo che in qualche modo James ed Ethan siano riusciti a trovarti per primi. Non dal DNA che hai fornito tu a uno di questi siti, ma dal DNA che hanno fornito i tuoi cugini o alcuni parenti lontani. Credo che Ethan e James siano riusciti a trovarti estrapolando l'albero genealogico dei tuoi familiari che hanno profili di DNA su uno di questi siti. Credo che Ethan abbia capito che eri una delle vittime dello Strangolatore di coppie. Era ossessionato dai serial killer già da adolescente. Si è laureato in criminologia. Leggeva libri sui casi seriali. Sapevi che è stato scritto un libro sullo Strangolatore di coppie di Seattle?»

Gretchen non rispose. «È così. Ho guardato su un forum dedicato al caso dello Strangolatore. C'è un approfondimento dedicato al libro. L'ho visto quando sono andata a casa di Omar ed Ethan. Non sapevo di cosa si trattasse o che fosse rilevante in quel momento, così ieri sera ho chiamato il loro padrone di casa e gli ho chiesto di andare all'appartamento e confermare che ci fosse. Perciò, Ethan era già a conoscenza del caso. E poi, un altro dei libri della collezione di Ethan tratta di un caso rimasto irrisolto per quarant'anni prima che la polizia usasse un sito di DNA per rintracciare l'assassino attraverso i suoi lontani parenti. Credo che Ethan in qualche modo abbia stabilito un collegamento e che insieme a James abbia iniziato a fare la stessa cosa con l'altro ramo della sua famiglia. Penso che abbiano trovato lo Strangolatore di coppie e che, invece di contattare le autorità, abbiano escogitato un piano per riunire mamma, papà e figlio come una famiglia felice... O forse Ethan ha pensato di darti la chiusura di cui avevi bisogno, presentandosi insieme all'assassino, permettendoti di riconoscerlo e, dato che ora sei un'agente di polizia, di arrestarlo. Saresti diventata l'eroina di te stessa. Non so perché Ethan volesse farvi incontrare, ma è chiaro che aveva capito di essere alle prese con un assassino a sangue freddo. Deve essersi spaventato. Avranno deciso che James dovesse andare al posto di Ethan. In questo modo, se quell'uomo avesse perso la testa, James avrebbe potuto dire: "Non sono tuo figlio" e guadagnare tempo, perché quell'uomo avrebbe voluto il suo vero figlio.»

Il labbro inferiore di Gretchen tremò.

«Solo che qualcosa è andato storto. Il piano si è ritorto contro di loro. James Omar ha detto a entrambi che non era davvero vostro figlio, che lo era Ethan. Lo Strangolatore ha sparato a Omar e ha rapito te. Non so perché ti abbia lasciato andare. Forse perché gli piace che tu sia terrorizzata, che tu viva sempre nella paura di lui, forse perché gli piace giocare. Ma credo che tu abbia fatto un patto con lui. È l'unica cosa che ha senso. Saresti disposta a dichiararti colpevole dell'omicidio di Omar e a far finta che quell'uomo non si trovasse insieme a voi, se lasciasse Ethan in pace. Lui sta tenendo Ethan in pugno e nel tempo che ci vorrebbe per trovare Ethan e metterlo in custodia protettiva e poi individuare e arrestare lo Strangolatore, lui potrebbe uccidere Ethan. Ethan conosce il suo nome, ma non l'ha mai incontrato, perciò non lo riconoscerebbe nemmeno se gli camminasse accanto, il che rende questo assassino ancora più pericoloso per tuo figlio. Pensi che l'unico modo per proteggerlo sia mantenere la tua parte del patto che hai fatto con lui, perché non credi di avere altra scelta.»

Altre lacrime bagnarono il viso di Gretchen.

«Lui non tiene Ethan in pugno.» le disse Josie. «Ethan si è volatilizzato. Nessuno sa dove cercarlo, né la polizia, né i suoi amici a scuola, né suo padre. Nessuno. Lo Strangolatore non lo troverà.»

Sul volto di Gretchen non si diffuse alcun sollievo. Non credeva a Josie. O non credeva che Ethan fosse al sicuro.

«Sto dando la caccia allo Strangolatore, Gretchen. Posso lasciare il caso di Omar fuori da questa storia per ora, finché non lo prendiamo e Ethan non viene ritrovato sano e salvo, ma ha ucciso una coppia a Denton e deve essere condannato per questo.»

«Ti prego, non farlo.» mugolò Gretchen.

Il cuore di Josie affondò. «Lo prenderò. Non farà del male a nessun altro.»

«Come?» chiese Gretchen. «Come farai a prenderlo? È un fantasma. Non so nemmeno chi sia... io l'ho visto in faccia ma non so chi sia.»

«Ethan sa chi è... Ethan e James l'avevano rintracciato.»

«Hai appena detto che Ethan è scomparso.» le fece notare Gretchen.

«Allora mettiamo la foto di Ethan sui giornali e chiediamo aiuto per localizzarlo. Nel frattempo, ci fornirai un identikit composto.» disse Josie.

«Non posso. Non posso farlo. Non puoi esporre Ethan in questo modo. L'assassino sarà sempre un passo avanti a noi.» Si protese verso Josie, abbassando la voce. «Credo che sia uno di noi.»

«Un agente?» chiese Josie. «Starkey mi ha detto che lo

pensavate entrambi. Ma Gretchen, non è un agente del nostro dipartimento. Lo sai.»

«È troppo rischioso.» disse Gretchen. «Ti prego. Non mettere in pericolo mio figlio.»

Josie alzò una mano. «Va bene, d'accordo. Dimentichiamoci di Ethan. Aiutaci con l'identificazione. Diremo che un testimone lo ha visto vicino alla scena del crimine dei Wilkins.»

Gretchen scosse la testa. «Non posso. Lo capirebbe. Scoprirebbe che sono stata io. Ti supplico.»

«Se non ci aiuti...» intervenne la Loughlin «rischi di essere accusata di intralcio alla giustizia.»

«Gretchen...» aggiunse Josie «dobbiamo dare la caccia a questo criminale. Pensi davvero che manterrà la sua parte dell'accordo? È un assassino. Sei convinta che smetterà di uccidere?»

«Non farlo.» la pregò Gretchen.

Josie si alzò in piedi. «Devo fare il mio lavoro, Gretchen. Puoi aiutarmi. O puoi non aiutarmi. Gli darò comunque la caccia.»

Attese che un altro momento di tensione passasse, ma Gretchen non aggiunse niente. Infine, Heather Loughlin sospirò e si alzò, dirigendosi verso la porta. Josie si voltò per seguirla. Sentì il rumore della sedia di Gretchen che grattava sulle piastrelle, ma prima che avesse la possibilità di voltarsi, le mani di Gretchen erano sulle sue spalle. Josie ebbe appena il tempo di alzare le mani per proteggersi il viso che Gretchen la sbatté contro il muro. Josie si spinse all'indietro contro il muro, cercando di liberarsi dalla presa di Gretchen. Sentì delle grida alle loro spalle e in pochi secondi la Loughlin, Bowen e una guardia stavano trascinando via Gretchen. Ma non prima che Gretchen fosse riuscita a dire all'orecchio di Josie, con voce disperata e incalzante: «Mi occorre soltanto un po' di tempo. Solo un altro po' di tempo.»

CINQUANTOTTO

Josie era seduta nell'infermeria della prigione della contea, accanto a lei, sulla barella, una borsa del ghiaccio inutilizzata. Noah era appoggiato al muro di fronte, con le braccia incrociate sul petto, in attesa del medico.

«È ridicolo.» disse Josie. «Sto bene. Non ho battuto la testa.»

«Lascia che il dottore ti dia un'occhiata.» disse lui.

«Non sono ferita.» ribatté Josie. «Non mi ha fatto male. È stato un incidente.»

Noah rise. «Ti ha accidentalmente spinto la faccia contro il muro?»

«Non mi ha spinto la faccia contro il muro. Non ho sbattuto contro niente. Io non voglio che sia punita in alcun modo.»

«Già la tengono in isolamento; ora dovrà essere ammanettata quando riceverà visite.»

Heather Loughlin entrò dietro il dottore. Mentre questi illuminava gli occhi di Josie con una piccola torcia, la Loughlin disse: «Non intende fornire un identikit.»

«Ma non mi dire...» commentò Josie. Il medico le fece una serie di domande a cui lei rispose il più velocemente possibile. Alla fine, fu autorizzata ad andare.

I tre detective si avviarono insieme verso il parcheggio. Noah e la Loughlin discussero delle scoperte del giorno, mentre la mente di Josie continuava a tornare alle parole che Gretchen le aveva sibilato all'orecchio.

Più tempo per cosa?

Aspettò di essere sola in macchina con Noah per raccontargli quello che le aveva detto Gretchen, ma anche lui non riuscì a capirne il senso. «Dovremmo tornare dentro per chiederglielo.» disse. «Dire a Bowen di chiederglielo.»

«No.» disse Josie. «Evidentemente voleva che sentissi solo io, altrimenti l'avrebbe detto davanti alla Loughlin. Era rivolta soltanto a me.»

«E ora lo stai dicendo a me.»

Lei gli diede una pacca sulla spalla. «Ho bisogno che tu mi aiuti a capirlo.»

«Beh, non so a cosa le serva più tempo. È rinchiusa in prigione.»

Il cellulare di Josie squillò. Lo guardò e gemette. «È Chitwood.» disse a Noah. Premette RISPONDI e abbaiò: «Quinn.»

La voce graffiante del capo era altrettanto forte al telefono che di persona. «Quinn, abbiamo un riscontro del DNA trovato addosso a Margie Wilkins. La corrispondenza è saltata fuori dal database federale: il DNA è compatibile con quello del tuo Strangolatore di Seattle. Manca ancora il riscontro con il capello trovato nell'auto di Gretchen, però ottimo lavoro. Ora riporta il tuo culo in centrale, perché dobbiamo organizzare una conferenza stampa e, dal momento che questo tizio odia le donne, penso proprio che dovresti essere tu a farla. Questo lo farà davvero andare in bestia.»

Riattaccò prima che lei potesse dire qualcosa.

«Ho sentito ogni parola.» disse Noah. «Non riesco a capire quale sia stata la parte più strana: quando ha detto che hai fatto un ottimo lavoro, quando ha detto che "odia le donne" o quando ti ha suggerito di mandare in bestia un serial killer.»

Josie rise, poi rise anche Noah e questo la fece ridere ancora un po'. Era una bella sensazione dopo la settimana che avevano trascorso.

Ma in pochi minuti tutta la leggerezza che si era creata nell'abitacolo era svanita. Dovevano ancora catturare un assassino.

«Sai» disse Noah, percependo quel cambiamento di umore, «credo che Gretchen avrà il tempo che desidera.»

«Cosa vuoi dire?»

«Mi chiedo se abbia senso fare una conferenza stampa quando non abbiamo assolutamente nessuna pista. Stiamo per comunicare al pubblico che un serial killer, che tutti pensavano morto, ha colpito qui a Denton, invece che nel suo vecchio territorio di caccia, quattordici anni dopo il suo ultimo omicidio. Che succederebbe a quel punto? Scoprirebbe che sappiamo che è lui il responsabile, quando invece non conosciamo la sua vera identità.»

Josie gemette. «Hai ragione. Non è prudente raccontarlo al mondo senza avere una pista solida. Rischiamo di spingerlo nuovamente a nascondersi e a quel punto nessuno lo rivedrebbe più.»

«A meno che non troviamo Ethan. Ethan sa chi è... Ethan e James lo avevano trovato.» disse Noah.

«Sì, ma credo che tutte le ricerche che hanno fatto siano conservate nel computer di Ethan, che lui ha portato con sé. Questo non ci aiuta.»

«D'accordo... beh, Gretchen pensa che l'assassino sia della polizia di Seattle. Potremmo rintracciare qualche membro che si è trasferito a est o che si trova in vacanza in questo momento...» suggerì Noah.

«Sì, potremmo.» convenne Josie. «E potremmo non avere altra scelta che procedere in questo modo, ma se questo tizio lavora davvero nelle forze dell'ordine, non sono sicura che dovremmo rischiare di allarmarlo prima di riuscire a gestire meglio la situazione. Se facciamo una telefonata alla polizia di Seattle, il nostro uomo scopre cosa sta succedendo e si dilegua. Anche se...»

«Anche se?»

«Se questo tizio fosse delle forze dell'ordine, il suo DNA sarebbe inserito in un database da qualche parte. A quest'ora avrebbero già avuto un riscontro con il capello trovato nell'auto di Gretchen.»

«Vero.»

«Quindi forse non è un agente. Devo dare di nuovo un'occhiata al materiale del caso.» disse Josie.

Noah rallentò la marcia. Josie si guardò intorno e si rese conto che erano a pochi isolati dal Comando di Polizia.

«Ma che succede?» mormorò Noah mentre si fermavano dietro un ingorgo di traffico. Davanti a loro, delle auto di pattuglia e un'ambulanza bloccavano una metà della strada residenziale. Josie riuscì a vedere degli agenti di pattuglia che si attardavano fuori da una casa.

«Accosta.» disse. «Andiamo a dare un'occhiata.»

Noah trovò un posto vicino al marciapiede da cui probabilmente non sarebbero mai usciti con tutte le auto in colonna. Mentre si avvicinavano alla casa, Josie vide che i portelloni dell'ambulanza erano aperti. All'interno, una donna era seduta sulla barella, con il volto martoriato e insanguinato.

Owen era chino su di lei e stava pulendo delicatamente il sangue con un pezzo di garza ripiegato. Josie guardò la donna e la riconobbe: era quella che aveva fatto la chiamata per denunciare la violenza domestica di cui Josie si era occupata qualche giorno prima. Mentre Noah si dirigeva verso gli agenti in uniforme, lei salì sul retro dell'ambulanza e la donna le disse: «Sono pronta a sporgere denuncia.»

Josie annuì e le rispose «Farò tutto il possibile per aiutarla.» Poi si rivolse a Owen. «Portala all'ospedale, così possiamo documentare le sue ferite.»

«Certo.» rispose Owen.

Josie scendendo dall'ambulanza aggiunse: «Ci vediamo lì.»

Sentì Owen parlare alla donna del nuovo Centro per le Donne e del nuovo ricovero che la città aveva appena edificato. Le difficoltà che quella donna avrebbe avuto nel rimanere al sicuro fino a quando il marito non fosse stato perseguito non sfuggirono a Josie.

«Prima si trovava vicino all'ospedale.» stava dicendo Owen alla donna. «Ma questo nuovo è molto più bello. È un po' fuori mano. Conosce quella strada vicino a Denton East...»

Josie non sentì altro. Il suo cuore fece un rapido doppio battito. Cercò Noah. Quando i loro sguardi si incrociarono, lui disse qualcosa agli agenti con cui stava parlando e si avvicinò a lei.

«Qual è il problema?» chiese.

«Puoi occupartene tu?» gli chiese lei. «Ho davvero bisogno di tornare in centrale e dare un'altra occhiata ai tabulati telefonici di James Omar.»

«Certo.» rispose lui. «Che succede?»

«Credo di sapere come trovare l'identità dello Strangolatore.»

CINQUANTANOVE

«Quinn!» sbraitò Chitwood non appena Josie entrò in ufficio. Stava davanti alla porta del suo ufficio, con i capelli bianchi che gli svolazzavano sulla testa. Guardò alle sue spalle. «Dov'è l'altro?»

Josie sfogliò le pile di scartoffie sulla sua scrivania. «Fraley? Mentre venivamo qui ci siamo imbattuti in un caso. Se ne sta occupando; deve andare all'ospedale per raccogliere una dichiarazione dalla vittima.»

«Quindi questa vittima è ancora viva?»

I tabulati telefonici non erano sulla sua scrivania. Si spostò e iniziò a sfogliare i rapporti sulla scrivania di Noah. «È un caso di violenza domestica.» gli disse Josie.

«Dobbiamo fare il punto sulla situazione dello Strangolatore.» disse Chitwood. «Voglio essere sicuro che siamo tutti sulla stessa lunghezza d'onda.»

«Anch'io.» disse Josie. Finalmente le sue dita si chiusero sul rapporto delle registrazioni del telefono di James Omar. «Ci dia un paio d'ore.»

Josie aspettò che lui protestasse: in nessun caso a Chitwood piaceva dare ai suoi agenti del tempo in più, ma stavolta si limitò a fissarla ancora per un attimo. Poi batté una mano contro lo stipite della porta e disse: «Tu e Fraley, vi voglio nel mio ufficio tra due ore. Cercate di darvi una mossa, capito?»

Josie annuì e borbottò: «Agli ordini.» ma le sue mani stavano già sfogliando freneticamente le pagine, alla ricerca della chiamata che aveva visto nei tabulati di James Omar il giorno in cui li avevano ricevuti. Quella che aveva archiviato come un numero errato perché si trattava di un caso isolato. La chiamata alla compagnia di ambulanze per volontari di Norristown due settimane prima del suo omicidio. Prese i fogli, tornò alla sua scrivania e accese il computer. Fece una ricerca su Google per il nome dell'azienda e, quando fu sicura di sapere a chi rivolgersi, compose il numero.

SESSANTA

Due ore più tardi, Josie si trovava davanti alla scrivania di Chitwood, con un mucchio di carte strette al petto. Noah stava tornando dall'ospedale. Da sotto la scrivania, il picchiettio del mocassino di Chitwood sulle piastrelle riempiva la stanza. Con fare deciso, guardò l'orologio sopra la testa di Josie. «Non ho tutto il giorno, Quinn.» le ricordò.

«Noah sarà qui a momenti.» rispose. «Ancora un minuto.»

Prima che Chitwood potesse aggiungere altro, Noah attraversò la porta di corsa, leggermente a corto di fiato. Prese posto su una sedia e guardò con aspettativa da Josie a Chitwood.

«È bello che tu ti sia unito a noi.» gli disse Chitwood.

Noah ignorò l'insulto e si rivolse a Josie. «Cos'hai trovato?»

«Lo Strangolatore di coppie non fa parte delle forze dell'ordine.» disse Josie. Porse loro una serie di documenti. «Oggi, quando ci siamo fermati per quella chiamata di violenza domestica, ho sentito Owen che diceva alla vittima l'ubicazione del ricovero per le donne. Chitwood chiese: «Chi diavolo è Owen?»

«È un paramedico.» disse Noah. «Fa più turni di chiunque altro in tutto il suo dipartimento.»

«E allora?» disse Chitwood. «Un paramedico locale che sa

dove finiscono i casi di violenza domestica. Cosa c'entra questo con lo Strangolatore di coppie?»

Josie disse: «Lo Strangolatore di coppie era un operatore del pronto soccorso.»

Entrambi gli uomini la fissarono, Chitwood con il suo tipico scetticismo, che Josie cominciava a pensare fosse solamente la sua espressione normale, e Noah con sguardo di illuminazione.

«Sono presenti su quasi tutte le scene del crimine.» osservò Noah «E quando le vittime sono morte, sono loro che portano i cadaveri all'obitorio.»

«Parlano con la polizia.» disse Josie. «E noi gli raccontiamo le cose. Fanno parte della nostra squadra. Sanno quasi quanto noi dei crimini violenti che avvengono in città. So che qui a Denton abbiamo un ottimo rapporto con i paramedici che intervengono su tutte le scene. Non sarebbe difficile per uno di loro origliare le nostre conversazioni o addirittura fare amicizia con un agente e porre casualmente qualche domanda.»

«È così che ogni volta riusciva a trovare Gretchen.» concluse Noah, seguendo la sua linea di ragionamento. «Tutto quello che doveva fare era andare sulla scena del crimine, parlare con disinvoltura dell'unica vittima sopravvissuta dello Strangolatore ai suoi amici della polizia di Seattle, fingersi preoccupato e fare qualche domanda innocente.»

«Il profilo dell'FBI dice che probabilmente è molto manipolatore.» disse Josie. «Provate a immaginarlo. Si trova sul luogo di un qualche crimine. Tutte le persone che lo circondano sono in grande concitazione. Inizia a parlare del caso dello Strangolatore. E magari si spinge a dire: "Sono così contento che non si tratti di una chiamata per lo Strangolatore, quel tizio ha messo in agitazione l'intera città. Non riesco a credere che l'ultima donna sia sopravvissuta" e da lì continua.»

«Poteva iniziare a parlare di quanto fosse felice che lei ce l'avesse fatta e di come stesse, e i suoi amici della polizia probabilmente non potevano sospettare nulla.» aggiunse Noah. «Sì, è plausibile. Dovremmo mantenere la riservatezza, ma in queste situazioni i confini si confondono. Voglio dire, abbiamo bisogno degli operatori del servizio medico d'emergenza. È impossibile tenere tutto nascosto.»

Chitwood incrociò le braccia sul petto. Per una volta, la sua voce aveva un volume normale. «Sì, mi avete convinto.» disse. «Lo Strangolatore è un paramedico. Avete un elenco dei paramedici che hanno risposto alle scene dello Strangolatore a Seattle tra il 1993 e il 1994?»

«Ancora meglio.» disse Josie. «L'ho trovato.» Fece un cenno ai fascicoli che avevano in mano. «Due settimane prima del suo omicidio, James Omar ha effettuato un'unica telefonata a una compagnia di ambulanze di volontari di Norristown, alle porte di Philadelphia. Ho pensato che avesse sbagliato numero. Perché uno studente di Philadelphia avrebbe dovuto chiamare una compagnia di ambulanze? Ho chiamato il suo tutor, il professor Larson, e suo padre, e ho chiesto loro se James avesse avuto qualche incidente o se fosse stato ricoverato in quel periodo, per capire per quale motivo avesse avuto bisogno di chiamare un'ambulanza. Non aveva avuto niente. Così ho fatto una ricerca, ho trovato il nome del supervisore e l'ho chiamato.»

«Sei sicura che non fosse il supervisore lo Strangolatore?» le domandò Chitwood.

Josie scosse la testa. «Ho fatto delle ricerche su di lui. Ha vissuto tutta la vita nella contea di Montgomery, in Pennsylvania, ed è troppo giovane per essere lo Strangolatore. È stato molto collaborativo. Non ha nemmeno chiesto un mandato, dopo che gli ho detto cosa stava succedendo. C'è un paramedico di sessantatré anni che si è unito alla squadra cinque anni fa.»

«Sessantatré anni...» disse Noah. «e fa quel tipo di lavoro?»

«Il supervisore dice che è lui a guidare e che ha fatto molta formazione per imparare il tracciato dell'area. Non fa molti lavori pesanti, anche se è abbastanza in forma, a sentire il supervisore. È un volontario. A quanto pare, è andato in pensione anticipata e si è trasferito da Seattle a qui. È un appassionato cacciatore.»

«Anche questo era nel profilo dell'FBI.» fece notare Noah.

«Sì, corrisponde alla descrizione.» Tirò fuori una copia della sua patente di guida, che mostrava un uomo bianco con capelli bianchi e radi, e un viso dai tratti decisi. Gli occhi castani penetranti fissavano con aria di sfida la macchina fotografica. Sembrava più una foto segnaletica che una foto della patente. O forse aveva un aspetto agghiacciante soltanto perché Josie conosceva tutti gli scempi che aveva compiuto su persone innocenti. «Ed O'Hara. Ho chiamato la polizia di Seattle e ho parlato con un agente che ha lavorato al caso quando i Neal sono stati uccisi nel 2004. Lui non si ricordava di O'Hara, ma un paio di agenti più anziani sì. Hanno detto che era sempre in giro, che lavorava molto. Si è sposato nel 1998 e ha avuto una figlia, ma ci sono stati molti problemi domestici e alla fine la moglie ha preso la figlia e lo ha lasciato.»

«Intendi dire chiamate per violenza domestica?» le chiese Noah. «La picchiava?»

«Sì.»

«È stata fortunata a riuscire a scappare.» osservò Chitwood.

Josie annuì. «Il supervisore di Norristown dice che non si fa vedere da quasi due settimane. Lo hanno chiamato un paio di volte per fare dei turni, ma non risponde al telefono. Nessuno lo vede da giorni. La polizia di Norristown è stata allertata. Andranno a casa sua. Ho informato anche la polizia di Philadelphia, visto che tutto questo è collegato alla scomparsa di Ethan Robinson.»

«Hai fatto preparare un mandato?» chiese Noah.

Scosse la testa. «Non ancora. Al momento lo considererei solo un indiziato. Abbiamo bisogno di un suo campione di DNA per esserne sicuri.»

«O che qualcuno lo identifichi con certezza.» fece notare Noah, ma entrambi sapevano che non sarebbe successo.

«Va bene.» disse Chitwood, con la voce ancora a un volume ragionevole e tre rughe orizzontali sulla fronte. «Sarà una cosa delicata.

Vediamo cosa salta fuori dalla polizia di Norristown. Occorre diramare le informazioni sul suo veicolo a ogni dipartimento dello Stato e assicurarsi che tutti quanti sappiano che lo stiamo cercando. Ma se non riusciamo a prenderlo di soppiatto, ci vado giù pesante. Lo faremo uscire allo scoperto. Gli renderemo impossibile nascondersi.»

«Mandarlo in bestia?» chiese Noah.

«Giusto.» confermò Chitwood. «Metteremo Quinn davanti alle telecamere. Le faremo lanciare una sfida. Lo sfideremo per quel piccolo pisciasotto che è, poi, quando tirerà fuori la sua testolina dalla sabbia, lo inchioderemo.»

Noah si accigliò. «Sta dicendo di usare Quinn come esca?»

«No, sto dicendo...»

«È proprio quello che sta dicendo.» disse Josie. «Vuole farmi apparire in pubblico, fare in modo che lui rivolga tutta la sua rabbia verso di me e poi aspettare che venga a cercarmi.»

«No, no!» replicò Chitwood. «Sto dicendo che non potrà farne a meno. Sentirà il bisogno di fare qualcosa per riaffermare il suo dominio, per dimostrare quanto è superiore, e non appena lo farà, si esporrà.»

Chitwood dovette capire dalle loro espressioni che non gli credevano. Sospirò con frustrazione. «Non ricordate quel tizio in Kansas? La polizia lo ha sfidato pubblicamente e lui ha risposto inviando un cd che poi loro hanno usato per localizzarlo.»

Josie pensò agli occhi senza vista di Margie Wilkins. «Questo tizio non è il tipo che invia chiavette. Se si arrabbia abbastanza, ucciderà. Non possiamo proteggere tutti gli abitanti della città.»

«Pensavo che ti piacesse l'approccio aggressivo.» disse Chitwood.

Josie gli rivolse un sorriso ironico. «Negli anni ho imparato che l'approccio intelligente funziona meglio.»

«Beh, credo che l'approccio più intelligente sia quello di sfidare questo tizio. Farlo uscire allo scoperto. Se temete ritorsioni, ti metterò sotto supervisione di un'unità. Oppure puoi restare con Fraley, e io manderò un'unità a casa di entrambi. Hai ventiquattro ore per vedere se la polizia di Norristown o di Philadelphia lo trova. Datevi una mossa. Mettete le carte in tavola. Domani Quinn terrà una conferenza stampa e noi daremo la caccia a questo animale.»

SESSANTUNO

La giornata fu interminabilmente lunga e, anche dopo che fu tornata a casa, sfuggendo al trambusto della centrale e alle pile infinite di scartoffie sulla sua scrivania per gli omicidi di Omar e dei Wilkins, Josie aveva ancora l'orribile sensazione di essere diretta verso un destino certo, che non era la conferenza stampa. Come capo ad interim, aveva tenuto conferenze stampa quasi una volta alla settimana. Aveva partecipato al programma *Dateline* con Trinity tre volte. Il problema non era nemmeno l'idea che l'assassino potesse dare la caccia a lei: diffondere il suo volto e il suo nome sulla stampa sarebbe stato molto utile per trovarlo. Grazie a Trinity, la copertura della stampa nazionale era garantita. C'era una buona probabilità che venisse arrestato, ovunque si trovasse nel paese, prima ancora che potesse pensare di prendere di mira Josie.

Ma sentiva che le mancava qualcosa.

Cosa aveva voluto dire Gretchen quando aveva chiesto più tempo? Tempo per cosa?

Passando per il soggiorno, raccolse tutti i giocattoli di Harris. La sera prima era stata così presa dalla sua rivelazione e dalla telefonata al professor Larson che non si era nemmeno preoccupata di rimettere a posto. Salì al piano di sopra e smontò il materassino, soffermandosi ad annusare il lenzuolo dopo averlo sfilato dal materasso. Aveva lo stesso odore di Harris. Di sole, di aria fresca e di frutta.

Tornata al piano di sotto, accese la televisione, ma non la guardò. La sua mente era piena di pensieri riguardo ai vari casi, a Gretchen e a suo figlio. Avrebbe voluto riuscire a spegnerla. Di solito, in una situazione del genere, si sarebbe scolata una mezza bottiglia di Wild Turkey e si sarebbe addormentata sul divano in un sonno perfetto, soddisfatto e senza sogni. Invece chiamò Noah. Quando lui rispose, lei disse: «Sono a casa da sola.»

Lui rispose: «Sono da te fra venti minuti.»

Invece, arrivò in dieci minuti. Non aveva ancora varcato completamente la porta d'ingresso che lei si sollevò sulle punte dei piedi e lo baciò, cingendogli il collo tra le braccia e tirandolo a sé. Le loro mani e le loro bocche erano frenetiche, come se la loro stessa vita dipendesse da quei momenti. Quando raggiunsero la camera da letto di Josie, avevano lasciato una scia di vestiti abbandonati dall'atrio, su per le scale e lungo il corridoio. La pelle di Noah era calda contro la sua. Mentre la calava sul letto, tirò indietro la testa e la guardò negli occhi. Nell'aria intorno a loro c'era un'immobilità straziante.

«Cosa c'è?» chiese Josie.

«Ne sei sicura?»

In effetti, non era mai stata così sicura di qualcosa in vita sua. Si rese conto allora che non lo aveva chiamato per distrarsi da pensieri oscuri o demoni; non voleva che il sesso spegnesse la sua ansia, benché una distrazione dal lavoro fosse ben accetta. Ma lo aveva invitato a casa sua perché voleva stare con lui.

«Sì» disse. «Ne sono sicura.»

SESSANTADUE

Il primo accenno di luce del giorno, grigio e indistinto attraverso le tende, avvolgeva la camera da letto di Josie. Noah si scostò da lei per studiare la grande vetrata di fronte al letto. «Siamo stati svegli tutta la notte.» disse.

Josie allungò le braccia sopra la testa e si girò a pancia in giù, appoggiando il viso sul cuscino. Sotto il groviglio di lenzuola, la mano di Noah trovò la parte inferiore della sua schiena e le accarezzò tutta la colonna vertebrale. «Le maratone non sono note per la brevità.» scherzò lei.

Lui rise. La sua testa scomparve sotto le lenzuola e un attimo dopo lei sentì la sua bocca calda contro la spalla nuda, scendendo verso il basso. Lei chiuse gli occhi e sospirò soddisfatta. Per la prima volta dopo mesi, le sembrava che la sua mente fosse straordinariamente limpida e avesse già iniziato a rielaborare ciò che sapeva sul caso di Gretchen, sullo Strangolatore e sull'omicidio dei Wilkins.

«Ucciderà Ethan Robinson.» disse.

Sentì la bocca di Noah fermarsi e la sua testa fece capolino. Tirò indietro il lenzuolo in modo da avere il viso scoperto. «Se questa è la tua idea di conversazione a letto» disse «allora credo che dobbiamo rivalutare questa relazione.»

Josie rise. Si girò per poter incrociare il suo sguardo. «Scusami. Il sesso mi aiuta a pensare meglio.»

Noah fece una profonda risata di pancia che gli fece tremare i fianchi. Josie gli diede un leggero schiaffo sul petto. «Ehi» disse. «Non è divertente. Non ti senti più lucido dopo?»

«No, di solito ho sonno. Beh, non adesso.»

Con l'indice percorse la pelle della clavicola, e mentre le sue mani la esploravano, rimase a guardarlo per un lungo momento, finché la cicatrice sulla spalla destra, dove lei gli aveva sparato durante il caso delle ragazze svanite, non attirò il suo sguardo. La toccò con delicatezza.

Allora Noah disse: «O'Hara sa che Ethan conosce la sua identità. Deve ucciderlo.» Le loro mani continuarono a muoversi lungo i corpi dell'altro, in un lento studio. Stavano recuperando il tempo perduto, pensò lei. «Allora perché Gretchen avrebbe fatto un accordo con lo Strangolatore per lasciare andare Ethan a patto che lei si prendesse la colpa dell'omicidio di Omar? Non può parlare per Ethan. Non c'è garanzia che lui non vada alla polizia.»

«Beh, non l'ha ancora fatto.» osservò Noah.

«Ma perché? Perché non dovrebbe? Studia i serial killer da quando era adolescente. Ha letto il libro sullo Strangolatore. Sa esattamente di cosa è capace O'Hara e deve aver capito che O'Hara ha ucciso James. Perché non si è rivolto direttamente alla polizia?»

«Forse si sente in colpa. Probabilmente ha convinto Omar a organizzare questo incontro tra Gretchen e lo Strangolatore, o anche se non l'ha convinto, ha comunque lasciato che Omar lo facesse, e ora il suo amico è morto.»

«È vero.» convenne Josie. Ripensò a quello che Gretchen le aveva detto, di essere stata giovane e stupida. Ethan aveva appena vent'anni. Josie non aveva idea di che tipo di persona fosse o di come gestisse lo stress.

«Quindi diciamo che Ethan è soltanto giovane e stupido. Ma questo non spiega perché Gretchen abbia pensato che O'Hara lo lascerebbe vivere. Lei deve saperlo. Deve aver capito che O'Hara sa che quel ragazzo conosce la sua identità e che potrebbe denunciarlo in qualsiasi momento.»

«Sono sicuro che lo sa. Ma sappiamo che ti ha chiesto più tempo prima di rendere pubblica questa storia, quindi, è ovvio che ha in mente qualcosa.»

«Tipo cosa?»

Sentì che scrollava le spalle sotto le sue mani. Non si aspettava che le rispondesse: lui aveva accesso a tutte le stesse informazioni che aveva lei. Così gli fece un'altra domanda a cui non si aspettava che lui rispondesse: «Cosa diavolo può avere in mente?»

«Ti ha detto che l'unica cosa che le importava allora e che le importa adesso è proteggere suo figlio.» le ricordò Noah.

Allora...

Josie si alzò di scatto, dando quasi una gomitata in faccia a Noah.

«Ehi!» protestò lui. «Che succede?»

«So dov'è Ethan Robinson!» esclamò Josie.

Saltò giù dal letto e andò alla cassettiera, tirando fuori dei vestiti puliti. «Rivestiti.» gli disse.

«Dici sul serio?»

«Senti proprio il bisogno di farmi questa domanda?»

SESSANTATRÉ

La centrale era relativamente tranquilla quando entrarono dall'atrio con il caffè del Komorrah's Kofffee in mano e si diressero verso le loro scrivanie.

«Ho bisogno di nuovo di quei tabulati telefonici.» disse lei.

«Di Gretchen o di Omar?» chiese Noah, posando il caffè e iniziando a sfogliare le pile sulla scrivania.

«Di Omar.» disse Josie, cercandone una copia sulla propria scrivania.

«Eccolo.» disse Noah. Prese il fascicolo dalla scrivania e lo spostò vicino a Josie.

Lo sfogliò finché non trovò la chiamata. Era l'ultima chiamata, fatta dal telefono di Omar a quello di Ethan in quel lasso di tempo indefinito che era intercorso tra la partenza di Gretchen dalla centrale di polizia per incontrare Omar e l'arrivo della prima pattuglia a casa sua che aveva trovato Omar morto nel vialetto. «Era Gretchen» disse a Noah, indicando la chiamata. «non O'Hara. In qualche modo, è riuscita a rimanere sola o almeno a non farsi sentire da O'Hara, ad accedere al telefono di Omar e a chiamare Ethan. Guarda, la chiamata dura quattro minuti.»

«Quanto tempo ci vuole per disattivare l'MDT?» chiese Noah.

«Non lo so, ma se è stato O'Hara a farlo, avrà impiegato almeno quel tempo.»

«Quindi Gretchen era da sola in macchina con i telefoni mentre O'Hara staccava l'antenna esterna e gettava il tutto nel fiume.» disse Noah.

«Esatto.» concordò Josie.

«Cosa avrà detto a Ethan?» chiese lui. «Aveva quattro minuti. Cosa potrà avergli detto?»

«Gli ha detto di fare quello che ha fatto lei quando aveva la sua età. Quando era giovane e stupida e aveva bisogno di essere protetta da quell'uomo. Gli ha detto di rivolgersi alla Devil's Blade.»

Noah la fissò per un lungo momento. Quando non disse nulla, Josie proruppe: «Pensaci. È il piano più infallibile che potesse escogitare. Sa che la Devil's Blade lo terrà nascosto. Per questo ha bisogno di più tempo. O'Hara è così arrogante che pensa di averla vinta su di lei. Probabilmente in questo momento sta cercando Ethan per ucciderlo. Non appena avrà conferma che Ethan è al sicuro, Gretchen confesserà tutto.»

Guardò la fronte di Noah aggrottarsi con le sue parole che gli penetravano nella mente. «Cosa facciamo?» le chiese poi. «Chiamiamo la sezione di Seattle della Devil's Blade e diciamo: "Ehi, stiamo cercando questo ragazzo"?»

Josie rise. «No. Ho un'idea migliore. L'unico modo in cui Ethan poteva accedere alla Devil's Blade doveva essere attraverso l'uomo e la donna che hanno dato la giacca a Gretchen. Devo chiamare Steve Boyd della Omicidi di Philadelphia e sentire se conosce i loro nomi o, nel caso non li conosca, voglio vedere se può procurarmeli. Gli uomini di Lincoln andavano al processo tutti i giorni, ha detto. Quindi possiamo trovarli.»

SESSANTAQUATTRO

Boyd non conosceva il nome dell'uomo né quello della donna, però promise di fare tutto ciò che poteva per procurarseli e farglieli avere il prima possibile. Nel frattempo, Josie tornò sul sito Philly.com per leggere gli articoli sugli omicidi e sul processo che aveva visto in precedenza, alla ricerca di un riferimento qualsiasi alla moglie o alla fidanzata di Lincoln Shore o a qualsiasi altro membro della Devil's Blade. Non c'era niente. Chiamò Jack Starkey per vedere se lui o qualcuno dei suoi contatti al BATFE conoscesse la donna di Lincoln o qualcun altro che gli fosse particolarmente vicino. Si scoprì che Lincoln aveva avuto diverse donne e diversi collaboratori stretti nella banda. Josie suggerì di restringere la lista a chiunque avesse avuto una presenza abbastanza significativa nella vita di Lincoln da recarsi a Philadelphia per il processo dei suoi assassini. Starkey disse che si sarebbe messo al lavoro e l'avrebbe richiamata.

Trascorsero il resto della mattinata tra telefonate e tentativi di seguire la pista della Devil's Blade per rintracciare Ethan Robinson. Era quasi mezzogiorno quando Chitwood apparve accanto alla scrivania di Josie. «Quinn.» disse. «Stiamo organizzando la conferenza stampa.»

«Signore» rispose lei «la prego. Un altro giorno o due. Penso che possiamo localizzare Ethan Robinson. Sarà in grado di confermare che O'Hara è lo Strangolatore. Ha la prova del DNA. Potremo emettere un mandato.»

«Non posso concederti altro tempo, Quinn.» le disse Chitwood, con voce sorprendentemente gentile. «Dobbiamo dare la caccia a questo tizio. Ha ucciso tre persone in questa città nel giro di pochi giorni. Più a lungo resta in giro, più aumentano le probabilità che uccida di nuovo. Dobbiamo far apparire il suo volto su tutte le televisioni e i siti web di questo paese. Qualcuno lo riconoscerà. A quel punto, avremo trovato il ragazzo, Robinson. Non possiamo aspettare.»

All'altro capo tra le due scrivanie, Noah le fece un cenno. Josie avrebbe voluto avere Ethan Robinson sotto la sua custodia prima di scatenare i media su Ed O'Hara, ma di certo si sentiva meglio sapendo che avevano indizi validi per trovarlo. Era solo questione di tempo. La triste verità era che Ethan era probabilmente più al sicuro sotto la protezione della banda di motociclisti fuorilegge che dei dipartimenti di polizia, che forse non avevano le risorse per proteggerlo a lungo o da soli.

«D'accordo.» acconsentì Josie.

Chitwood le diede una pacca sulla spalla. «La pre-conferenza è prevista tra un'ora. La stampa sarà qui tra due.»

Ritrovandosi davanti alle telecamere per la prima volta dopo tanti mesi, Josie si rese conto che non ne aveva sentito affatto la mancanza. Nelle ventiquattro ore trascorse da quando aveva deciso di convocare la conferenza stampa, Chitwood era riuscito ad avvisare quasi tutte le reti che il duplice omicidio commesso nella Pennsylvania centrale una settimana prima era collegato a un caso seriale irrisolto, tanto che, quando la conferenza stampa ebbe inizio due ore più tardi, dovettero spostarla nel parcheggio comunale per far posto a tutti i giornalisti. Telecamere e luci puntavano su Josie, che stava in piedi dietro un podio con lo stemma della polizia di Denton. Aveva cercato di coprire il taglio sul viso con il trucco, ma sapeva che si sarebbe comunque notato.

Tuttavia, fece come suggerito da Chitwood: dopo aver esposto l'omicidio dei Wilkins e le prove che collegavano il loro caso a quello dello Strangolatore di coppie di Seattle e aver poi identificato Ed O'Hara come principale indiziato, si tirò su dritta e alta, guardò direttamente verso il mare di telecamere, proprio come se stesse guardando in faccia l'assassino, e riferì il messaggio che aveva in serbo per lui: «Il tuo tempo è scaduto. Sei arrivato al capolinea. Conosciamo il tuo nome. Sappiamo dove vivi. Il tuo regno del terrore è finito. Prova a rendere le cose facili sia per te che per le tue vittime: costituisciti. Non farti illusioni, non mi fermerò finché non ti avrò preso e non ti avrò messo le manette ai polsi.»

Non si trattenne per rispondere alle domande. Mentre rientrava nell'edificio, si sentì sopraffare dalla mancanza di sonno della notte precedente. Quando arrivò alla sua scrivania, ebbe l'impressione che avrebbe potuto abbassare la testa e dormirci sopra per sei ore filate. Per sua fortuna, l'attendeva una tazza di caffè che Noah aveva preparato. Gliela posò davanti e lei lo ringraziò.

«Sei stata fantastica là fuori.» le disse. «Aspettiamo che la stampa se ne vada, poi mangiamo un boccone e ce ne andiamo.»

«Sembra perfetto.» disse Josie sorridendo.

«Stasera a casa mia?»

Si rese conto che lui non era tornato a casa a cambiarsi per tutto il giorno. «Puoi scommetterci.»

SESSANTACINQUE

Chiusero la giornata presto, andarono a casa di Noah e crollarono nel suo letto. Troppo esausti per fare qualunque altra cosa, caddero entrambi in un sonno profondo. Quando lei si svegliò, fuori era buio e lanciando un'occhiata all'orologio vide che stavano dormendo da quattro ore. Accanto a lei, Noah era disteso sulla schiena e russava leggermente. Gli si avvicinò e con le dita gli tracciò la linea della mascella e poi gliele passò tra i folti capelli castani. Era una cosa che desiderava fare da un pezzo, ma che naturalmente non aveva mai potuto fare perché erano colleghi di lavoro. Ora, però, tutto era cambiato.

Sorridendo, lo svegliò con un bacio.

Un'ora più tardi si erano già lavati e indossavano una tuta, seduti insieme al tavolo della cucina di Noah, con un assortimento di cibo cinese da asporto davanti a loro.

«Questo» disse Noah, infilzando con la forchetta un pezzo di pollo in agrodolce. «questo è il massimo.»

«Il cibo?» lo stuzzicò Josie.

«No...» rispose lui, sventolando la forchetta. «Questo. Noi. Insieme, senza interruzioni. Finalmente.»

Aveva ragione, naturalmente, ma Josie sapeva che non era

che una tregua temporanea. Da un momento all'altro uno o entrambi i loro telefoni avrebbero squillato: auspicabilmente per avvertire di una pista o di buone notizie su Ethan Robinson. Le parole che Gretchen le aveva sussurrato per chiederle di avere più tempo a disposizione le pungevano ancora in fondo alla mente. Era come un sasso nella scarpa. Ogni volta che pensava di averlo tolto e ricominciava a camminare, veniva trafitta ancora una volta nella pianta del piede.

«Conosco quello sguardo.» disse Noah.

Lei sbatté le palpebre e si concentrò sul suo viso, sulla barbetta attraente che gli era cresciuta durante quel giorno. «Quale sguardo?»

«Stai pensando al lavoro.» rispose prendendo un boccone di riso. Non era arrabbiato e nemmeno irritato, e lei lo amava per questo.

«Mi dispiace.» disse lei.

Lui sorrise. «Non dispiacerti. So che non puoi farci niente. Allora, dimmi, cosa ti passa per la testa?»

Sospirò e scelse un involtino primavera, scrutandone la superficie friabile. «Sento che mi manca qualcosa.»

«Ancora?»

«Ethan non dovrebbe essere già con la Devil's Blade?» chiese lei. «È passata una settimana.»

«Difficile a dirsi.» disse Noah. «Presumiamo che si sia dovuto rivolgere al gruppo di Seattle. Non sappiamo quanto Gretchen sia riuscita a istruirlo. Forse aveva soltanto un nome. Doveva andare a Seattle e trovare un uomo o una donna e poi convincerli a non farsi uccidere dalla Devil's Blade. Gretchen ha chiesto più tempo. Evidentemente si aspetta che il ragazzo o la Devil's Blade prendano contatto.»

«Però io penso ancora che ci sia dell'altro, qualcosa di importante, che non abbiamo ancora capito.»

«Non sono sicuro che ci sia qualcosa da capire. Sappiamo chi ha ucciso Omar. Sappiamo perché Gretchen ha mentito.

Sappiamo chi ha ucciso i coniugi Wilkins. Conosciamo l'identità dello Strangolatore di coppie e abbiamo anche un'idea particolarmente precisa di dove trovare Ethan Robinson.»

Josie rimise giù il suo involtino primavera. Noah aveva ovviamente ragione, ma lei era comunque turbata. Noah posò la forchetta sul tavolo, si alzò e si avvicinò a lei tendendole una mano. «Vieni.» disse. «Lascia che ti aiuti a schiarirti le idee.»

Josie rise. Gli prese la mano e si lasciò condurre al piano di sopra.

SESSANTASEI

Josie si svegliò sentendo squillare il suo cellulare. Per prenderlo dal comodino sul lato di Noah dovette allungarsi sopra di lui, che giaceva addormentato. Lo schermo proiettava una luce blu che si irradiava in tutta la stanza. L'ora segnava mezzanotte. Era un messaggio di Trinity. *Credo che dovremmo sottoporci allo studio sui gemelli con Larson. Potrebbe darci accesso a qualsiasi programma e tecnica che quei ragazzi hanno usato per rintracciare il serial killer. Comunque, ottimo lavoro per aver risolto il caso.*

Josie sospirò e poi rispose: *È tardi. Non voglio sottopormi a quello studio. E grazie.*

Un minuto dopo, arrivò una risposta. *Non sapevo che dormissi.*

Josie lanciò un'occhiata a Noah. *Sto cercando di iniziare.*

Trinity: *Ma pensa allo studio sui gemelli. Larson dice che è estremamente difficile trovare gemelli separati alla nascita. Possiamo davvero contribuire e tutto ciò che serve è fare qualche intervista.*

Josie rispose picchiettando sullo schermo: *Stai cercando una storia su come usare il DNA per trovare gli assassini.*

Trinity: *Sono sempre alla ricerca di una storia.* Seguito da un emoji sorridente con la lingua di fuori. *Partecipiamo soltanto allo studio.*

Josie digitò: *NO!!!*

Trinity: *Okay, ne riparliamo presto.*

«Per l'amor di Dio.» mormorò Josie.

Rilesse la conversazione, sorridendo suo malgrado, e il pezzo del puzzle che si trovava in fondo alla sua mente si allentò e andò al suo posto. Epigenetica. Lo studio sui gemelli. Gemelli separati alla nascita. «Porca miseria.» disse ad alta voce. Come aveva fatto a non accorgersene? La risposta era stata a portata di mano per tutto il tempo, proprio davanti a lei.

«Noah!» disse, scuotendogli la spalla. Lui gemette nel sonno.

«Noah, ho capito tutto. So cosa nascondeva Gretchen.»

Lui borbottò qualche parola assonnata e si girò a pancia in giù. Pensò di svegliarlo per poterglielo dire, per poterne discutere, ma poi decise di non farlo. Per quanto la rivelazione fosse scioccante, non avrebbe potuto fare niente fino al mattino. Ma ora l'adrenalina le scorreva nelle vene, infiammando tutto il suo corpo. Cercò di riaddormentarsi, ascoltando i respiri regolari di Noah, sentendo il calore del suo corpo irradiarsi verso di lei. Dopo una ventina di minuti, si arrese e scese al piano di sotto. Durante il caso di Belinda Rose aveva passato abbastanza tempo a casa sua da non aver bisogno di accendere le luci: quella esterna, sulla veranda, illuminava a sufficienza l'ingresso e quella emessa dall'orologio della televisione via cavo in soggiorno era sufficiente per permetterle di attraversare le stanze e raggiungere la cucina.

Aveva appena varcato la soglia della cucina, con le dita già puntate sull'interruttore della luce, quando nella sua testa risuonò un campanello d'allarme. Nella sua mente, ripercorse i suoi passi oltre il soggiorno, poi l'atrio. L'atrio. Alla luce fioca della lampada esterna, aveva visto il tavolo dove di solito depositavano le chiavi. Quella sera erano così esausti che avevano gettato lì anche le fondine con le armi d'ordinanza. Noah aveva lasciato lì anche il telefono. Ma quando ci era passata davanti, al buio, l'unica cosa che vi giaceva era una vecchia giacca di pelle.

Il respiro le si bloccò nel petto. Le si strinse la gola. La punta delle dita tremò sull'interruttore della luce.

Una giacca di pelle. La giacca di Gretchen.

Significava che Ed O'Hara, lo Strangolatore di coppie di Seattle, era lì, in casa di Noah.

La sua mente elaborò freneticamente, ripassando tutte le cose che aveva imparato dal forum e da Jack Starkey. Anche dalla scena a casa dei Wilkins. La torcia. Avrebbe avuto una torcia. Disorientare le vittime al buio usando il fascio di luce faceva parte del suo modus operandi.

Josie accese la luce della cucina. Non gli avrebbe concesso di sfruttare l'elemento sorpresa. Nel petto, il cuore le batteva così forte da far vibrare tutto il corpo. Lentamente, attraversò la stanza e aprì un armadietto, tirando fuori un bicchiere, cercando ancora di comportarsi in modo naturale mentre capiva cosa diamine potesse fare. Poteva andarsene. Poteva arrampicarsi sulla finestra della cucina, scappare dalla porta sul retro. Ma non poteva lasciare Noah in casa. Non poteva lasciarlo indietro. Il telefono di Noah era sparito, così come le loro pistole. Il suo telefono era al piano di sopra, in camera da letto. Pensò all'unità di sorveglianza che Chitwood le aveva promesso. Erano ancora in strada? L'assassino doveva averli feriti o essersi intrufolato dal retro della casa senza che se ne accorgessero. Doveva supporre che O'Hara avesse fatto loro qualcosa e che non sarebbero stati in grado di venire in soccorso. Stringendo il bicchiere in mano, pensò a come avrebbe potuto fare se avesse voluto rendere impotenti due agenti di polizia senza utilizzare un'arma. C'erano molti modi per farlo, se qualcuno era abbastanza spietato o manipolatore, e Josie sapeva che O'Hara era entrambe le cose.

Allentando la presa sul bicchiere, lo lasciò cadere sulle piastrelle. Andò in frantumi, con un rumore che in quella piccola stanza sembrò un colpo di pistola. Sentì che un frammento di vetro le si conficcava nel polpaccio. Cercando nel mobile, tirò fuori altri due bicchieri e fece cadere anche quelli. I frammenti di vetro volarono ovunque, altri si conficcarono nella pelle dei piedi e delle gambe. Dopo aver frantumato tutti i bicchieri, si diresse verso i piatti.

«Josie?» Era la voce di Noah.

Con i piedi nudi e insanguinati, si spostò in un angolo della stanza per evitare il più possibile il vetro. Dalla porta vide che lui aveva acceso la luce che illuminava il corridoio del piano superiore, le scale e una parte del piano inferiore.

Camminando scalzo e a torso nudo, con solo i boxer, scese le scale con gli occhi ancora annebbiati dal sonno, fermandosi a tre gradini dal fondo. «Ma che succede?»

Josie sorrise. «Mi dispiace tanto.» disse. «Stavo cercando di prendere una cosa dal fondo del mobile e mi è venuta addosso una valanga di bicchieri.»

Lui si grattò la testa, continuando a fissarla nella scarsa luce.

In silenzio, sperando che riuscisse a leggere le labbra bene come al solito, lei mimò: *È qui. Ha preso le nostre armi. Il mio telefono è di sopra.*

Vide le sue spalle tendersi, osservò la stanchezza del suo viso ritirarsi e ogni linea della sua postura affilarsi per la consapevolezza. «Oh...» disse. «Beh, lascia che ti aiuti a pulire.»

Poi mimò: *Dove?*

«No.» disse lei, alzando una mano. «Ci penso io. Tu torna pure a letto.»

Non lo so. rispose in silenzio. Ovunque fosse, nell'ingresso, nel soggiorno o forse anche nella sala da pranzo che Noah non usava mai, stava ascoltando tutto il loro scambio, di questo lei ne era certa. Avrebbe aspettato di averli entrambi sotto controllo per colpire? Si stavano mettendo in pericolo anche solamente stando fermi a parlare così a lungo?

«Sei sicura?» chiese.

Vai tu, disse Noah con le labbra.

Voleva che lei se ne andasse. Che uscisse dalla porta sul retro, dalla finestra della cucina. Che uscisse.

Non ti lascio, rispose lei.

«Certo.» rispose lei. «Qui ci penso io.»

Il mio telefono è di sopra, lo esortò.

Non poteva lasciarlo indietro. Non si era mai ritirata da uno scontro in tutta la sua vita. Non aveva intenzione di scappare da questo e di abbandonare l'uomo che amava e fargli affrontare un mostro che uccideva con la stessa facilità con cui respirava.

«Va bene.» le disse Noah. «Ci vediamo di sopra.» e con la mano destra formò la sagoma di una pistola, con la canna puntata verso il soffitto: c'era un'altra pistola al piano di sopra. Doveva soltanto raggiungerla.

Vai, mimò lei pochi secondi prima di sentire la fredda e dura canna di una pistola premuta contro la base del collo e una mano carnosa che le stringeva la spalla. L'espressione sul volto di Noah mutò in sconvolgimento e in un fugace stato di panico, prima di trasformarsi in rabbia.

La voce alle sue spalle disse: «Perché non invitiamo Noah a unirsi a noi?» Il suono del nome di Noah sulle labbra di O'Hara fece correre un brivido in tutto il corpo di Josie. Il suo cuore si fermò e riprese a battere, si fermò e riprese a battere. Da quanto tempo era lì? Cosa aveva sentito? Si era nascosto in casa mentre facevano l'amore? Mentre discutevano del caso? Aveva perfezionato la sua furtività per decenni.

«Allontanati da lei.» ringhiò Noah, scendendo di un gradino.

O'Hara rise. Josie sentì il suo respiro sui capelli. «Non credo, figliolo. Io e la tua signora ci divertiremo insieme. Ti farò vedere come si fa. Quindi perché non rimani a goderti lo spettacolo?»

Josie stava facendo due conti. Doveva presumere che l'unità esterna non fosse in grado di aiutarli. Tuttavia, si trattava di un quartiere residenziale ed era molto probabile che i vicini nelle case accanto a quella di Noah avrebbero sentito un colpo di pistola se lui avesse esploso dei colpi. Però era vero anche che aveva sparato a James Omar alle spalle in pieno giorno in una strada residenziale e nessuno era andato a controllare.

Ma non aveva mai usato una pistola in nessuno dei suoi crimini, tranne quando aveva ucciso Billy Lowther, e questo perché le cose non erano andate secondo i suoi piani. Era successo più di vent'anni prima, quando ancora indossava un mantello di anonimato. Ora era con le spalle al muro. L'intero Paese lo stava cercando. Se voleva ucciderli e scappare, doveva tenere a freno alcuni dei suoi impulsi. Inoltre, il tempo che aveva a disposizione era limitato. Quando l'unità esterna non si fosse messa in contatto con la centrale entro un'ora, la polizia di Denton avrebbe inviato un'altra unità per controllare. Josie non aveva dubbi che O'Hara avrebbe usato la pistola, ma si augurava che fosse l'ultima risorsa. Tuttavia, non aveva intenzione di lasciargli assumere il controllo della situazione.

Incrociò lo sguardo di Noah. *Abbassati,* disse con la bocca.

SESSANTOTTO

O'Hara la spinse in avanti, più vicina a Noah. «Ora, quello che faremo è restare tutti insieme. Tu andrai a prendere qualcosa con cui la tua ragazza possa legarti e noi verremo con te, in modo che non ti venga la tentazione di fare l'eroe. Se provi a fare qualcosa, qualunque cosa, questa puttanella è morta. Tutto chiaro?»

Josie tenne gli occhi fissi su Noah. Lui le fece un piccolo cenno, appena percettibile. Senza emettere un suono, contò alla rovescia per lui: *Tre, due, uno.*

Noah si tuffò dai gradini sul pavimento e rotolò fuori dalla vista, nel soggiorno. In quell'istante, Josie sentì la presa di O'Hara sulla sua spalla allentarsi e la canna della pistola scivolare di poco da una parte. La parte esterna del suo tallone destro corse lungo i jeans di O'Hara mentre sollevava il piede, usandolo come guida per non sbagliare, quindi lo abbatté con forza sulla parte superiore del piede.

Le scarpe da ginnastica che indossava non erano in grado di provocargli un gran dolore, ma il pestone bastò per sorprenderlo un secondo appena. Con un movimento fluido, lei allungò una mano fino alla spalla che lui teneva e afferrò la sua mano, stringendo il mignolo e torcendogli il polso. Lui gridò di dolore, lei si scrollò la sua mano dalla spalla e vi fece scivolare sotto il suo corpo, girandogliela violentemente sulla schiena mentre lui inciampava. La pistola cadde e Josie la calciò lontano. Lo sbatté contro il muro, ma lui era forte e, per resisterle le sbatté la nuca contro la fronte, colpendola così forte che lei vide le stelle. Lei lasciò la presa sulla sua mano e lui usò il muro come leva, spingendola via.

Josie volò all'indietro, colpendo con la schiena la parete opposta prima di scivolare a terra, stordita e disorientata. Lui era già a cavalcioni sopra di lei, la teneva ferma contro il pavimento, con le mani che le stringevano la gola. Lei si aggrappò alle sue dita. Un'oscurità nebulosa cominciò ad aleggiare ai margini del suo campo visivo, i polmoni urlavano e la pressione sulla trachea era insopportabile. Mentre O'Hara stringeva più forte, Josie sentì che la sua coscienza scivolava via. Anche se probabilmente non erano passati che pochi secondi da quando lui le era salito addosso, sembrava un'eternità. Mentre il suo corpo lottava per prendere aria, per rompere la presa di O'Hara, la paura percorreva ogni centimetro della sua pelle. Dove diavolo era finito Noah? Poi, all'improvviso, O'Hara si immobilizzò completamente e allentò la presa. Josie inspirò con forza e vide Noah in piedi dietro O'Hara, con una pistola puntata alla testa.

«Allontanati da lei.» gli disse.

O'Hara alzò le mani in aria. Josie aspirò l'aria e si strofinò la trachea contusa. Si dimenò, cercando senza successo di liberarsi da lui.

«Alzati!» gli ordinò Noah. «Tieni le mani dove posso vederle.»

O'Hara non si mosse.

Normalmente avrebbero detto a un sospettato di mettersi a terra, ma Josie si trovava ancora sotto O'Hara e, per quanto ci provasse, non riusciva a liberarsi dalla sua presa, perché con i fianchi lui la bloccava sul pavimento.

La voce di Noah si alzò fino a un grido. «Ti ho detto di alzarti! Subito, O'Hara. Alzati, tieni le mani in alto.»

O'Hara rimase immobile. Alla fine, Noah disse: «Basta così.» Tenendo l'arma con una mano sola, afferrò O'Hara per il retro del colletto e cominciò a sollevarlo da Josie e a spingerlo sul fianco destro. All'inizio O'Hara si mostrò arrendevole, ma con una rapidità fulminea una delle sue mani si chiuse a pugno e volò all'indietro, colpendo il polso di Noah.

Un colpo di pistola esplose nel piccolo corridoio. Il bagliore del lampo dello sparo attraversò la semioscurità. Josie avvertì un allentamento della pressione sul bacino e si rimise in piedi. Noah e O'Hara erano un groviglio d'ombra che rotolava verso il soggiorno, i corpi serrati in una lotta.

Barcollando nel corridoio per seguirli, con testa e vista ancora annebbiate, gli occhi di Josie cercarono la pistola sulle assi del pavimento. Il sangue sgorgava dai tagli sulle sue gambe, formando una chiazza lungo il corridoio. Le sue dita grattavano sul muro, cercando di trovare l'interruttore della luce. Dal soggiorno giunse il suono di vetri che si rompevano, di schegge di legno e di un grugnito gutturale. Josie trovò l'interruttore della luce del soggiorno e lo accese. Il tavolino era riverso su un lato, con una gamba completamente spezzata.

Una lampada che stava sopra uno dei tavolini giaceva in frantumi sul tappeto. Davanti al piccolo mobiletto multimediale, O'Hara si mise a cavalcioni su Noah e gli sferrò una pioggia di pugni alla testa. Noah teneva gli avambracci sul viso, riuscendo a proteggersi dalla maggior parte dei colpi.

Josie si guardò di nuovo intorno, ma ancora non vedeva la pistola che O'Hara aveva gettato. Cercò di scrollarsi di dosso il disorientamento. Un urlo le salì dal profondo del diaframma e si mise a correre, gettando tutto il peso del suo corpo contro O'Hara. Caddero insieme. Josie sentì uno scricchiolio quando il lato della testa dell'uomo colpì il muro. Approfittò del suo momentaneo stordimento per alzarsi in piedi e sbattergli di nuovo la testa contro il muro. O'Hara si divincolò e fece scattare le braccia in avanti, nel tentativo di afferrarla. Lei gli sferrò un calcio in pieno petto, facendolo cadere a terra, sulla schiena.

«Noah!» chiamò senza fiato, poi si accovacciò e cercò di girare O'Hara a pancia in giù per bloccargli le mani dietro la schiena, ma lui si dimenò e le sferrò un pugno che la colpì sulla guancia proprio nel punto in cui Gretchen le aveva lacerato la pelle solo pochi giorni prima, facendole perdere l'equilibrio. Cadde sul sedere e l'urlo di dolore si trasformò in un rantolo smorzato mentre cercava di rialzarsi. Lo vide avanzare verso di lei, perciò Josie allungò le mani verso la sua testa, per afferrarlo alla gola o per premergliele sugli occhi. Poi vide un lampo di metallo e la testa di O'Hara si girò di lato.

Noah si mise in mezzo a loro, girando la pistola tra le mani in modo da poter puntare la canna alla testa di O'Hara. «Non toccarla, stronzo.» disse.

Prima che O'Hara potesse riprendersi completamente dalla scudisciata che Noah gli aveva dato, Josie e Noah lo girarono a pancia in giù.

Non avevano né manette né fascette di plastica, così Noah gli bloccò i polsi in alto sulla schiena e poi gli mise un ginocchio sui polsi, uno sul collo, e gli puntò la sua stessa pistola alla testa. «Vai di sopra.» le disse Noah. «Prendi il telefono. Chiama il 911. Poi vai fuori ad avvertire l'unità di pattuglia.»

SESSANTANOVE

Per la terza volta in poco più di una settimana, Josie si ritrovò seduta su una barella d'ospedale, respirando affannosamente ogni volta che l'infermiera le toglieva un frammento di vetro particolarmente grande dalle gambe e dai piedi. Tra questo e il bruciore dell'antisettico che avevano usato per pulire tutto il sangue prima di iniziare a togliere i frammenti di vetro, Josie aveva la sensazione che entrambe le gambe le andassero a fuoco. Noah stava dall'altra parte della stanza, con le braccia conserte sul petto e una smorfia gli si dipingeva sul viso ogni volta che Josie faceva una smorfia a sua volta.

«Va tutto bene.» gli disse lei. «Davvero. Non è niente.»

«C'era parecchio sangue.»

«Le ferite sono tutte molto superficiali.» mormorò l'infermiera senza distogliere lo sguardo dal suo lavoro. «Per ora, soltanto due hanno bisogno di punti di sutura.» I suoi occhi si alzarono di scatto sul viso di Josie. «Sei stata molto fortunata.»

Sì, pensò Josie. *Lo sono stata.*

Appoggiò la testa sul cuscino e si concentrò per fare respiri lenti e profondi. Allungò una mano e un secondo dopo sentì quella di Noah scivolarci dentro. «Dimmi qualcosa.» gli disse. «Distraimi.»

«Come sapevi che era lì? Ha fatto rumore quando è entrato? Io non ho sentito niente.»

«Ero sveglia.» spiegò Josie. Aprì gli occhi, ma li concentrò sul viso di Noah invece che sulle sue gambe a brandelli. «Trinity mi aveva mandato un messaggio. Mi aveva svegliata. Poi ho capito cos'altro nascondeva Gretchen. Ho cercato di riaddormentarmi, ma non ci sono riuscita.»

«Perché non mi hai svegliato?» le chiese.

«Ci ho provato. Eri davvero stanco e ho pensato che ti saresti arrabbiato se ti avessi svegliato per dirti qualcosa che poteva aspettare fino al mattino.»

«Non sarebbe stato peggio che svegliarsi sentendoti distruggere tutti i bicchieri che avevo e trovare un serial killer in casa mia.»

Josie rise. Noah le strinse la mano. «Allora?» chiese. «Che cos'è? Cosa nasconde Gretchen?»

«Ethan Robinson ha un gemello. Quando Gretchen è rimasta incinta dopo l'aggressione di O'Hara e ha chiesto protezione alla Devil's Blade, ha avuto due bambini. Ecco perché Ethan non si trovava a Seattle. Gretchen gli ha detto di andare a prendere il suo gemello e di portarlo con sé.»

SETTANTA

Una settimana più tardi

Gretchen era seduta al tavolo della sala conferenze della centrale. Aveva tolto il tappo alla bottiglietta d'acqua che le aveva dato Noah e lo stava facendo scorrere sul tavolo tra gli indici, finché non le schizzò via da un dito e le volò lungo il tavolo verso la sedia su cui era seduta Josie. Gretchen saltò in piedi, cercando di prenderlo prima che colpisse Josie, ma ottenne solo di rovesciare la bottiglia d'acqua, creando una pozza che si allargò sul tavolo. Josie afferrò il tappo con abilità, raddrizzò la bottiglia e disse: «Aspetta un attimo.»

Tornò con un rotolo di fazzoletti di carta e aiutò Gretchen a sistemare quel pasticcio.

«Mi dispiace molto.» si scusò Gretchen e Josie le sorrise. «È solo acqua.»

Invece di tornare a sedersi, Gretchen si mise a camminare per la stanza. Josie si sedette di nuovo e rimase a guardare l'amica che si spostava avanti e indietro, mentre la sua testa oscillava come un metronomo.

«Andrà tutto bene.» la rassicurò Josie.

«Davvero?» chiese Gretchen.

Josie picchiettò il piano di vetro del tavolo. «Ehi» disse, fermando Gretchen per guardarla negli occhi. «Fidati. Andrà tutto bene.»

Gretchen appoggiò entrambe le mani sullo schienale di una delle sedie e si protese verso Josie. «Come hai fatto a capirlo? Come hai fatto ad arrivarci?»

Parlare, mettere insieme i pezzi del puzzle, aveva sempre aiutato entrambe a superare l'ansia. «Lo studio» cominciò Josie, «o meglio, uno degli studi a cui stavano lavorando il professor Larson e James Omar riguardava i gemelli separati alla nascita. Era quello che sembrava interessare di più a Larson quando l'ho conosciuto, tanto che mi ha chiesto se io e Trinity volessimo partecipare al progetto, e quando io gli ho risposto di no, ha chiamato lei e ha provato a convincerla a partecipare.»

«Insistente.» commentò Gretchen.

«No, piuttosto io direi dedito.» rispose Josie. «Voglio dire, sì, invadente, ma credo che il suo cuore sia al posto giusto. Ho davvero l'impressione che desideri veramente che la sua ricerca sia di aiuto alle persone. Comunque, all'inizio pensavo che Ethan fosse solo curioso di conoscere i suoi genitori biologici e che James lo avesse aiutato a trovarli attraverso i profili genetici dei loro familiari lontani. Sai che ormai ci sono siti di ogni tipo.»

«Già.» commentò Gretchen. «Vedo sempre la pubblicità. Con novantanove dollari scopri il profilo dei tuoi antenati.»

«Esatto.» disse Josie. «Immagino che Ethan abbia fatto uno di quei test e abbia scoperto di avere un gemello. Credo che l'abbia contattato...»

«Contattata.» la corresse Gretchen.

«Cosa?»

«Ethan ha una sorella, non un fratello. Sono gemelli fraterni, un maschio e una femmina. Uno di ciascun tipo.» spiegò con un sorriso triste.

«Contattata.» ripeté Josie. «Credo che Ethan l'abbia contattata e le abbia chiesto di partecipare allo studio sui gemelli separati alla nascita a cui lavorava James. Penso che sia così che è iniziata. E probabilmente non aveva capito, finché non ne ha parlato con James, che per farlo dovevano essere gemelli identici. Il suo campo era la criminologia, non la genetica o l'epigenetica.»

«E lei ha accettato? Perché questo vorrebbe dire che Larson conserva il suo nome e il suo indirizzo da qualche parte tra i suoi documenti.» disse Gretchen, con l'emozione che le fece alzare la voce di un'ottava.

«No...» disse Josie. «Come ho detto, non sarebbero stati ammessi allo studio perché erano gemelli fraterni, non gemelli identici. E comunque, non sono sicura che avrebbe accettato, perché quello che a lei interessava era trovare te e... suo padre. A quel punto Ethan deve aver iniziato ad approfondire le ricerche, ed è così che ha scoperto che tu sei sua madre e, quando ha scavato nella tua vita, ha scoperto anche che sei stata una vittima dello Strangolatore di coppie.»

«Oh Dio.» disse Gretchen chiudendo gli occhi. «Perché non ha chiamato la polizia?»

«Tu eri la polizia.» spiegò Josie.

Gretchen aprì gli occhi. Brillavano di lacrime. «Non ero pronta. Quando James mi ha chiamato... in realtà si è presentato dicendo di essere Ethan... ma quando mi ha chiamato non mi ha mai detto che... che...»

«Che avrebbe portato O'Hara con sé?» concluse Josie.

Gretchen annuì. «Quando mi ha chiamato dicendo che si trovavano a casa mia, ho pensato che intendesse lui e sua sorella. Mi sono spaventata. Non ero pronta a incontrarli. Li ho raggiunti di nascosto dal retro perché volevo prima vederli. Volevo soltanto vederli. Non sapevo come sarebbe andata. Non sapevo se assomigliassero a... O'Hara...»

Josie capì che provare a dire il suo vero nome per la prima

volta era sconcertante per Gretchen. «Scommetto che deve essere stato angosciante.» mormorò Josie.

«Sì, lo ammetto, è stato angosciante. Ma comunque erano i miei figli. Ho sempre voluto quei bambini. Mi sono sempre chiesta se non avrei dovuto fare scelte diverse. Forse non sono stata abbastanza forte, non sono stata abbastanza intelligente... Ho passato i ventitré anni successivi a ripensarci. Ma quel che è fatto è fatto.»

«Quando hai capito che aveva portato O'Hara con sé?»

«Ho girato l'angolo da dietro la casa. Stavo camminando lungo il vialetto. James mi ha vista e ha sorriso. Aveva un'aria così nervosa. Ero appena arrivata davanti alla casa quando ho sentito la voce di O'Hara.»

Un brivido le scosse tutto il corpo. Chiuse di nuovo gli occhi e fece qualche respiro profondo. Poi li riaprì e continuò. «Ha detto: "Ciao, tesoro. Mi sei mancata". Non sai quante volte ho sentito quella voce nella mia testa, nei miei incubi. Non se n'è mai andata. Finché lui era a piede libero, ho avuto paura che tornasse. Diceva sempre che sarebbe tornato. Questa sensazione è migliorata quando mi sono trasferita qui, ma non è mai sparita. La paura. No, il terrore.»

«Quand'è che James ha capito che c'era qualcosa che non andava?»

«Oh, credo che lo avesse già capito prima che arrivassi io, ma a quel punto era troppo tardi. Era andato a prendere O'Hara e lo aveva portato a Denton. Poi, quando ha visto la mia reazione, è diventato più nervoso. O'Hara mi ha detto: "Non mi hai mai detto che avevamo un figlio". È stato in quel momento che ho capito che James... che ancora pensavo fosse Ethan... non aveva portato mia figlia e che O'Hara non sapeva niente di lei. Comunque, O'Hara si è arrabbiato. Si è arrabbiato molto. La freddezza nei suoi occhi non avevo mai visto nulla di simile, se non la notte in cui aveva ucciso Billy. Mi ha offesa con tutti i termini del mondo. Ho detto a James di entrare in casa. Speravo che gli venisse in mente di chiamare il 911, così si è incamminato verso il portico, ma O'Hara mi ha afferrato, ci siamo azzuffati e mi ha colpito, con forza. Ha preso la mia pistola e me l'ha puntata alla testa. Ha detto a James che se avesse fatto un altro passo, gli avrebbe sparato.»

«Oh santo cielo.»

«Infatti... quindi James è tornato sul vialetto. Sembrava che stesse lentamente cercando di allontanarsi. Si vedeva che non desiderava altro che scappare. O'Hara mi ha trascinata sul portico e mi ha buttata a terra. Aveva la pistola puntata su di me. Ha detto qualcosa del tipo "Abbiamo un problema serio qui", e in quel momento James ha iniziato a farfugliare. Ci ha raccontato tutto: che non era Ethan Robinson, che si chiamava James Omar ed era solo il coinquilino di Ethan, che Ethan ci aveva rintracciati e che era lui ad aver avuto l'idea di far rincontrare i suoi genitori, di farlo senza avvertirci e di farmi arrestare O'Hara. L'unica vittima superstite dello Strangolatore era diventata un'agente di polizia e poteva arrestarlo. Ci ha detto che era tutta un'idea di Ethan. O'Hara gli ha chiesto dove si trovasse Ethan e James ha risposto che non lo sapeva, ma che avrebbe potuto scoprirlo. Ha borbottato qualcosa, che poteva andare a chiamare Ethan, così si è girato per andarsene e in quel momento O'Hara gli ha sparato. Come se niente fosse. È caduto a terra. Ero così scioccata e stordita. Era come se non fossi più io. Ero tornata la ragazza di vent'anni prima e quell'uomo aveva appena sparato a mio marito.»

«Lo capisco.» disse Josie con dolcezza.

«Poi mi ha preso le chiavi. Mi ha puntato la pistola contro e mi ha fatto entrare in casa. Pensavo... pensavo che mi avrebbe fatto di nuovo del male. Come aveva fatto tanti anni prima... invece, tutto quello che voleva era quella stupida tazza della Wawa. Poi mi ha costretta a condurlo alla mia macchina e nessuno ci ha visti perché siamo passati dal retro. Aveva delle fascette, anche se in realtà non gli servivano perché mi aveva colpito. Si è fermato al ponte quando ha capito che quella era la macchina del dipartimento. Ha dovuto disattivare l'MDT. Gli ci è voluto un po'. Poi mi ha trascinato fuori dall'auto e mi ha colpita di nuovo.» Si indicò la fronte. «E mi ha infilata nel bagagliaio. Non ricordo molto di quello che è successo dopo. Mi sono svegliata al buio, legata, con la testa che pulsava. A un certo punto mi ha tirato fuori dal bagagliaio. Eravamo nel bosco. Ha detto delle cose... tante cose, orribili. Ha continuato per ore a parlare di quello che avrebbe fatto a me e a Ethan quando lo avrebbe trovato. Continuava a dire che aveva smesso, che non uccideva da quattordici anni e che ora io lo costringevo a uccidere di nuovo. Continuava a chiamare Ethan con dei nomignoli e a parlare di come avesse scoperto la sua identità e che quindi doveva morire. Continuava e continuava. Dava quasi l'impressione di essere posseduto, tanto che, a un certo punto, mi è sembrato che non si accorgesse più della mia presenza, ma che parlasse come un disco rotto ancora e ancora, borbottando tra sé e sé. Si era fatto buio. Alla fine, se n'è andato. Quando è tornato, era giorno. Mi sono sentita sollevata nel vederlo. Avevo paura che arrivasse qualche animale selvatico e mi sbranasse. Forse sarebbe stato meglio.»

«A quel punto ti ha lasciata andare?»

«No, non in quel momento. Quando è tornato, sembrava una persona completamente diversa. Era calmo. Era quasi come se qualcuno gli avesse dato qualche sostanza... era così diverso. Mi ha portato qualcosa da mangiare e da bere, mi ha slegata, mi ha dato una coperta. Mi ha lasciato fare i miei bisogni. Quando parlava sembrava così ragionevole. Ho immaginato che fosse così nella sua vita "reale". Che fosse ciò che la maggior parte delle persone vedeva. Poi ho capito...»

Le morì la voce in gola.

«Cosa?» Josie chiese con delicatezza.

«La notte in cui uccise Billy, era agitato. Non era pazzo come questa volta, ma era... agitato. Arrabbiato. Cattivo. Quando ebbe finito con me, era molto più calmo. Anche quando sentì i piatti cadere, non si mise così in allarme come quando aveva fatto irruzione in casa. Era come se avesse bisogno di farci del male per soddisfare un suo impulso irrefrenabile. Come un tossicodipendente che si strappa la pelle per ottenere sempre di più quello che gli serve e poi, una volta ottenuto, si sente come se avesse raggiunto la calma. È stato così con lui. Nel 1994 non mi fu evidente, ma stavolta l'ho percepito.»

«Hai pensato che avesse ucciso qualcuno?»

Gretchen annuì. «Gliel'ho chiesto. "Che cosa hai fatto?" e lui ha risposto: "Ciò che quel pezzo di merda di tuo figlio mi ha fatto fare". Poi ha detto che non sarebbe stato preso. Che i poliziotti erano stupidi e che se non era stato preso in più di vent'anni non aveva intenzione di farsi beccare adesso.»

«Quindi hai cercato di trovare un accordo con lui?»

«Ho dovuto farlo. Mi avrebbe ammazzata. Senza dubbio. Sapevo che una volta che fossi morta, avrebbe dato la caccia a Ethan. Avevo detto a Ethan cosa fare, ma non avevo modo di sapere se l'avrebbe fatto o se l'avrebbe fatto prima che O'Hara lo trovasse. L'unica cosa che sapevo era che dovevo prendere tempo. Come ho detto, non mi importava se mi avrebbe ammazzata, ma i miei figli...»

«Dovevi proteggerli.» disse Josie. «Capisco.»

«Io non sapevo il suo nome, ma Ethan sì. Il suo nome, dove viveva, tutto quanto. Sapevo che se avesse trovato Ethan avrebbe anche scoperto di mia figlia e sarebbe morta anche lei. La mia unica possibilità di guadagnare tempo per entrambi era quella di raggiungere una sorta di accordo con lui. Con qualsiasi mezzo. Ho pensato che, anche se Ethan non avrebbe fatto quello che gli avevo detto di fare, forse avrebbe avuto il buon senso di rivolgersi alla polizia. Di trovare sua sorella e andare alla polizia. Per questo ho detto a O'Hara che mi sarei presa la colpa dell'omicidio di James. Che tutti avrebbero creduto che fossi stata io, perché lui era stato abbastanza furbo da non lasciare alcuna prova. Il piano gli è piaciuto.»

«Era arrogante, proprio come diceva il profilo dell'FBI.»

«Sì, molto arrogante. Gli piaceva che gli altri accarezzassero il suo ego. Gli ho detto che invece di uccidermi, poteva farmi rinchiudere in prigione per il resto della mia vita. Cioè, quello che i poliziotti volevano fare con lui da più di vent'anni. Gli ho detto di immaginarselo. Immaginare di farla franca. Rovesciare il cosiddetto sistema giudiziario. Dall'espressione del suo viso ho capito che l'idea gli piaceva molto. Appagava il suo egocentrismo. Come i souvenir che prendeva da una scena del crimine per lasciarli nella successiva; non era necessario che lo facesse per commettere i crimini ma lo faceva lo stesso. Gli piaceva fottere la gente, era il suo forte. È sempre stato così. Credo sia per questo che aggrediva le coppie. Gli piaceva l'idea che il marito dovesse ascoltare mentre la moglie veniva torturata nella stanza accanto.»

Gretchen si interruppe, con un pallore che le si affacciava sui lineamenti. «Siediti.» disse Josie con dolcezza. «Bevi un po' d'acqua.»

Spinse una bottiglia d'acqua fresca sul tavolo, Gretchen la prese e la tracannò. Poi si sedette di nuovo. A quel punto era più stanca che nervosa. «Ad ogni modo» continuò, «ho capito che per lui quell'idea di condannarmi all'ergastolo, soprattutto ora che ero una poliziotta, rappresentava la massima punizione che potesse infliggermi. Gli ho detto che l'avrei fatto, ma che doveva lasciare in pace Ethan. Mi ha risposto che ero pazza, che Ethan conosceva la sua identità e che non potevo fare un accordo con lui basandomi su quello che Ethan avrebbe potuto fare o meno. Ho detto che se Ethan avesse voluto denunciarlo lo avrebbe già fatto. Ethan voleva solamente conoscere suo padre.»

«E se l'è bevuta?»

Gretchen scrollò le spalle. «Non lo so. Però è vero, no? Ethan sapeva che O'Hara era un serial killer, o almeno ne aveva un'idea, e non l'ha detto alle autorità. Mi piace pensare che alla fine l'avrebbe fatto.»

«Forse per lui tutto questo non era reale.» disse Josie. «Per lui era più un gioco. Poi, quando Omar ha iniziato a mandargli messaggi che lasciavano intendere che il padre era fuori di testa, Ethan deve essersi spaventato.»

«Penso che tu abbia ragione. Beh, O'Hara e io abbiamo discusso e concordato che lui poteva spaventare Ethan, ma credo che volesse ucciderlo. Se avessi scoperto che Ethan era stato ucciso, avrei cantato. Gli ho detto che se non fosse riuscito a convincere Ethan, ci avrei provato io. Ci sono volute ore. Tante ore. Ci ho provato e riprovato, cercando di convincerlo. Credo che volesse uccidere Ethan fin dall'inizio e che pensasse che la mia confessione sarebbe caduta nel vuoto, dato che non c'erano prove fisiche della sua presenza sul luogo dell'omicidio e io non conoscevo la sua vera identità. Non pensava che i poliziotti avrebbero capito il grande indizio che aveva lasciato a casa dei Wilkins. Non gli importava nemmeno che la polizia scoprisse che era stato lo Strangolatore di coppie di Seattle a ucciderli. Nessuno dei delitti dello Strangolatore era mai stato risolto. Era il suo fiore all'occhiello. Sono stata io a rovinare tutto quando sono scappata. Mi ha detto che aveva passato anni a cercare di rintracciarmi e che alla fine ci era riuscito, circa dieci anni fa. Per questo si era trasferito sulla costa orientale. Gli piaceva l'idea di spiarmi, di essere sempre a un passo da me in caso di necessità. Spesso mi sentivo osservata, ma lui non si è mai fatto notare, per quanto ne so. Non sono sicura che volesse uccidermi, perché se lo avesse fatto, il gioco sarebbe finito una volta per tutte.»

«Forse è stato quel gioco a impedirgli di uccidere per tutto questo tempo. Stava invecchiando, gli omicidi erano sempre più rischiosi e sapere di avere quel potere su di te poteva essere sufficiente a soddisfare i suoi impulsi.»

«Esatto.» concordò Gretchen.

«Allora O'Hara ha accettato di stringere questo accordo.» disse Josie. «Ma tu avevi già chiamato Ethan.»

«È stato un miracolo, a ripensarci. O'Hara stava guidando la mia macchina. A quanto pare, era venuto a Denton con James in una macchina a noleggio, che non voleva prendere perché poteva essere rintracciata. Ero sdraiata sul sedile posteriore e l'avevo visto gettare i telefoni sul sedile del passeggero anteriore. Sapevo di doverci provare. Mi aveva legato le mani davanti, grazie a Dio, quindi c'era la possibilità di prendere il telefono di Omar e fare una chiamata. Se avesse avuto una password di protezione, sarei stata fregata. Gli dissi che doveva disattivare l'MDT dall'auto o la polizia l'avrebbe trovato in pochi minuti. Mi sono assicurata di mandarlo a togliere l'antenna, e sono stata volutamente vaga su dove trovarla, in modo che ci mettesse più tempo.»

Josie sorrise. «Ha funzionato.»

«Sì. Ethan ha risposto quasi subito e gli ho parlato. Non avevo davvero idea se si sarebbe fidato di quello che gli stavo dicendo, ma mi ha detto che sapeva già dove si trovava sua sorella. Gli ho fatto ripetere le mie istruzioni, il nome del mio contatto nella Devil's Blade, gli ho detto che quando lui e mia figlia fossero stati al sicuro, avrebbe dovuto trovare un modo per farmelo sapere. Così, una volta che avessi saputo che lo erano, avrei detto la verità.»

«Beh, è andato tutto secondo i tuoi piani.» disse Josie.

«Josie...» disse Gretchen, con gli occhi pieni di tristezza. «mi dispiace di non essermi fidata del tuo aiuto.»

«Non servono le scuse. Credevi che l'assassino fosse nelle forze dell'ordine e questo complicava le cose. Non so se avrei fatto diversamente. Nella foga del momento, prendiamo decisioni che altrimenti non prenderemmo. Quando il tuo mondo si riduce a sopravvivere, tutto cambia.»

«Grazie.» disse Gretchen. Passò un altro momento e un accenno di sorriso incurvò le labbra di Gretchen. «Mi dispiace anche di averti tirato un pugno.»

Josie rise e le fece l'occhiolino. «Magari potresti rimediare offrendomi qualche danese.»

Calò un momento di silenzio tra loro. C'era un ultimo pezzo del puzzle che Josie non aveva ancora messo a posto. «Hai partorito due gemelli.» disse. «Perché nessuno se n'è accorto quando la Devil's Blade ti ha lasciata davanti all'edificio del BATFE? So che hanno fatto degli esami medici. Come minimo avrai avuto un sacco di smagliature.»

Un sorriso triste si allargò sul volto di Gretchen. «Ventitré anni fa, in un ospedale di San Diego, una giovane madre di nome Anne Carson entrò in travaglio prematuramente. Diede alla luce due gemelli con sette settimane di anticipo. Carson Bambino A e Bambino B. Li chiamai Billy e Agnes, come mio marito e mia nonna. Pesavano appena un chilo e mezzo ciascuno. Trascorsero due mesi in terapia intensiva neonatale. Rimasi con loro il più a lungo possibile e poi Lincoln mi trovò una sistemazione nelle vicinanze in uno dei suoi rifugi. Fu lui a procurarmi la falsa identità prima del parto, in modo che quando entrai in travaglio all'ospedale non mi fecero domande. Non mi preoccupai dei pagamenti, perché in realtà non ero Anne Carson. Ma quella fu la prima volta in cui capii che non potevo nascondermi per sempre, e di sicuro non potevo dare a quei bambini le cure di cui avrebbero avuto bisogno. Lincoln mi aveva procurato dei bei tagli prima di lasciarmi davanti all'edificio del BATFE; in questo modo, le smagliature che avevo non si notavano molto e non avevo avuto un cesareo, quindi non c'erano cicatrici. Era un rischio, certo, ma nessuno mi ha mai fatto domande.»

Un rombo sordo riecheggiò all'esterno. Gretchen e Josie

rimasero immobili, con le orecchie tese verso il suono. Si avvicinava, sembrava il decollo di un jet. La sedia su cui sedeva Josie si mise a vibrare mentre il rumore si faceva più forte, più vicino, fino ad arrivare a un crescendo assordante.

Gli occhi di Gretchen si spalancarono. «La Devil's Blade. Sono qui.»

SETTANTUNO

Fuori dal comando di polizia di Denton c'era una marea di Harley Davidson, a perdita d'occhio. Riempivano la strada, bloccando il traffico in ogni direzione. Josie non provò nemmeno a contare quante fossero.

I motociclisti indossavano tutti la bandana della Devil's Blade. La maggior parte di loro aveva l'aspetto stereotipato del motociclista: giacche di pelle pesanti e ruvide, capelli lunghi e scarmigliati, barbe incolte, tatuaggi su ogni centimetro di pelle esposta e uno sguardo minaccioso che avrebbe fatto tremare anche un ufficiale esperto. Solo che in quel momento nessuno stava tremando. Gretchen, Josie, Noah, Dan Lamay, Heather Loughlin e diversi altri agenti curiosi si fermarono sui gradini della centrale di polizia, in attesa, mentre il mare di motociclette si divideva al centro e due passeggeri scendevano dalle moto su cui erano stati condotti fin lì.

Josie capì dal modo goffo in cui i due smontarono che erano i figli di Gretchen. Tutti e due si tolsero il casco e lo consegnarono al motociclista che li aveva accompagnati. Ethan era esattamente come nella foto di lui e James sul frigorifero del loro appartamento, ma era più alto e più magro di quanto lei avesse immaginato. Sua sorella era altrettanto alta e magra, con lunghi capelli scuri che le scendevano lungo la schiena. Quando si voltò in direzione dell'edificio, Josie rimase sbalordita dalla sua somiglianza con Gretchen. In effetti, entrambi le somigliavano molto. Josie li studiò mentre si avvicinavano lentamente. Riusciva a vedere anche O'Hara nei loro volti, ma la sua impronta era debole rispetto a quella della madre.

Gretchen scese per raggiungerli in fondo alla scalinata. I tre rimasero in imbarazzante silenzio per un lungo momento. Infine, la ragazza allungò una mano per presentarsi. «Ciao, sono Paula.» disse.

Dalla sua posizione, Josie poté vedere le lacrime che scendevano sulle guance di Gretchen mentre prendeva la mano di sua figlia per la prima volta. «Gretchen...» gracchiò.

Invece, Ethan le gettò le braccia al collo e lei ricambiò lentamente, avvolgendolo tra le proprie e parlandogli a bassa voce all'orecchio.

Le motociclette tornarono a rombare e ciascun motociclista salutò Gretchen con un piccolo cenno della mano prima di ripartire. Gretchen tenne il palmo della mano alzato in segno di saluto finché non se ne furono andati tutti.

Josie scese sul marciapiede e si presentò. «Entriamo.» disse loro. «Abbiamo molto di cui parlare.»

Josie si trovava davanti alla finestra dell'albergo. Sotto di lei, le luci di New York scintillavano e brillavano come se fossero vive. Ora che era venuta per una vacanza e non per lavoro, poteva apprezzare il panorama, che era simile, ma leggermente migliore, di quello dell'appartamento di Trinity. Naturalmente, quella stanza era opera di Trinity. Josie le aveva detto che lei e Noah volevano andare via per qualche giorno e sua sorella aveva organizzato tutto per loro. Josie aveva sospettato che Trinity stesse cercando di farla innamorare della città per far sì che andasse più spesso a trovarla.

Alle sue spalle, la porta si aprì cigolando e Noah entrò. Tra le mani teneva una serie di opuscoli e mappe e aveva il telefono premuto contro l'orecchio.

«Certo, d'accordo.» disse. «È una buona notizia. Certo, glielo dirò.» Riattaccò e lasciò il telefono sul comodino. «Era la Loughlin. Mi ha detto che il Procuratore ha deciso di non presentare le accuse per ostruzione alla legge contro Gretchen. Hanno ritenuto che sarebbe stato un incubo per le pubbliche relazioni perseguire l'unica vittima sopravvissuta dello Strangolatore, adesso che è stato catturato e che la stampa sta seguendo il suo caso così intensamente.»

«È fantastico.» disse Josie.

«Infatti...» rispose lui. «Lo è davvero.» Sventolò gli opuscoli in aria. «Ho una cartina di Manhattan.» Si avvicinò al tavolo nell'angolo della stanza e li distese. «Qui ce n'è una per il tour del Rockefeller Center. Gite in carrozza a Central Park, il Museo dell'11 settembre... oh, e sembra che Trinity ci abbia procurato i biglietti per uno spettacolo di Broadway, per domani.»

Josie era dietro di lui, gli avvolse le braccia intorno alla vita e nascose il viso tra le sue scapole. Lui si girò nel suo abbraccio, le sorrise e le scostò i capelli dal viso. «È meraviglioso.» disse. «Ma a dire la verità, l'unica cosa che voglio vedere a New York sei tu.»

Sorridendo, Josie si alzò in punta di piedi e lo baciò. «Vale anche per me.»

UNA LETTERA DA LISA REGAN

Grazie mille per aver scelto di leggere *La confessione finale*. Se vi è piaciuto e volete rimanere aggiornati su tutte le mie ultime uscite, iscrivetevi al seguente link. Il vostro indirizzo e-mail non sarà mai condiviso e potrete cancellarvi in qualsiasi momento.

italia.bookouture.com/subscribe/

Grazie per essere tornati nella città immaginaria di Denton, in Pennsylvania, e aver seguito Josie Quinn nella sua ultima avventura! Spero che continuerete a seguirla mentre Josie affronta altri casi intriganti ed emozionanti.

Mi piace molto ricevere notizie dai lettori. Potete mettervi in contatto con me attraverso i miei social media, che trovate qui sotto, compreso il mio sito web e la mia pagina Goodreads. Inoltre, se ve la sentite, vi sarei molto grata se lasciaste una recensione e magari consigliaste *La confessione finale* ad altri lettori. Le recensioni e le raccomandazioni tramite il passaparola sono molto utili per i lettori che scoprono i miei libri per la prima volta. Come sempre, grazie mille per il vostro sostegno. Significa molto per me. Non vedo l'ora di avere vostre notizie e spero di ritrovarvi alla prossima occasione!

Grazie mille,

Lisa Regan

RIMANI IN CONTATTO CON LISA REGAN

www.lisaregan.com

 facebook.com/LisaReganCrimeAuthor
 x.com/LisaIregan

RINGRAZIAMENTI

Come sempre, prima di tutto devo ringraziare i miei meravigliosi lettori e fedeli fan! Grazie di cuore per il vostro entusiasmo e la vostra incessante passione e per essere rimasti con me in questo meraviglioso viaggio. Apprezzo profondamente ogni messaggio, e-mail e tweet. Siete i migliori! Grazie a mio marito, Fred, e a mia figlia, Morgan, per il loro costante incoraggiamento e per aver risposto a tutte le mie assurde domande - e per aver reso la vita degna di essere vissuta. Grazie ai miei primi lettori: Nancy S. Thompson, Dana Mason, Katie Mettner e Torese Hummel. Grazie ai miei lettori di Entrada. Grazie anche ai miei familiari - William Regan, Donna House, Rusty House, Joyce Regan e Julie House - per il loro costante sostegno e per non essersi mai stancati di ricevere buone notizie.

Grazie ai "soliti sospetti", le persone della mia vita che mi sostengono e mi incoraggiano, diffondono i miei libri e mi fanno sempre andare avanti: Carrie Butler, Ava McKittrick, Melissia McKittrick, Torese Hummel, Christine e Kevin Brock, Laura Aiello, Helen Conlen, Jean e Dennis Regan, Marilyn House, Tracy Dauphin, Michael Infinito Jr., Jeff O'Handley, Susan Sole, la famiglia Funk, la famiglia Tralies, la famiglia Conlen, la famiglia Regan, la famiglia House, i McDowell e i Kays. Grazie a Lilly Billarrial per la battuta sui santarellini. Grazie alle adorabili persone del Table 25 per avermi incluso, incoraggiato e insegnato. Sapete a chi mi riferisco. Vorrei anche ringraziare tutti i blogger e recensori che hanno letto i primi tre libri su Josie Quinn, dando una possibilità al mio lavoro e spargendo la voce!

Ringrazio il sergente Jason Jay per aver risposto a tutte le mie domande sulle forze dell'ordine in modo così rapido e dettagliato da permettermi di rendere le vicende il più possibile autentiche.

Come sempre, devo ringraziare Jessie Botterill per la sua genialità, il suo impareggiabile sostegno, il suo entusiasmo, il suo incoraggiamento e la sua fiducia in me, nonché l'intero team di Bookouture. Nessuno lavora più duramente per i propri autori di tutti voi. Siete tutti professionisti miracolosi e mi sento così benedetta e grata di lavorare con voi.